薬屋の店主
ウサギ獣人で、
ビストニア王国で
薬屋を経営している。
シルヴァ＝
ビストニア
狼の獣人で、
ビストニア王国第三王子。
ラナ＝リントス
ギィランガ王国の聖女の一人で、
食べることが大好き。
嫁入り後、ラナ＝ビストニアになる。
追放聖女は獣人の国で
楽しく暮らしています
～自作の薬と美味しいご飯で
人質生活も快適です!?～

生活が楽しすぎる！

人質聖女のはずだけど
快適すぎる獣人国の

聖女が作る「うどん」に
美食大国の獣人達もメロメロ!?

追放聖女は獣人の国で楽しく暮らしています

～自作の薬と美味しいご飯で人質生活も快適です!?～

著 斯波　illust. 狂zip

口絵・本文イラスト
狂zip

装丁
木村デザイン・ラボ

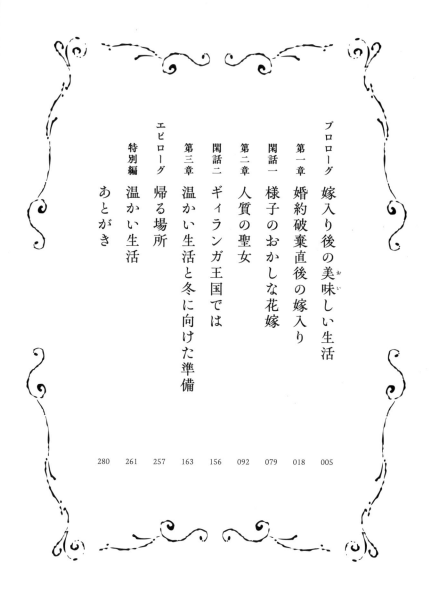

本書は、２０２３年カクヨムで実施された「『賢いヒロイン』中編コンテスト」で優秀賞を受賞した「妹に婚約者を寝取られた聖女は獣人の国でわりと快適に過ごしています」を加筆修正したものです。

プロローグ　嫁入り後の美味《おい》しい生活

　ここは獣人が治める国・ビストニア王国の王城にある一室。『とある事情』でこの国の第三王子に嫁いだ私、ラナ＝リントスに与えられた部屋だ。

「ふ～ふふ～んふ～ん」

　鼻歌を歌いながら手で髪を梳《と》かす。教会の仲間達曰《いわ》く、私の鼻歌はどこかおかしいらしい。そこが少し癖になるのだとフォローしてもらってからは、なるべく人前では歌わないようにしている。

　だが私の世話をしてくれるメイド達が来るまでまだ時間がある。隣の部屋で過ごしているシルヴァ王子には、こんな関係になる前に聞かれていたようで、今さら隠す必要がない。

　朝の身支度が整った合図として部屋の窓を開ける。すると遅れてドアが開く音が二回続いた。一回はシルヴァ王子の部屋のドアが開く音。そしてもう一回は私の部屋のドアが開かれた音だ。狼獣人の彼は、窓を開く小さな音でさえも聞き取ってくれるのである。

「おはよう、ラナ。今日はいい天気だな」

「おはようございます。シルヴァ王子。絶好のお出かけ日和《びより》ですね！」

　お決まりの挨拶《あいさつ》をしてから、木製テーブルに置かれたテーブルクロスを手に取る。シルヴァ王子にも手伝ってもらいながらピンッと張る。昼食時と夕食時はメイドが準備してくれるのだが、なぜか朝だけは二人で敷くことになっていた。

前日の夜、当然のようにテーブルクロスを置いて行くのである。メイド達の意図が分からない。といっても私に文句などなく、シルヴァ王子は今日も今日とて楽しそうに尻尾《しっぽ》を振っているのだが。

私達の準備が整った頃合いを見て、メイド達が朝食を運び込んでくれる。大きめのテーブルはあっという間に料理で埋まっていく。いつもながらすごい量である。だがこれがグルメ大国と謳《うた》われるビストニア王国では当たり前の光景。

嫁いできたばかりの、『冷遇』されていた頃の食事が少なかっただけなのだ。『冷遇』といっても、嫁入り前に想像していたものとはまるで違った。

夫となったシルヴァ王子と顔を合わせる機会こそなかったものの、三食しっかり用意される料理はどれも美味しく、メイド達は真面目に仕事をしてくれていたのである。おかげで私は何かを不満に思うどころか、母国にいた頃よりも快適な生活を送っていた。

冷遇されるに至った大きな誤解も解け、今ではシルヴァ王子と毎食ご飯を共にするような関係に落ち着いている。

「ラナ様ラナ様」

私が今までのことを振り返っているうちに朝食の準備が終わったらしい。鳥獣人のメイドの一人は少しソワソワしている。

「あ、ちょっと待ってて」

彼女に断ってから、この部屋に置かれたもう一つの机から大きめの瓶を持ってくる。瓶の中に入っているのは、昨日私が煮詰めたりんごのジャムである。シルヴァ王子たっての希望で、今日のおやつにはこのジャムが使用される。

ちなみにこちらのジャムは私付きの使用人にもお裾分けすることになっている。りんごを買ってきた時に約束したのだ。これで料理長にお菓子を作ってもらうのだとか。

「ありがとうございますっ！」

瓶を両手で大事そうに抱え、彼女は早足に部屋を後にする。喜んでもらえて悪い気はしないが、ジャム自体は大したものではない。使用したりんごも城下町で見つけたものだ。

初めにお裾分けしたケーキの印象が強いのだろう。『私が作ったもの＝美味しい』という認識が出来上がっているような気がする。困ったように小さく笑う。

「ラナは今日、どうするんだ？」

シルヴァ王子はそう尋ねる。今となってはお決まりの質問だ。

「午後からオレンジジュースのリベンジに行きます！」

グッと拳《こぶし》を固め、宣言する。実は一昨日《おととい》、町に繰り出した際、薬屋のすぐ近くに揚げ鶏の屋台を発見したのだ。そこで販売しているオレンジジュースは、朝に収穫したばかりのオレンジをその場で搾って提供してくれる。

農園のある地域まではそこそこ距離があるのだが、足の速い子供が籠《かご》を背負って運んでくるのだそう。獣人だからこそできる取り組みだ。

揚げたての鶏肉を食べながら飲んだら絶対美味しい。そう、私の本能が叫んでいた。迷わず購入を決めたまではよかったものの、売り切れてしまっていた。

とはいえ一度、揚げ鶏と楽しみたい！　と決めた私の意志は固かった。オレンジジュースと一緒に楽しむため、一昨日は揚げ鶏も食べずに我慢したのだ。

本当は昨日行くつもりだったのだが、風が強かったので諦《あきら》めざるを得なかった。だが今日こそは……。美味しそうな香りを思い出し、涎《よだれ》が垂れそうになる。

「今度こそは買えるといいな」

一昨日の夜、私はいかに悔しかったかをシルヴァ王子に語った。すると彼は自分のことのように真剣に聞いてくれた。今もまっすぐに私の目を見据え、力強く頷《うなず》いてくれる。私は彼のこういうところが好きだ。オレンジだけ売ってもらえるようなら、それを今日のお土産《みやげ》にしようと決める。

その後もなんてことない話をしてから、仕事に向かう彼を見送る。私は早速、回復ポーションの調合に取りかかる。昨日作った分だけでは少し足りないので、いくつか追加しておこうと思ったのだ。慣れた手つきで調合し、瓶に詰めていく。

昼食後、すぐに町に繰り出す準備を始める。いつもより少し早いが、今日こそはオレンジジュースを飲みたいという気持ちが私を急《せ》かすのである。

午後から出かけると伝えてあるため、使用人は皆、他の仕事をしてくれている。念のため、机には『外出中』とだけ書いたメモを残しておく。

鍵をかけたトランクからポシェットを取り出す。見た目は平民の子供がお使いに行く際に持たされる、古着をリメイクしたようなポシェットだ。だがただのポシェットと侮るなかれ。これは聖女仲間である、錬金術師のジェシカからもらったマジックバッグなのだ。

大規模な商会が持っている荷馬車三台分くらいは入る。容量を重視した結果、時間を止める効果を切り捨てたそう。それでも外よりも緩やかに時間が流れるため、半年保存が利くものならプラス二か月は保つのだとか。私の嫁入りが決まった時に餞別《せんべつ》としてくれたのだ。

餞別にもらった品はマジックバッグだけではない。調合道具と材料、裁縫道具、お忍び服、隠密ローブ、地図などなど。一つ一つ挙げていたら日が暮れてしまうほどに色々と用意してくれた。どれも大事に使わせてもらっている。

マジックバッグの中からお出かけアイテム一式を取り出す。お忍び服を着て、マジックバッグを肩から提げる。隠密ローブで姿を隠せば完璧《かんぺき》だ。

いつものように風魔法で作った足場に乗り、窓から抜け出した。風の流れに逆らわないようにゆっくり飛べば誰に見つかることもなく、無事に城下町に到着する。隠密ローブを脱ぎ、薬屋のドアをくぐる。

「こんにちは～」

「嬢ちゃんか。一昨日来たばっかりなのに早いな」

「前回来た時、オレンジジュースを飲み損ねまして……。今日はそのリベンジに来ました！」

ウサギ獣人の店主と話しながら、今回買い取ってもらう予定の薬をカウンターの上に置かれた買い取り箱に並べる。

「オレンジジュース？」

「ここのすぐ近くに出店している揚げ鶏の屋台で、もぎたてオレンジをその場で絞ってくれるサービスをやってるんですよ。揚げ鶏と合うって言われたら飲まないわけにはいかないじゃないですか。なのに売り切れで……」

「ああ、あそこか。あそこは入荷数がまちまちだから、日によってはすぐなくなるんだよな～。美味《うま》いのは知ってるが、俺も今まで数回しか飲んだことがない」

「それだけ人気ってことですね！　ますます飲みたくなってきました。買い取りが終わったらすぐに行かないと……。あ、今日も空き瓶を十本お願いします」

「十本な。瓶の値段を差し引いて、これが今日の買い取り金額だ。確認してくれ」

テキパキと金額を計算し、お金と共に瓶を用意してくれる。金額はピッタリ。瓶の本数も確認しながら薬箱にしまう。

「はい。確かに」

城下町に来る度に薬の買い取りをお願いしているため、このやりとりにもすっかり慣れたものだ。

「あの店に行くなら店主のオススメ野菜セットも頼んだ方がいいぞ。毎回入荷される野菜が違うんだが、どれも間違いない。野菜嫌いの子供もこの店のなら親にねだるほど美味い」

「絶対頼みますね！」

貴重な情報をくれた店主にお礼を告げ、薬屋を出る。そして早足で目当ての店に向かった。屋台の奥で山積みになっているオレンジを見つけ、思わず顔がにやけてしまう。

「揚げ鶏とオレンジジュース、店主のオススメ野菜セットを一つずつください！」

「お嬢さん、タイミングいいな。今、揚がったばっかりなんだよ」

「本当ですか⁉　やった」

代金を渡し、商品を受け取る。右手にオレンジジュース、左手には揚げ鶏が入ったカップ。野菜セットが入ったカップはその真ん中に。三角形を作るような配置でバランスを取る。『両手に花』ならぬ『両手に食』である。

一昨日のうちに見つけておいたベンチに座り、自分の横に三つのカップを置く。早速ピックを手に取り、本日のメインである揚げ鶏を突き刺した。

「あっくぅ」

揚げ鶏を噛《か》んだ瞬間、熱々の脂が口いっぱいに広がる。口をほふほふと動かし、中の鶏肉を冷ます。最初から冷ませばよかったのかもしれないが、熱々を口に放り込んだ時にしか堪能できない美味しさもあるのだ。

口の中から一つ目がなくなったらすぐに二つ目も口に運ぶ。だがこちらは少し楽しんだらオレンジジュースを一気に流し込む。

「ぷはぁ。……二日待ってよかった」

肉の旨みとオレンジジュースのほどよい酸味は言うまでもなく、最高の組み合わせである。これだけでも満足なのに、そこに野菜まである。てっきりこちらも揚げてあるものだと思っていたが、全て生。カップを受け取ってから知った。食べやすいように小さくカットしてある。

オススメしてくれた薬屋の店主の顔を思い浮かべ、数種類ある野菜の中からにんじんを選んで口に運んだ。

「甘っ！　これだけでカップ三杯は食べられそう。ここに入ってない野菜も気になるけど、野菜とはいえあんまり食べすぎたらお昼を食べるのが辛《つら》くなるし……。我慢我慢」

自分に言い聞かせ、残りの野菜も食べてしまう。

次の食事のために食べる量を調整するなんて、自国にいた頃は考えられなかった。仲間のためを思ってセーブすることはあっても、美味しいものは食べられる時に食べるに限る。

数日に一度のペースで買い食いをする生活ともなれば、生まれ変わりでもしない限りはありえないと。現実とあまりにもかけ離れていて、想像すらしていなかった。今でもたまに夢なのではないかと思うほど。けれど美味しい料理を食べる度、これが現実であると実感するのだ。

お土産用にオレンジを八個購入し、市場を少し散策してから城に戻る。

自室ではメイド達が部屋を掃除してくれていた。今日は特別なおやつがあるからだろう。いつもよりも気合いが入っている。私の帰宅に気づき、手を止めたメイドに声をかける。

「ただいま。今日のおやつにこのオレンジを使ったジュースを出してもらえる？　それからいつもの三人が遊びに来てくれた時にも」

「かしこまりました」

オレンジの入った紙袋を託す。彼女はすぐキッチンに走ってくれた。ちなみにいつもの三人とは、毎日のようにこの部屋を訪れてくれる獣人達のことだ。猫獣人の女性は昼間に遊びに来てくれて、狸獣人と狐獣人の男性は夕方に魚のお裾分けに来てくれるのである。

そんなことを考えていると、タイミングよくドアが開いた。猫獣人の彼女が遊びに来てくれたのである。

「あら、今から出かけるところ？」

「いえ、帰ってきたところです」

話しながら、部屋に残っているメイドに目配せをする。彼女は私の意図を察してくれたらしく、先ほど出て行ったばかりのメイドを追ってくれた。

「何かあるの？」

「美味《おい》しいオレンジジュースとおやつが」

「おやつって昨日のジャムを使ったものよね？　オレンジもあるの？」

「今、買ってきたばかりなんですよ～」

「へぇタイミングよかったわね」

「俺も飲む！」

開けっぱなしの窓からシルヴァ王子の顔がひょっこりと現れる。両手でグイッと身体《からだ》を持ち上げ、するりと部屋に入ってきた。

「シルヴァ王子、窓から入ってくるのはやめてください」

お決まりの言葉を口にするが、今日も今日とてシルヴァ王子の心には響かない。この国でそんなことを気にするのは人間の私だけなのだ。シルヴァ王子はもちろん、猫獣人の彼女も完全にオレンジジュースに意識を持っていかれている。尻尾の形も揺れる速さも違うが、どちらもすっかり見慣れたものだ。

おやつが運ばれてくる前に洗面所で着替えを済ませてしまう。やはりというべきか、鏡までピカピカになっていた。ジャムの効果は絶大である。

そして三人でメイドが運んできてくれたオレンジジュースと、りんごジャムを使ったロールケーキを迎える。ロールケーキの生地には茶葉が練り込まれている。見るからに美味しそうだ。

「オレンジジ、というとオレンジジュースは飲めたのか？」

「はい。このオレンジジはそこの店で買ってきたんですよ。美味しかったので是非、皆さんにも飲んでほしくて」

「そうか」

「ふうん」

返事は短いが、二人の顔には喜びの色が滲《にじ》んでいる。買ってきてよかった。心の中でガッツポーズを作る。

「さぁいただきましょうか」

私の合図でおやつタイムがスタートする。

「そういえば揚げ鶏の方はどうだったんだ？」

「美味しかったですよ。オレンジジュースとの相性もバッチリで！　それから薬屋の店主にオススメしてもらった野菜も食べました。毎回入荷される野菜が違うらしいので、また行ってみようと思います」

「ああ、ラナの話によく出てくるウサギ獣人の」

「店主のオススメ野菜セットっていうのを注文しまして、色々入ってたんですが、にんじんを見てたら薬屋の店主の顔を思い出しちゃいました」

「ラナは本当に彼と仲良しなんだな」

シルヴァ王子の暗い声で、しまったと気づく。野菜の美味しさについ余計なことまで話してしまった。シルヴァ王子は自分よりも先に私と交流をした薬屋の店主に思うところがあるらしい。彼の話をすると尻尾《しっぽ》までしょんぼりと垂らし、元気をなくしてしまうのだ。

「薬屋の店主と常連なんてこんなものですよ」

誤解されないようにしっかりと、けれどアッサリとそう告げる。

確かに私にとって、薬屋の店主は特別な存在だ。だがそれはビストニア王国に来てから初めてできた知り合いだから。私がギィランガ王国から来た人間だと知っても、彼の態度は変わらなかった。もちろん隠している情報はあるけれど、何もかも打ち明ける必要はない。あくまでも『薬売りと薬屋の店主』でしかないのだから。越えられないラインがあるからこそ心地いい関係もある。私も彼もよき取引相手であり続けたいだけなのだ。その先を知り、相手側に踏み出す必要性はない。

「食べないならそれ、私がもらうけど」

私が困った空気を察してか、はたまたロールケーキが気に入ったからか。猫獣人の彼女はシルヴァ王子の分のロールケーキに視線を向ける。

「ダメだ！」

狙われていると気づき、シルヴァ王子は彼女から皿を遠ざける。そして少しだけ耳を垂らしながら、私の様子を窺《うかが》うようにチラチラと見る。

「実は俺もオススメの野菜があるんだが……」

「食べてみたいです！」

「夜に用意させよう！」

機嫌を直してくれてよかった。耳も尻尾も元通りだ。ホッと胸を撫《な》で下《お》ろす。もちろん、彼オススメの野菜が食べてみたいというのも紛れもない本心だ。

だがこの国に来るまで、夫となる人とこんな会話をする日が来るとは思わなかった。少し前の自分に『ビストニア王国の人達と楽しくお茶をしている』と言っても信じなかったはずだ。

ビストニア王国への嫁入りが私の人生を大きく変えたのである。

第一章　婚約破棄直後の嫁入り

私の最悪な運命が変わったのは半年前。教会の一室で今季の作物生産量をまとめていた私のもとに、婚約者のハイド王子と私の妹のロジータがやってきた。

ハイド王子の腕にはロジータの腕が絡められており、二人がそういう仲であることは一目瞭然《いちもくりょうぜん》。

だが今に始まったことではない。妊娠を機に王妃様が一時的に公爵領に戻られてから、周りに自分達の関係を見せつけるような行動が増えた。

ハイド王子の婚約者は私だ。恋愛感情ゼロどころか好感度がマイナス方向に振り切っていても、忠告をする義務がある。その度に二人は揃《そろ》って気味の悪い笑みを浮かべていた。私への当てつけのつもりなのだろう。

「ラナ。話がある」

この日もそうだと思っていた。深いため息を吐《つ》き、作業の手を止める。

「見ての通り、今は職務中なのですが」

周りには他の聖女や神官がいる。明らかに勤務時間内である。だが二人は私の言葉に耳を傾ける気がない。

「わざわざ殿下が足を運んでくださったのですからありがたく聞きなさい」

幼少期から甘やかされて育ったロジータは、我《わ》が儘《まま》令嬢として社交界でも有名だった。最近はそこに輪をかけて偉そうになった。傲慢《ごうまん》王子と一緒に過ごす時間が長くなったことで、自分も偉くなったと錯覚しているのだろう。

色々と手は打っているのだが、いかんせん妹と両親にはやらかしている自覚がまるでない。効果が得られないまま、教会まで出張ってくるようになってしまった。

出産を控えた王妃様に無駄な心労をかけたくないが、そろそろ助けを求めるべきか。二人がやらかしそうなことを想像して頭が痛くなる。傲慢さが増し、事態が大きくなればなるほど、私だけでは収拾が難しくなる。力は借りないまでも耳に入れておいた方が……。

そんなことを考えていると、ハイド王子が笑みを深めた。ねっとりとした嫌味たっぷりの笑みは、今までの比ではないほど気持ちが悪い。背筋に何か冷たいものが這《は》ったような、ゾワッとした感覚に襲われる。

同時に、特大のやらかしをしたのだと確信する。今度はどんな尻拭《しりぬぐ》いが待っているのか。仕事がまた滞る。今手を付けている分だけでも終わらせるくらいの余裕があればいいのだが……。頭の中で謝罪スケジュールを組み立てる。

けれどハイド王子が吐いたのは予想外の言葉だった。

「君との婚約が破棄された」

「はい？」

「これが婚約破棄を認める書類よ」

なぜだ。そんな話、私は聞いていない。ロジータが差し出した書類を受け取り、目を通していく。

確かに書かれている内容は私とハイド王子の婚約を破棄するものであり、なぜか当家は一方的な破棄の代償としてロジータを差し出すことになっている。

リントス公爵家側の過失と書きながら、私達が何をしたのかが一切書いていない。こんな中途半端な書類を作っておきながら、父のサインと並んで国王陛下のサインがある。

「ありえない……」

私とハイド王子の婚姻は、先王と王妃様によって決められたものだ。そして国王陛下はその二人を何よりも恐れている。王妃様と結婚する前に愛人を孕《はら》ませてからというもの、王妃様には頭が上がらないのだとか。

その時、愛人の腹にいた子供こそ、目の前にいるハイド王子である。当時愛人だった女性は出産前に側室になったとはいえ、『ハイド王子は愛人の子』というのが大抵の認識だ。

王位を継承するのは王妃様が産んだ第二王子・ユーリス＝ギィランガと決まっている。だが国王陛下の血を引いている以上、ハイド王子に間違いを犯されては困るのだ。

二代続けて問題を起こしたとなれば王家の威厳は地の底に落ちる。そこで婚約者兼サポート役兼お目付役として選ばれたのが、六歳で三大聖女に選ばれた私だった。

ただでさえ過酷と言われる三大聖女教育と同時進行で王子妃教育を受け、ひたすらに必要な情報を取り込んでいく。嫌いな男のために努力を続けなければいけない日々は地獄だったが、先王と王妃様は私を正当に評価してくれた。両親は妹ばかりを溺愛《できあい》して、私のことは見てもくれない。だが

将来家族になる二人は私の努力と結果を認めてくれる。嬉《うれ》しかった。

それに聖女として働くのも好きだった。教会という場所は社交界とは違い、貴族だとか平民だとか、どこの国や地方の生まれだとか、そういうのは一切関係ない。『神聖力』というたった一つの共通点を持った、様々な年齢・身分の人達が集まるのだ。

すぐに仲良くはなれずとも、様々な側面を知っていくうちに仲を深め、幼馴染《おさなじ》みや友達、疑似家族のような関係を築いていった。

特に私と同じくらいの年で三大聖女に選ばれたサーフラとシシアと話すのはとても楽しく、彼女達が語る世界は私に多くの刺激を与えてくれた。私にとってかけがえのない親友だ。彼女達がいたからこそ、今までめげずにやってこられたのだ。

なのになぜ……。婚約破棄が悲しいのではない。目の前の男との婚約などどうでもいい。ただ、なぜ自分は切り捨てられたのか。どんな失敗をしたことになっているのか。書類には書かれていない『理由』の部分が知りたかった。

「君は一週間後、ビストニア王国第三王子のもとに嫁ぐことになっている」

「聖女なら誰でもいいんですって。野蛮な獣らしい話よね。神聖力が弱ってきているお姉様にぴったりの嫁ぎ先だわ」

私なら我慢できないわ。そう言いながら腹を撫でるロジータの姿に全てを理解した。ハイド王子はかつて国王陛下がした失敗と同じことをしでかしたのだ。

前例があったからか、彼は最高のタイミングでそのカードを見せつけた。すでに先王は亡くなっており、王妃様はしばらく王都に戻られない。城に残っている国王陛下と側室はかつての当事者であり、私の両親は大喜びで承諾する。

　加えて私は三大聖女の中でも『食に関する知識』に特化しているからか、他の二人と比べて貴族からの信仰が薄い。同じ家の娘同士を取り替えた、くらいにしか考えていないのだろう。本来この暴挙を止める側であるはずの宰相は私のことを嫌っている。

　彼は昔からハイド王子を下に見ており、婚約者である私のことも同じように見下していた。だが他の有力貴族の娘がユーリス王子の婚約者に決まってからは、私に向ける視線に恨めしさが混ざるようになった。王妃様から信頼されているというのも気に入らない点なのだろう。

　私をビストニア王国へ嫁がせるように陛下に進言したのはおそらく宰相だ。少し前から我が国とビストニア王国が揉《も》めていることは知っていた。

　我が国の貴族の多くは獣人を毛嫌いしており、ビストニア王国とは過去に何度も揉めている。大抵我が国が悪いのだが、なんだかんだ和解してきた。

　だが今回求めているのは聖女。つまりは人間である。人質としての意味合いもあるのだろう。かなり怒っているのは確かだ。宰相も陛下も頭を悩ませたに違いない。そしてちょうどいいタイミングでロジータの妊娠が発覚した、と。

　神聖力は年々弱ってきており、家族にも婚約者にも大事にされなかった女ではあるが、聖女は聖女。それも三大聖女の一人で公爵家の娘。加えて第一王子の元婚約者でもある。謝罪の品にはピッタリだったのだろう。

「……かしこまりました」

勝ち誇るハイド王子とロジータが去るのを見送る。すでに部屋に残っていたのは私一人。他の聖女と神官は早々に立ち去っていたようだ。

私も棚の中からいくつかのノートを取り出し、急いで部屋を出る。向かうのは同じく三大聖女であるサーフラとシシアのもと。親友に真っ先に報告しておきたい、なんて理由ではない。

私が急にいなくなれば、その分、他の三大聖女に負担がかかる。私にとっても突然のこととはいえ、引き継ぎの用意だけでもしておきたい。

調合室に向かって歩いていると、談話室の窓に映る多くの影に気づいた。ガラス越しに見える色はいずれも親しみのある髪色だ。すでに話は広まっているらしい。あの場にいた聖女と神官がハイド王子とロジータの来訪を伝えてくれたのだろう。

ドアを開けば全員が同時に振り返った。私を気遣うような、仲間の視線が集まる。スウッと短く息を吸い込んでから、ここにいるみんなに宣言する。

「突然で悪いんだけど私、国から追い出されることになったの」

「聞いているわ。ハイド王子があなたの妹と一緒に来て、婚約破棄を言い出したそうね」

「嫁ぎ先がビストニア王国だなんて……」

「この前の外交でも喧嘩《けんか》していたって話じゃない……」

「なんでラナが」

「そんなに暗い顔しないで。ビストニアと言えば美味《おい》しいご飯！　グルメ大国と言われるだけあって、食へのこだわりもかなりのものよ。上手《うま》くいけば美味しいご飯にありつけるかもしれないし、私にぴったりの嫁ぎ先だわ」

みんながあまりにも心配してくれるから、少しだけ強がってみせる。けれど付き合いの長い彼らにはバレバレだったようだ。表情は暗いまま。

「国としての関係もそうだけど、もし相手の国が神聖力を持つ聖女を求めていたら……」

「殺すには絶好の言い訳を与えることになるわね」

一般的に聖女および神官は神聖力を使用できる者を指す。だが三大聖女に神聖力は必要ない。もちろんあって困るということはなく、私のように神聖力が使える聖女や、極端に力が弱い聖女も存在する。

といってもこの事実を知っているのは、ギィランガ王国でもほんの一握りの人だけ。仲が悪いビストニア王家が我が国の内情を知っているはずがない。

ちなみにサーフラは薬学に特化しており、シシアは経済知識に特化している。私の主な役割は気候の変化を予測し、国内外の食物生産量を予想すること。そのついでに魔物の動きを予想したり、災害を事前に予想してみせたりもする。ざっくりと言ってしまえば、食に関係するもの全てが私の担当になる。

過去の出来事や数値を暗記すればいいと思われがちだが、今までの傾向から未来の出来事を予測するのは案外難しい。高い精度が求められればなおのこと。誰にでもできることではない。だが私は自分に特別な才能があるとは思っていない。食への強い関心と適性があっただけだ。

また三大聖女は相互補助関係にあり、互いの技術をある程度習得している。情報共有も欠かさない。連携を取ることで仕事を円滑に進めるのはもちろん、不慮の事故や病気などが原因で三大聖女の一人が欠けた場合でも知識と仕事を引き継ぐことができる。

二人の負担を増やしたくはない。だがこの仕組みのおかげで私がいなくなった後も教会の仲間達、ひいてはギィランガ王国民が困ることはない。

「ラナはなんでそんなに平然としているのよ……」

「ハイド王子に嫁ぐよりマシだから。みんなと離れるのは嫌だけどね」

「確かに……」

「どっちもどっちじゃない？」

「いや、殺される可能性がある分、ビストニアに嫁ぐ方が危ないだろ！」

「だがハイド王子にはセットでロジータ嬢が付いてくるんだぞ？」

「王妃様の時より確実に状況が悪いよな」

「先王もいなければ、頼りがいのある実家もないし……」

言いながら、彼らは悲愴感《ひそうかん》を背負っていく。まるで自分がギィランガ王国残留とビストニア王国行きのどちらかを選べと迫られているかのよう。それほどまでに寄り添ってくれている。血の繋《つな》がった家族よりも身近で、こんな時すら優しくて。それが嬉しくて自然と頬が緩んだ。

「大丈夫。殺されるかもって言っても聖女を所望したのはビストニア側。獣人が殺害したと断定できるような、力任せで派手な殺し方はしないはず。移動中の犯行も、鼻が利く獣人達が犯人を見つけられなければ彼らが疑われることになるから除いていいと思う。消去法を続けていけば、殺害パターンはある程度絞られる」

「ラナ……」

「それに、幸い私には薬学の知識がある。よほど珍しい毒でも使われない限り、一人でも対応できる。あ、でもサーフラの薬がもらえれば安心できるかな」

甘えたようにチラチラと視線を向ければ、大きなため息が返された。

「当然、一通り持たせるつもり。でもそれだけじゃ心許《こころもと》ないわ」

「他にも準備しないと。嫁ぐのはいつ？」

「一週間後」

途端、シシアが立ち上がった。勢いよく立ち上がったため、椅子が後ろに倒れてしまった。だがお構いなし。椅子に気を取られているうちにシシアの姿が消えていた。おしとやかな見た目をしているが、思い立ったら即行動に移すタイプなのだ。教会で一番足が速く、力持ちでもある。

「国を出るのは明後日ってところね。上級聖女を集めましょう」

「先に引き継ぎの書類を……」

「大量のノートさえ置いていってくれればどうにかなるわ。今日まとめていた分は終わってる？」

「あとは数値をまとめてコメントを入れるだけ。今後数か月の天候予測は昨日のうちに終わってて、このノートに大体のことは書いてあるんだけど……」

「そこまで進んでいれば十分。それ貸して。残りは私がやっておくから」

「え、でも」

作物生産予想段階の数値と実際の数値は全て記録に取ってある。天気や気温、周辺地区での災害などもあれば書き込むようにしている。ただし自分が読み返すためのメモなので結構汚い。計算式と計算に使う数字を丸で囲っているだけ、なんていうのもザラだ。それにかなりの冊数がある。

引き出しに入っているのは一年前のものまで。それより以前のものとなると、資料室の棚に入れてあったり、地下倉庫に保管していたり。自分でも探してみなければいつのデータがどこにあるのか分からないほど。

引き継ぎの際は別に資料を作成しようと思っていた。だがサーフラはもちろんのこと、婚約破棄の話を聞いて集まってきてくれた聖女と神官はそれを許してはくれなかった。

「でもじゃない」

「これを機にデータをまとめ直すから気にしないで」

「ラナの字なら見慣れているから問題ない」

「ごめんね。迷惑かけて」

「迷惑をかけてるのはハイド王子だろ」

「神聖力が弱まったら不要だなんて何様よ」

「食がなければ人は飢えるだけ」

「豪遊ばかりしている貴族は、ラナの仕事がいかに大事か分かっていない」

「ラナが殺されることにでもなればビストニア王国もこの国も呪ってやる」

物騒なことを呟《つぶや》く彼らの前に、ドンッと大きな音を立てて木箱が置かれた。聖女であり、錬金術師であるジェシカだ。三つ編みを揺らしながら、不機嫌そうに息を吐き出す。

「殺されること前提で話さないで。気が滅入る。ラナ、これを持って行きなさい」

「ポシェットとローブ？」

「あたしがただのポシェットなんて渡すわけないでしょ。錬金アイテムよ。どうせ公爵家はろくな荷物を持たせてくれないんだろうから、こっちで色々持たせるために大量に荷物が入るマジックバッグを用意したの。こっちは姿を隠せる隠密ローブ。どんなものかは前に話したから分かるわよね？」

「分かるけど、どっちもかなり高価なんじゃ……」

隠密ローブは貴族や金持ちに人気の商品で、生産量を絞ることで価格を吊《つ》り上《あ》げるのだと話していたはず。マジックバッグだって商人なら喉《のど》から手が出るほど欲しい品である。ジェシカはポンッと渡してみせるが、どちらも簡単に受け取れる品ではない。

「餞別《せんべつ》よ、餞別。どうせこの先会わないんだから、気負わず受け取りなさいよ」

突き放すような言い方だが、そこにはジェシカの優しさが詰まっている。教会は私の居場所だったのだと再認識し、涙が溢《あふ》れる。

「ラナの天気を読む能力と風魔法、それにこの二つを組み合わせれば城からだって逃げ出せるでしょ」

「ありがたく使わせてもらうわね」

「すり切れるまで使ってちょうだい。それこそ職人への最大のリスペクトだわ」

なんてことなく告げるが、城から逃げなければならないような事態だけは避けたいものだ。ビストニア王家がなぜ聖女を求めているのかは不明だが、私が逃げたことで「次の聖女を寄越せ！」と言われでもしたらたまったものではない。

隠れるなり、ひたすら回復を繰り返すなりしてやり過ごしてみせる。馴染《なじ》める自信はないが、根性には自信がある。王子妃教育と三大聖女教育を同時に受け、さらにハイド王子の世話まで焼いてきたのだ。大抵のことなら耐えられる。

ジェシカからアイテムバッグの説明を受けていると、シシアが戻ってきた。手には真新しい地図がある。

「ジェシカは錬金アイテムを渡したのね。なら私からはこれ」

彼女は手に持った地図を机に広げた。一見すると教会の談話室に貼り出されている大陸図と同じだが、至るところにカラフルな線が引かれている。その他にも細かい字で書き込みが入れてあったり、同じマークが散らばっていたり。じいっと見ていると、シシアが自慢げに胸を張った。

「ただの地図じゃないわ。私のお手製大陸図。乗合馬車が通っている道から商人の馬車が通る道、魔物が多く発生する地域をメインに印を入れておいたから」

「だから辺境領付近に剣のマークが多いのね」

「そういうこと。魔物の出現地域やタイミングはラナの方が詳しいだろうけど、ノートは置いていってもらうことになるから。逃げる時はこれを参考にして」

「ありがとう」

やはりシシアも城から逃げることを想定して用意してきてくれたらしい。周りの聖女と神官も一緒になって地図を覗《のぞ》き込《こ》む。ザッと見ただけでもすごい量だ。あちらでの生活に余裕があれば、私もこの地図に覚えている限りの情報を書き込んでいこう。

「逃げるなら服も用意しなきゃ。貴族の服って目立つから」

「私、予備の服あるよ。汚れた時用に置いてあるやつだから着古した服だけど。我慢してね」

「いざっていう時のための服だから、お金が貯まったら後で新しいの買ってね。ってことで私のも持ってくるわ」

「私のワンピースだと、ラナには丈が長いかな」

「調整すればいけるでしょ」

「裁縫セットも取ってこないと」

「ラナって自分の裁縫セット持ってたっけ？」

「いつも教会のを借りてるから持ってない」

「じゃあ俺、ちょっと買ってくるわ。ワンピースとかだったら当て布もあった方がいいんだっけ？」

「私も一緒に行く」

これが必要だ、あれがないなどと言いながら、彼らは次々に部屋を出て行く。当の本人は置いてけぼりになりつつあるかと言えばそんなことはない。

次々に持ってきてくれるものを確認するだけでも大変だ。早速服を持って戻ってきた聖女達によって手直しが施されていく。あまりの量に申し訳なさを覚える。

だが全員が口を揃えて『餞別』という言葉を使う。ジェシカはこれらを想定して、かなり大きめのマジックバッグを用意してくれたのだろう。少し離れた場所からこちらを眺め、にぃっと笑っている。まるでお気に入りの人間に獲物をプレゼントしてくれる猫のよう。

ワンピースのサイズ確認が終わると、次にやってきたのはサーフラ。後ろには何人もの聖女と神官が並んでおり、みんな両手いっぱいに箱や麻袋を抱えている。

「私からはこれ！　ジェシカがマジックバッグ渡すって言ってたから、ラナが調合に使えそうな材料、端から持ってきた」

「こんなにたくさん⁉」

「詰め込めるだけ詰めていこうぜ」

「調薬セットと布と瓶と、あと魔石類も一通り用意しておいた。それから私が作った薬も。袋にはメモも入れておいたから、屋敷に戻ったら忘れずに目を通しておいてね」

その後もみんなで頭を突き合わせて私が持って行く荷物を審議していく。

日が暮れ、定時を迎えた。みんなはまだ少し残るらしい。私は「屋敷に戻ってからもやることがあるでしょう」と背中を押され、一足先に帰宅することになった。

明日以降、教会に顔を出す時間があるのかは分からない。今日が最後の別れになるかもしれない。

少し寂しいけれど、肩から提げたマジックバッグには仲間達からもらった餞別の品がたくさん詰まっている。彼らの愛情が私に元気と勇気を与えてくれる。

「ありがとう、みんな」

溢れそうになる涙を必死で堪《こら》え、笑顔でお礼を告げる。みんなも私と似たような表情を浮かべながら、玄関先まで見送ってくれた。

「ただいま帰りました」

温かい気持ちを胸に抱いて屋敷に帰ると、雰囲気は一転する。出迎えはなく、屋敷内は宴会状態。外まで両親の浮かれる声が響いていた。

溺愛《できあい》している娘が第一王子の妻となり、毛嫌いしている方の娘はもう二度と顔を見せない。彼らにとってこれ以上素晴らしい結末はないのだ。屋敷に戻る前から大体のことは予想ができていたため、悲しさも寂しさもない。

使用人は誰一人として私と目も合わさない。自室のベッドの上には空っぽのトランクがぽつんと置かれていた。さっさと荷造りをしろと訴えている。

一応鍵は付いているものの、さほど大きくはない。私が両手で持って移動できるほど。それが一つだけ。大きなため息を吐《つ》いてから、クローゼットに手を伸ばす。

あちらで服などを用意してもらえない可能性を考慮して、とにかく服を詰めていく。アクセサリーは換金できそうなものをいくつかボックスに入れた。

自室に置いている分なので小ぶりの石が付いた髪飾りやネックレス、イヤリングが多い。どれもギィランガ王国では地味で質素な部類に入るが、他国で売るならこのくらいがいい。あまり高価なものでは売る時に苦労してしまう。

どんな生活が待っているか分からないので、その他の細々としたものものとりあえずトランクに詰めていく。入りきらなかったものやアクセサリーなどの貴重品はマジックバッグへ。ここでもマジックバッグのありがたさが身に染みる。

荷物を詰める度、部屋からは私物が一つ、また一つと消えていく。まるでこの屋敷から自分の形跡を消しているかのよう。

食事も簡素なスープが廊下に放置されるだけとなり、リネン室でタオルを回収しても使用人達は見て見ぬフリ。手を止めることすらない。ついでなので石けんや洗剤もいくつか回収しておいた。

部屋に戻る途中、一階に飾られたとある絵の前で足を止める。この屋敷で唯一飾られている私の絵だ。祖母が生きていた頃に描かれたため、絵の中の私はかなり幼い。

数年前、誰かに嫌みでも言われたのか、突然「一枚もないと体裁が悪いから」と言って物置から引っ張り出してきたのだ。といっても形だけ。なるべく目に入らないよう、廊下の端にひっそりと飾られている。この姿絵さえも、私の婚姻が成立した後に焼かれてしまうのだろう。両親にとって華がない私は汚点でしかないから。

私を立派な王子妃として育てようとしてくださった先王と王妃様には申し訳ないが、いっそ清々しささえある。

◇◇◇

婚約破棄の事後報告から一週間後。王家が準備してくれた馬車に乗り、ビストニア王国へとやってきた。ビストニア王国にはハイド王子の付き添いとして何度か訪れたことがある。歓迎されたことは一度もなかったが、今回もやはり歓迎されていない。当然だ。歓迎されるはずがない。馬車のカーテンを閉めていても悪意がヒシヒシと伝わってくる。

我が国とビストニア王国は同じ神を信仰している。そのため教会関係者には獣人を差別している人はいなかったし、平民もまたあまり気にしていない。ビストニア王国の獣人達だって人間という種族を嫌っているわけではない。自分達の種族を下に見て馬鹿にするギィランガ王国の貴族が嫌いなだけなのだ。実際、人間が治める他の国との交易は盛んである。

獣人達の気持ちはよく分かる。悪いのは人種で相手を判断するギィランガ王国の貴族だ。ハイド王子を筆頭に、我が国の貴族がどのように彼らと接していたのかを見てきた。その度にハイド王子や周りの人間を諫《いさ》めてきた。

効果はまるでなかったどころか、ハイド王子は私に馬鹿にされたのだと勘違いをした。結果、苛《いら》立《だ》ちを周りの人間と獣人にぶつけるという、非常に面倒臭い事態になってしまったわけだが。それでも教会に所属する者として、同じ大陸に住まう者として、文句の一つや二つ言うことを止められなかった。私にも彼らを止められなかった責任がある。居心地の悪さを甘んじて受け入れよう。

「城に着いたらもっと酷いんだろうなぁ……」

嫁入りさせられるのが他の聖女じゃなくてよかった。一応とはいえ来賓としてこの国を訪れ、このヒリついた空気も感じたことがある。以前はもっとマイルドだったけれど。

両国間で何があったのか聞いてくればよかった。そう思っても時すでに遅し。まぁ屋敷で使用人から聞き出したところで嘘の情報を教えられるのが関の山。教会にいた時は荷造りのことでいっぱいいっぱい。

今こうして考えられるのは余裕ができたから。足掻《あが》いても仕方ないと思える段階まで進んでいるとも言える。今回の嫁入りで揉め事《もごと》がなくなりますように、と願うばかりである。

「それでは私はここで」

「送っていただきありがとうございました」

城門を通過し、馬車乗り場で降ろされる。従者はいない。御者も門を通過する際に使った信書を私に押し付け、早々に去ろうとしている。

国を出る前からそうするように言い付けられていたのだろう。だが私への当てつけといった雰囲気はない。一刻も早く獣人達のいない場所に行きたい。そう顔に書いてある。

手綱を握る手は小さく震えている。馬車の中にいた私とは違い、悪意をその身で直接受け止めているのだ。可哀想に思えてならない。

それに王家の馬車には何度も乗ったことがあるが、目の前の御者とは初対面だった。今回だけ雇われたのか、はたまた仕事を押しつけられた新入りか。どちらにせよ貧乏くじを引いたものだ。

「どうかお気をつけて」

去って行く馬車を見送っていると、獣人達が私を取り囲んだ。皆、ガッチリとした身体《からだ》つきで、私は一瞬にして彼らが作り出した影の中にすっぽりとハマってしまった。

馬車の中で感じたものとは比べものにならない敵意が肌を突き刺す。この気迫の中から逃げ出せる人間はそうそういないはずだ。もっとも私に逃げ出す意思などないのだが。

「ギィランガ王国の聖女で間違いないな」

「はい。ギィランガ王国の聖女ラナ＝リントスです」

「ついてこい。王がお待ちだ」

敵意を隠そうともしない彼らだが、大きめの荷物を抱える私のペースに合わせてゆっくりと歩いてくれる。それに複数人で私を呼びに来たのも威圧のためだけではなかったらしい。

私を取り囲むように歩く彼らは他の獣人からの視線を遮ってくれる。時折、隙間を埋めるように身体を寄せる。そうでもしなければ私に殴りかかる獣人がいるからかもしれないけれど。厚意だとありがたく受け取ることにする。

そのまま長い長い廊下を歩くことしばらく。王の間の前に到着した。身体の大きな獣人も入れるよう、かなり大きく作られたドアをくぐる。入り口付近から左右を固めるように獣人達がずらっと並んでいた。

ここまで案内してくれた獣人に促され、ビストニア王と王妃、そして私の夫となる第三王子・シルヴァ＝ビストニアが控える玉座のすぐ近くまで足を進める。ハイド王子の付き添いとして、彼らに挨拶《あいさつ》したこともある。だが今までとは違う緊張感がある。今回は事情がまるで違うのだから当然と言えば当然だ。

特にシルヴァ王子の服装は今までの王子然とした服装ではなく、王を守る騎士のようだ。腰に剣を携えており、瞳《ひとみ》には狼のような鋭さもある。完全に警戒されている。少なくとも今から妻を娶《めと》ろうという雰囲気ではない。銀色の髪と相まって冷たい印象を抱かせる。

「人質の聖女よ、よく来たな」

王は開口一番、私を『人質』と称した。一応『嫁ぐ』という話だったと思うのだが、ハイド王子とロジータが嘘を吐いたのか、体裁を考えてそう言っていただけなのかが分からない。判断材料が圧倒的に不足している。

だが心の準備はできている。馬車に揺られている間、考え得る全てのパターンをシミュレーションしてきた。ここまで多くの獣人が集められていたのは予想外だったけど、人数なんて些細《ささい》な問題だ。

「本日はお時間をいただき、ありがとうございます」

人質だろうが妻だろうが、世話になることには違いない。まずは深々と頭を下げる。ゆっくりと顔を上げると、王の視線がスッと逸《そ》れた。先にあるのは私が両手に持ったトランクである。

「荷物はそれだけか？　従者は」

「このバッグの中身のみです。従者はおりません」

私の返答に王だけではなく、王妃も王子も分かりやすいほどに眉《まゆ》を顰《ひそ》めた。

この状況を好意的に見れば『弁《わきま》えている』になるが、悪く見れば『そっちが世話をしろと押しつけられた』といったところか。そして今までの関係を考えればギィランガ王国側の意図は後者。

王妃様がいる時ならもっと上手《うま》く対処したのだろうが、今のギィランガ王国は悪意を隠すつもりがない。宰相あたりは、悪意の矛先が私に向けられるから構わないとでも思っているのだろう。早期での対応を間違えれば間違えるほど話が捻《ねじ》れていくのが分からないのか。

国内では優秀と褒めそやされている彼だが、実情はこんなものだ。本当に、馬鹿馬鹿しい。

「貴公は何度か我が国に来ているとはいえ、取って食われるとは思わなかったのか。ここは獣人の国ぞ」

「ビストニア王国ならわざわざ人間なんて味が不確定なものを食べずとも、美味《おい》しいものがごまんとありますでしょう」

大陸中を探しても人肉を食べる文化を持つ地域はない。特にビストニア王国ほどのグルメ大国ともなればもっと美味しい肉の一つや二つや三つ、四つと知っているはず。殺しはしても食べるなんて真似はしないはずだ。

「貴公の考えは十分理解した。だがこれだけは言っておく。我が国で快適に過ごせるとは思わぬよう。肝に銘じておくといい」

「かしこまりました」

「……彼女を部屋に案内しろ。これでも息子の嫁だ。傷を付けるでないぞ」

「はっ！」

獣人達の返事で空気が大きく揺れた。私が『人質の花嫁』であることを周知するために彼らを集めたのか。

結局シルヴァ王子はひと言も発することはなかった。

先ほど馬車乗り場から案内してくれた獣人達に連れられ、王の間からかなり離れた一室に辿《たど》り着《つ》いた。私の部屋は三階の端っこ。以前、来賓として訪れた際に案内された部屋は一階で、三階に立ち入るのは初めてだ。

ビストニア王城はフロアごとに内装を変えているのか、統一感のあった一階とは違い、三階の廊下に飾ってある家具は高さがバラバラだ。

花瓶などの割れ物は私の腰ほどの高さに飾られていることが多いが、絵画は瓶と同じくらいの高さに飾られたものもあれば、私の頭よりもずっと高い位置に飾られたものもある。

低い位置にあるものはともかく、高い位置に飾られた絵は足を止めて見上げたとしても、何が描かれているのか当てることは難しそうだ。

だがそれは私視点の話であり、今、私を案内してくれている獣人からすれば低い位置の絵はしゃがんだとしても見るのは大変なのだろう。位置がバラバラなのは身長に配慮されているから。案外、全く同じ絵が飾られているのかもしれない。

思えば家具だけでなく、窓もギィランガ王国より大きめだ。だからというわけではないのだろうが、チラッとだけ見えた景色はとても開けていて、キラキラして見えた。

周りに気を取られている間に目的地に到着したようだ。案内人の一人がドアを開けてくれる。

「こちらがあなたに過ごしていただく部屋となります」

「わぁ！」

とにかく全てのサイズが大きい。ベッドなんて身体の小さな女性なら二十人は寝られる。むしろベッドほどのスペースが用意されて、ここがお前の部屋だと言われても素直に受け入れられる。

これまで宿泊させてもらっていた部屋は全て人間のサイズに合わせて作っていただけだったようだ。

窓も大きく、先ほどはよく見られなかった景色もゆっくりと堪能できそうだ。家具も色々と取り揃えてくれている。正直、実家の自室より充実している。

「こんなに立派なお部屋をありがとうございます」

「は？」

「立派？」

予想外のリアクションに、はて？　と首を傾げる。すると彼らもまた私と同じ方向に首を傾げた。

どうやらこれがビストニア王国の普通らしい。いや、人質ということを考えると普通以下なのかもしれない。思えば王の間にいた獣人は大柄から超大柄な人ばかりだった。

一口に獣人といっても種族が細かく分かれる。現国王の直系は狼族だが、王族でも種族は様々だと聞いている。それに城内の部屋を使用するのは王族に限定されたことではない。

エリアは分かれているが、使用人に貸し出された部屋や客人用のゲストルーム、夜会の際に開放されるレストルームなど、用途が異なる部屋がいくつも用意されている。

目の前の彼らは犬族・猫族・クマ族か。他にも城内には虎や牛、鳥、ネズミ、ウサギ、羊、猿の獣人などが働いているらしい。

ネズミは身体が小さいイメージなのだが、小柄の獣人は見たことがない。ネズミ科に属するというだけで、そこからさらに細かく分かれていくのだろうか。

小柄の獣人がいなければ、廊下に飾られていた絵の高さの説明ができない。だがギィランガ人と接する際は、威圧の意味を込めて体格のいい獣人のみを配置していたのだと言われれば納得できてしまう。ハイド王子に効果があったかはさておくとして、私がビストニア王国側ならそうする。

部屋の大きさは身体のサイズにかかわらず一律になっているとか？

我が国は獣人との交流が少なかった、というよりも毛嫌いしている者が多かったため、獣人に関する資料がほとんど残っていなかったのだ。ビストニア王国を筆頭に、獣人が暮らす国を何度も訪れている私ですら、彼らに関する知識がほとんどない。獣人がいる場所でハイド王子から目を離すなんて恐ろしいことはできず、彼らと交流する時間もなかった。

疑問は残るが、今はそんなことを気にしている場合ではない。他にもっと大切なことがある。これほど広ければ隠れ場所も多そうだ。隠密ローブを被《かぶ》ってやり過ごすこともできそうだとプラスに考えることにした。

部屋をクルクルと見回す私を、彼らは困ったように見守っていた。やがておずおずと「俺達もう帰っていいですか？」と声をかけてきた。気を遣わせてしまっていた。

「あ、長々とお引き止めしてすみませんでした」

ペコリと頭を下げてから獣人達を見送る。身長の高い彼らにとって、私と話すのは首の負担になっていたらしい。揃《そろ》って首を左右に捻《ひね》っていた。

獣人達が去った後、トランクを開く。持ってきた服をクローゼットに詰めるついでに隠れ場所を探そうと思ったのだが――。

「快適な暮らしってなんだろう……」

クローゼットにはドレスが数着用意されていた。明らかに私に合わせたサイズなので、わざわざ用意してくれたのだろう。尻尾《しっぽ》を通すための穴も、それが塞《ふさ》がれた形跡もないことから、誰かのお下がりを入れておいたというわけでもなさそうだ。

ギィランガ王国の貴族が好むドレスとは違い、余計な装飾品が付いていない。シンプルで動きやすそう。非常に私好みである。

他にも用意してくれたものがあるかもしれない。ドレッサーの引き出しも開けてみることにした。

「うわぁ……」

宝飾品がひと通り取り揃えられているではないか。それも換金しようと我が家から持ってきた物よりもいい品だ。付いている宝石はかなり小ぶりだが、デザインの品がいい。大きな石をゴロゴロと付けて比べ合いしている我が国とは大違いだ。

特に驚いたのはネックレス。白金のチェーンに小ぶりのモチーフだけを付けるという思い切りのよさ。クローゼットに用意されていたドレスと合わせた時のバランスまで考えてくれたようだ。

センスの違いをまざまざと見せつけられ、小さなトゲが胸に刺さったような気持ちだ。母国にいた頃なら確実に購入している。

だがこれほどの品を平然とドレッサーにしまう感覚は理解できない。第三王子の妻として歓迎されている令嬢ならともかく、私は他国から来た人質。多くの獣人達の前で「我が国で快適に過ごせるとは思わぬよう」と釘《くぎ》まで刺されている。

「もしかして私、試されてる？」

不用意に触った後でいちゃもんを付けられても困る。何も見なかったことにして引き出しを閉める。クローゼットのドレスも同じだ。ビストニア王国側の動きを窺《うかが》う意味でも、しばらくは持ってきたドレスを着回すことにしよう。

空いていたハンガーに服をかける。クローゼットの右側が自分の持ってきた服、左側が用意してもらった服ときっちり分けることにした。

その他にも引き出しという引き出しを開け、今ある物と位置を確認。特に高そうな物は触れないように気をつけつつ、実家から持ってきたものを設置していく。その際、刃物を差し込む隙間がないか、毒は塗られていないかを確認するのも忘れない。

調薬セットなど、見られては困るものはマジックバッグに入れた上でトランクの中にしまっておく。ナイフから身を守れるようにと詰めてくれた布をすぐに取り出せるよう、トランクはベッド横に置いておくことにした。

「はぁ……疲れた」

荷解《にほど》きが終わり、ベッドにゴロンと横になる。ひとまずドレッサー以外に怪しいところはなかった。端から端まで転がってみたが、ベッドも快適なだけ。来賓用のベッド同様にフッカフカ。警戒するのを忘れてこのまま溶けてしまいそうだ。

「けいかい……しないと、なのに」

疲労感と相まって、瞼《まぶた》がだんだん重くなっていく。身体《からだ》を動かすのも面倒になっていき、必死の抵抗も虚しく眠りの世界へと落ちていくのであった。


「しっかり寝ちゃった……」

頭をポリポリと掻《か》きながら洗面台で顔を洗う。ちなみにこの部屋、手洗い場とシャワールームまで付いている。部屋から出てくるなと言いたいのだろう。私としても助かる。

お客さんとしてやってきた時に入った場所はある程度記憶しているが、昨日は周りを獣人達に囲まれていた。階段や大雑把な距離くらいしか覚えていない。迷って変な場所に立ち入る可能性もゼロではない。

疑われるような行動は避けたいので、洗面台横に積まれたタオルと共にありがたく使わせてもらうことにした。実家から持ってきた服に着替え、サーフラからもらった薬をポケットに潜ませる。

ざっくりと手で髪を梳《と》かしながら窓側に向かう。昨日はゆっくりと見られなかった外の景色が見たい、というのももちろんある。だが一番は逃げ道を確保するためだ。部屋の大体の位置も把握しておきたい。

窓の外から複数人の声が聞こえてくる。それも男性の声だ。窓を開くと、閉じたままではではっきりとは聞こえなかった声がクリアに聞こえてくる。ほんの少しだけ顔を出し、外の様子を確認する。

「手がブレてるぞ」

「握りが弱い」

「すみません！」

「そこだ。ひたすら攻めろ」

「はい！」

「走り込みが足りん！　腰が引けてる」

どうやらここは鍛錬場の真上らしい。人質を隔離しておくには最適な部屋というわけだ。今は二人一組になって指導を行っているようだ。自国でも騎士の鍛錬を何度も見てきたが、獣人同士の打ち合いは迫力が違う。思わず見入っていると、牛獣人と目が合った。そして周りの獣人と何やらコソコソと話し始める。

ここからでは話の内容までは聞こえないが、視線に悪意は感じない。あれは誰なのかとでも話しているのだろう。私があまりに見ていたからか、少し離れた場所にいたはずのシルヴァ王子までもが私に気づいてしまった。

「あ」

目が合った。周りの様子を窺っていると警戒されたらマズい。慌てて顔を引っ込める。だが窓は開けたまま。いくら人質とはいえ、目が合ったからと言って窓まで閉めては態度が悪すぎる。

それに今のところは逃走ルートとして使えそうもないが、いつ・誰が周辺にいるのかを確認しておくことは大事だ。

外からは気持ちのいい風が吹き込んでくる。ゆったりとした風が緑の香りを室内に届けてくれるのだ。窓際に飾られた花と相まって穏やかな気持ちになる。

「机、移動させたら怒られるかな」

この部屋にある机は二つ。物書き用の大きな机は動かせそうもないが、食事用の机は私でも簡単に動かせそう。だがそれらはドアの付近に置かれており、人質の身で勝手に家具を動かすのは気が引けてしまう。とりあえず椅子だけ移動させ、そよそよと吹く風に当たることにした。

しばらくのんびりと過ごしていると、ドアが荒々しくノックされた。男性の拳《こぶし》で力強く叩《たた》いているような音ではない。複数人で好き勝手にドンドン叩いているような音だ。

「はい。どなたでしょう」

「ご飯、持ってきてあげたわよ。感謝しなさい」

入ってきたのは鳥獣人のメイド達。カラカラとカートを転がしながら室内に入ってくる。そして私が先ほど目を付けていた机の上に食事を並べていく。実家の食事よりも品数が多い。朝食としてはやや重いくらいだ。

「なんで私がギィランガの人間の配膳《はいぜん》なんて……」

「ギィランガでは第一王子の婚約者だったからって調子に乗らないでよね」

「そうよ。同情を買おうったってそうはいかないんだから」

自分が『詫《わ》びの品』として相応《ふさわ》しいかどうかは考えていたが、ビストニア王国からすれば同情を誘っているように見えたのか。その考えには至らなかった。ギィランガ王国側にそんな意思がまるでないと知っているからだろう。

むしろハイド王子達は、今回の一件にかこつけて私を追い出せたことに喜んでいるはずだ。彼らの気持ちの悪い笑みが脳裏を過《よぎ》り、目の前の彼女達には適当な返事をしてしまう。

「あ、はい」

「なにその返事！　むかつくわね！」

「あなたなんかにこんな立派な食事を用意してくださるなんて。シルヴァ王子のお慈悲に感謝しなさい」

「精々その飲み物で腹を膨らませることね！」

「ギィランガ人には水で十分よ！」

親の敵を見るような鋭い視線と共にチクチクとした言葉を投げかける彼女達だが、貴族の令嬢のような軽やかさがない。明らかに途中で詰まっている。記憶を辿《たど》るように視線が動いていることも。

嫌悪感はあれど、嫌味を言うことに慣れていない。頑張って考えてきたのだとすぐに気づいた。

先ほどのノックも、私が起きる前に入室しないようにとの心遣いだったのか。ただ単に身に染みついた行動が出てしまっただけかもしれない。彼女達の考えはどうあれ、私が返事をするまでドアが開かれなかったのは事実だ。

だがこれで警戒を緩めるわけにはいかない。椅子を元の場所に戻し、腰かける。

「私達、外にいるから」

「一人寂しく、かったいパンでもちぎるのね！」

「これ以上手を煩わせないでちょうだい」

「はぁ……」

食事が終わったら声をかけろということか。見られながらの食事には慣れているが、一人の方が何かあった時に対処しやすい。ぺこりと頭を下げれば、メイドは揃って部屋から出て行った。

豪華な食事が並ぶ中、真っ先に手を伸ばすのは水である。水・水差し・グラスのどれかに毒が仕込まれていた場合、薬と一緒に毒を追加で飲み込んでしまう可能性がある。

グラスに水を注いでから、見た目に異常がないかを確認。色の変化はなし。妙な揺らぎなどもない。その後、ちびちびと確かめるようにコップ一杯分の水を飲み干していく。

とりあえず即効性の毒ではない。変な苦みや酸味などもなかった。ひとまずホッと胸を撫《な》で下《お》ろし、次の食事に手を伸ばしていく。

冷製スープに木の実のパン、サラダ、炒《いた》めたたまご、果物――どれも朝食としてはメジャーである。見たところ、毒になりそうな材料は使用されていない。

さすがに練り込まれていたら分からないが、安全性の高いサラダと果物から手を付けていく。警戒するのはもちろん重要だが、貴重なエネルギー源は確保できる時に確保せねばならない。

ゆっくり、ゆっくり。嚙《か》みしめれば、素材の旨みが口いっぱいに広がっていく。パンは数日放置されていたのか、少し硬くなっている。だがスープに浸してから食べれば気にならない。

さすがビストニア王国。圧倒的美味《うま》さである。毒なんて気にしなければこの美味《おい》しさがもっと楽しめるのに……。少し残念に思いながら、一つ一つを完食していった。

「あの、終わりました」

「おっそい」

「あなたのせいで予定が押してるんだけど！　どうしてくれんのよ」

「……全部食べたのね」

「すみません」

謝りながら、食器を片付けてくれる彼女達を見守る。だがそれだけではなかった。テキパキとシーツ類も替えてくれるではないか。

「なによ、文句あるの⁉」

私の視線が気に入らないのか、メイドはムッとした声を出す。眉間《みけん》にはぎゅっと皺《しわ》が寄っている。睨《にら》んでいるつもりなのだろうが、あいにくと私は家族から毎日のように睨まれていた。ハイド王子からも似たような視線を向けられていた。今さらこのくらいでダメージを食らう私ではない。

「いや、ありがたいなぁと」

思わず本音がポロリと出てしまった。ますます彼女達の表情は不機嫌の色を濃くしていく。美味しい料理というのは恐ろしいものである。つい口が軽くなってしてしまう。

「毎日替えてもらえるとか思わないでよね」

「そうよ、洗濯も掃除も数日に一回くらいで十分よ」

喉元《のどもと》まで出かかった「数日おきにやってくれるんですね」との言葉は気合いで呑《の》み込《こ》んだ。そして神妙な表情を作ってコクリと頷《うなず》いた。彼女達は満足げに微笑《ほほえ》み、使用済みのシーツを抱きかかえながら去って行った。

彼女達の話し声が聞こえなくなってから、新たなシーツを確認する。あの短時間で変なものは仕込めなかったと思うが、カミソリ程度なら簡単に忍ばすことができる。

手先を切らないように慎重に捲《めく》っていく。けれどそこにあるのはピッシリと張られたシーツ。汚れは一つもなく、変な香りはない。むしろ石けんの香りすらしない。

私はシーツの洗いたての香りが好きなのだが、匂いに敏感な獣人にとってはそれすら不快に感じることがあるのかもしれない。そんな小さな気づきをノートに記していくことにした。

メイド達が何に触れたか。何をどのくらいの頻度で触れるのか。今日の食事もしっかりと書き記していく。使われていた食材と味の感想も事細かに記録しておくことで、次回以降、味の異変があれば素早く気づけるはずだ。

もちろん窓の外から得られる情報も時間と共に記していくつもりだ。

再び椅子を窓際に運び、膝《ひざ》の上にはノートとペンを載せる。すぐ近くにトランクを開けた状態で配置する。この状態なら荷物を取り出そうとしていたのだと勘違いしてもらえる。

身を守るための分厚い布を一番上に載せているため、トランクの中身は見えない。まぁ見られたところで困るものは全てマジックバッグに入っているのだが。

記録を取り、警戒を怠らず。メイドの動きはもちろんのこと、シルヴァ王子と目が合った時刻と回数もバッチリノートに書き残した。初めて目が合った日以降も度々目が合うのである。警戒されているのだと思う。この部屋を見上げる頻度も日に日に増えている。だが私は窓を開けることを止《や》めず、彼から接触してくることもない。

「こちらの出方を窺《うかが》っていると見るべきか、監視されていると見るべきか」

覚悟を決めるように息を吸い込む。

絶対に気を緩めないようにしなければ――そんなことを真面目に考えていた時期もあった。だが三か月と続かなかった。途中で馬鹿馬鹿しくなってきたのである。


「もし私が彼女だったら気が滅入りそう」

「メイド長の気持ちも分からなくはないけれど。いくらなんでもあれはねぇ……」

「しっ。こんなことメイド長の耳に届いたら大変だわ」

「でもさすがにあのパンはやりすぎよ……」

「この前のスープだって……。私、運びながら思わず泣きそうになっちゃった」

「飲み物多めに出しておいたけど、あんなに塩気の強いスープなんて私食べられそうにないわ」

「それでもちゃんと完食してくれるのよね……」

「これしか食べ物がないからでしょ。それに残したら今度はどんな嫌がらせが待っているか……」

部屋の外からはメイド達の話し声が聞こえてくる。嫁いできた当初こそ、私の世話をする度に親の敵のように睨んできた彼女達だが、今は顔を合わせる度に哀れみの視線を向けられている。

こんな料理しか出してもらえない私は、それはそれは可哀想な娘であり、嫌がらせの指示を出しているメイド長は極悪非道なのだと。ドアの向こう側でいかに可哀想なのかを語る彼女達の言葉は悲哀に満ちていた。涙ながらになんとか改善できないかと語る声も増えてきた。

だが実際の私は、皿に残ったソースを拭《ふ》き取ったパンと共に幸せを噛みしめている。喉元まで出かかった『優遇されていると思います』という言葉をなんとか呑み込む。

独り言でも口に出したらドアの向こう側の彼女達に聞こえてしまう。獣人の彼女達は耳がいいのだ。いや、耳だけではなく五感全てが人間よりも優れている。この距離ではどんな小さな呟《つぶや》きすらも届いてしまうことだろう。

代わりにお野菜たっぷりのコンソメスープを啜《すす》る。形は少し歪《いびつ》で煮崩れしているものも多いが、ゴロゴロと入った野菜にはしっかりと火が通されている。調理人見習いが作ったのだろう。渋々人質の食事を作っているのかもしれないが、是非ともここで技術を磨いていってほしい。

そう、決して美味しくないわけではない。冷遇ってなんだっけと考えさせられるほどに美味しいのだ。

彼女達にとっては塩分多めのスープも、私にとっては少し味が濃いかな程度。そこまで気にするほどでもない。そんなことより野菜の旨みが活かされていることが嬉《うれ》しい。酷いパンと呼ばれたそれは数日放置されただけ。

この国ではパンと言えば焼きたてパンを指す。翌日はギリギリで、数日放置されたパサパサのパンは家畜の餌。パンをカチコチにすることなんてありえないのだと。

食事中に耳をそばだてて得た知識である。さすがはグルメ大国・ビストニア王国。食に対する意識が高い。私の母国どころか、他の国でもわりと定番な食事だと伝えれば卒倒すること間違いなし。

といっても我が国、ギィランガ王国のパンは長期保存することを前提に作られている。そもそもビストニア王国とギィランガ王国とでは『パン』と聞いて思い浮かべるパン自体も違うのだが。

そんな背景もあってか、最近は人質用の放置パンの用意が明らかに間に合っていない。初めのうちは四日ほど放置した、スープをよく吸い込むパンだったのだが、最近はふっかふかなままであることも多い。今しがた食べ終わったバゲットなんて外側の生地もパリッとしていた。

本当は今すぐにでも料理人のもとへ足を運び、感謝の言葉を述べたいくらいなのだ。だが私が可哀想だと思われ続けることで、メイド長の気持ちは満たされる。ただただ快適な暮らしをしているだけなのだとしても。

ならば毎日美味しいご飯を三食用意してもらっているお礼に、甘んじて可哀想ポジションを受け入れるべきではないか。

声を上げることでご飯のランクが下げられるかもしれないと心配しているのではない。この国の人達が知恵を絞って『冷遇飯』を作ったところで、私が十数年間食べてきた食事よりも味が落ちることはないと断言できる。

私の母国、ギィランガ王国はメシマズ国として有名である。揚げ物と生野菜以外致命的。調味料を使うということがほぼない。出汁《だし》は取らず、パンは焼きたてなのにガチガチ。

貴族の食事よりも平民の食事の方がほんの少しだけ美味しい。理由は簡単。平民は自国の食事がマズいと自覚して、他国の文化を取り入れるからだ。貴族にはその潔さがない。そもそも食事に関する興味が極端に薄い。故にギィランガ王国の貴族の食事はマズいまま。

私だって幼い頃からそんな食事を食べ慣れていたのであれば、こういうものだと諦《あきら》められたかもしれない。だが幼い頃、祖母が生きていた頃の食事はまるで違った。他国への留学経験のある祖母は自国の食事に我慢ができず、他国出身の料理人を雇っていたのだ。

だが祖母が亡くなってからひと月と経《た》たないうちに、父は料理人達を全員解雇してしまった。それからは年々食卓に並ぶ食べ物の質が落ちていった。全てはドレスとアクセサリーを買うお金を確保するために。

といっても両親と妹がおかしいのではない。むしろギィランガ王国の貴族としては、食事を楽しむ私と祖母こそが異端だった。三大聖女の中でも食分野に特化した聖女に選ばれた時も喜んでくれたのは祖母だけ。

『食事こそ力なり』

愛すべき祖母の言葉だ。私の大好きな言葉でもある。同じ価値観を持つ祖母が亡くなり、食事は不味《まず》くなる一方。私にとっての元気の源である食事がそんなだからか、神聖力は徐々に弱まっていった。

あの食事はギィランガ王国の貴族にでも戻らない限り、体験することはないだろう。万が一、離縁されたとしても私があの場所に戻ることはない。教会の仲間達は優しく受け入れてくれると思うが、実家にも社交界にもすでに私の居場所などないのだから。

ちなみにメイド長の渾身《こんしん》の嫌がらせは食事に限らず、側仕《そばづか》えのメイドを付けない・部屋の掃除は数日に一度にするなどがある。

またメイドから直接言われて知ったのだが、私の部屋に用意されているドレスや宝飾品は最小限であるらしい。この部屋も隔離用の部屋なのだとか。

『夫にすら愛されることのないあなたにはこれくらいがお似合いよ！』

『使う予定もないアクセサリーなんて持っていても無駄でしょう？』

『折角作った服なのに日の目を見ることがないなんて針子が可哀想だわ！』

あなたは冷遇されているのだと思い知らせたいのか、頑張って演技をしていることがヒシヒシと伝わってきた。だが残念なことに、私は彼女達が思い描くような聖女でも令嬢でもないのだ。

身の回りの世話くらい自分でできる。実家から持ってきた服はどれも一人で脱ぎ着ができるドレスで、毎日洗濯しなくとも気にしない。聖女として遠方に出向く際は数日同じ服で過ごすなんてよくあることだった。

掃除だって数日に一度、メイドが隅から隅まで綺麗《きれい》にしてくれる。枕カバーやシーツもその時替えてくれるし、洗濯物も回収して洗っておいてくれるので非常に快適である。当然、毒や刃物が仕込まれるようなこともない。

私がやることといえば換気と大きめのゴミを拾っておくくらいなもの。メイド達の仕事があまりに丁寧で、少し申し訳なさもあるくらいだ。

社交界に参加することもないのだからドレスや宝飾品などあっても無駄になるだけ。貴族や王族が率先して購入することで経済を回すなどの目的があって購入したのであれば受け取る。だが私自身、どちらにも興味がない。ロジータなら異国の地でも構わずギャーギャー騒ぐのだろうが。

そんなことを考えながら、細工の凝ったガラス皿に手を伸ばす。本日のデザートはおそらくシャーベット。色を見る限り、同じ皿に数種類のシャーベットが盛り付けられていたと思われる。想像なのは部屋に運ばれてきた時にはすでに溶けていたから。綺麗に作った後でわざわざ放置したのであろう。ご丁寧にミントまで浮かんでいた。

お付きがいないのをいいことに、ガラス皿を両手でガッと掴《つか》んでズズズと豪快に啜る。もちろんミントもありがたくいただく。ドアの側で待機しているメイドには私の品のなさが伝わっていることだろう。だが今さらである。

ベリーの甘みと柑橘《かんきつ》の酸味がマッチしたシャーベット改め、凍らせてから溶かすという手間をかけたジュースを飲みきる。本日の昼食も完食。満腹になったお腹を摩《さす》りながら、どれも美味《おい》しかったなぁと思い出して頬を緩める。だがすぐに表情を引き締める。

「すみませ～ん。食器を下げていただいてもよろしいでしょうか」

ドアの向こう側に声をかけると、すぐにメイド達が部屋へと入ってきた。

「失礼いたします」

三人とも綺麗になった皿をじっと見つめ、そこからさらに私の顔を見る。獣人は感情が耳と尻尾《しっぽ》に出やすいのだと聞いたことがある。鳥獣人の彼女達の場合、耳の形がほとんど人間と変わらず、尻尾らしきものも見当たらないので参考にはならないのだが、顔を見れば言いたいことは分かる。

不憫《ふびん》・可哀想――ドア越しに聞こえた会話と同じ。だが否定することはせず、代わりに小さくぺこりと頭を下げる。

解毒剤を常にポケットに潜ませていた頃が懐かしく思える。今となっては、ぬるくなったスープや数日放置したパンを出すだけでも心を痛める彼らが、食事に毒を盛るという食への冒涜《ぼうとく》的行為をするはずがないと断言できる。

すっかり冷遇生活に慣れた私だが、ただ一つだけ不満に思うことがある。

「冷遇生活がこんなに暇だとは……」

現状をひと言で表すなら『暇』である。最近は毎日のように獣人達の鍛錬風景を見ている。武術は完全に素人《しろうと》だが、個々の癖も何となく分かってきてしまった。

三か月の間に起きた事件といえば、実家から持ち込んだ服がまとめて洗濯に出されそうになったことくらいだ。必死で抵抗して以降、メイド達の目に哀れみが混じり始めた。てっきり嫌がらせをされるものだと思っていただけに、彼女達の反応には拍子抜けしてしまった。真意は不明だが、今のところ実害はない。

そんなわけで、私の生活は驚くほどに平和なのである。外の動きも大体決まっているので、新しい記録はない。あまりにも暇すぎて、ついにシシアからもらった地図に書き込みを始めたのが十日前。私の持っている情報のほとんどを書き込んだ。

念のため持って行くようにと言われたまっさらなノートは、今では今年の作物生産予想がビッシリと書き込まれている。これらを教会に送りたいくらいだ。もっともそんな術《すべ》はないのだが。

仲間からの大事な贈り物を取り上げられると悲しいので、今はどちらもマジックバッグにしまっている。

「何か時間を潰《つぶ》せるものがあればな～」

六歳の頃に三大聖女に選ばれて以降、三日以上連続で休んだ記憶がない。王子の婚約者に選ばれてからはもっと忙しく、学園在学時に至ってはまるまる一日休める日なんてなかった。よくて半日休める程度。それも教会の仲間達が気を遣って確保してくれたもの。

ひたすら身体《からだ》を動かし、頭を動かし。国のためにと働き続けてきた。今の生活も国のためといえば国のためだが、多忙に慣れた身では何もしない生活ほど辛《つら》いものはない。

「今日もいい風。この風に乗って出かけられれば……ん？　出かける？」

願望を口にして、ハッと気づいた。そうだ。城下町に繰り出そう。逃げ出すのはマズいが、食事の時間までに戻ってくればいいのだ。

幸い、食事の時間以外はメイド達がこの部屋に近寄らないことは把握済み。窓も毎日開けているため、下を通る騎士もメイドもすっかり見慣れたようだ。窓について何か指摘されたことはない。窓を開けたままにしていれば、部屋からいなくなったとは思うまい。

マジックバッグの中にはジェシカからもらった隠密ローブがある。これを被《かぶ》っていれば視認されることはない。匂いだけはどうしようもできないようだが、風魔法を使えば空中の移動もできる。

「バレそうだったら引き返せばいい、よね？」

自分に言い訳をしながら隠密ローブと共に、聖女仲間からもらった服を取り出す。ささっと着替えて、着ていた服はマジックバッグの中へ。肩からマジックバッグを提げ、隠密ローブをすっぽりと被れば完璧《かんぺき》だ。鏡にだって映らない。

はしゃぐ気持ちをグッと堪《こら》え、風魔法で足場を作り出す。無色透明な板なので、慣れないと乗る時に少しだけ躊躇《ちゆうちよ》してしまう。だが窓ガラスよりも厚く、かなりの強度がある。上空から何かを確認したい時や、手が届かない場所の物を取る時に便利である。

その上に座り、大きな窓から外へと出る。音に気づかれないよう、進む際に使用する風魔法は最低限に。風の流れに乗って移動していく。

かなりゆっくりと進んだが、城下町に着くまで四半刻とかからなかった。上空から見ただけでも、城にいた頃では気づかなかった発見がある。

過去、私が出会った獣人のほとんどが大柄な男性、もしくは鳥獣人であった。けれど町には小柄の獣人達が多くいるのである。子供なのか、小柄な種族なのか。上空からでは判断ができないのだが、私が知らない種族もたくさんいるかもしれないと分かっただけでも大きな収穫である。

路地裏で降り、脱いだ隠密ローブをマジックバッグに手早くしまう。ワンピースの皺《しわ》を軽く手で伸ばし、そのまま大通りへと足を進めていく。

ビストニア王国の城下町に来るのは初めてだ。今までの訪問は全て王子の付き添い。ギィランガ王国を代表してのものだった。城の外に出られるはずもない。今は人質とはいえ、貴族や王族といったレッテルを剥《は》がせば身軽なものだ。

といってもなくなったのは散策に邪魔な立場だけではない。財布も軽くなっている。手元にもお金はあるが、それだけでは些《いささ》か心許《こころもと》ない。今のうちに実家から持ち出した宝飾品を換金してしまいたい。近くに宝飾店、いや買い取りを行っている店があればいいのだが。

店を探しながら、私と同じくらいかそれよりも背丈の低い獣人の観察も行う。じいっと見ては失礼なので、あくまでもすれ違いざまに確認する程度。それに共に歩く人や話し方に注目するだけでもかなりの情報が得られる。

「ままぁ、あたし、あれ食べたい」

「今日の売上はいまいちだな。子供の誕生日ケーキ分、頑張って稼がないと」

前者は丸い耳と尻尾を持つ獣人。おそらくクマ獣人だ。私よりもやや背が高めだが、服装や話し方、顔つきにあどけなさが見える。かなり大柄の母親の腕に掴まり、おやつをねだっているところも『子供』らしさを感じさせる。

一方で後者、紐《ひも》のように細長い尻尾を持つ彼はネズミ獣人だろう。人間の子供ほどの背丈ほどしかないが、その顔に幼さは見えない。また会話から子供がいることが窺《うかが》える。提げている仕事道具も使い込まれており、その道に携わって長いのだろうと予測が付く。

また同じ尻尾を持つ獣人が彼のすぐ横を走り去っていったのだが、その子は彼よりも頭二個分背が低かった。

他の人達の様子も見たが、私が上空から見かけた『小柄の獣人』はやはり子供と小柄な種族の両方であったことが分かる。少し考えれば分かることではあるのだが、想像や予測でしかないものと実際この目で見て得た情報とでは大きな差がある。

それに新情報は獣人という種族の体格差だけではない。正直、体格よりももっと重要な情報が目の前をちらついていた。むしろこちらから少しでも気を逸《そ》らすために、道行く人に注目していたと言っても過言ではない。

「さすがビストニア。料理を出す店が多い……」

上空からでは感じることのできなかった美味しそうな香りが鼻をくすぐるのである。調理済みの料理を売っている店も多いが、その場で作って提供している店も多い。視覚と嗅覚《きゅうかく》、聴覚に『美味《うま》さ』を訴えかけてくるのである。今は手持ちが少ないこともあって堪えてはいるが、私の自制心は揺れに揺れている。

「なんだ、お嬢ちゃん。この町は初めてかい？」

声をかけてきたのは串焼《くしや》き屋の店主。匂いに釣られるように近寄っていく。

「はい。最近この国に越してきたばかりで。あの、この辺りに買い取りをしてくれる店ってありますか？」

「金を作りに来たってことか。それならここの通りを右に曲がったところにあるよ。そこなら大体のものを買い取ってくれるし、ダメなら別のところを案内してくれるから。まずはそこに行ってみるといい」

「ありがとうございます。後で買いに来ますね」

「ああ。待ってるよ」

ひらひらと手を振って、通り沿いを歩く。教えてもらった店は想像以上の大きさだった。店自体もだが、入り口が一つだけドンッと開いている。まるで大きな口のよう。身体の大きな獣人にも配慮されている。店の看板を見上げていると、大型の魔物を担いだ獣人が横切っていった。

どうやら身体の大きさのみに配慮しているのではないようだ。自分の身体よりもやや小さな魔物を一人で担ぐなんて、人間ではまず無理だ。力持ちの獣人が住むビストニア王国らしい光景だ。

また魔物を丸々持ち込むのも珍しいことではないようで、入り口付近で突っ立っている間に魔物を担いだ獣人が数人通過していった。だが驚いているのは私だけ。この国では日常の一コマらしい。私と同じくらいの背丈の獣人ですら背中に魔物を担いでいる。

もちろんそれ以外の買い取りも多いのだろうが、どうしてもギィランガ王国では絶対にお目にかかることはなかった光景に目がいってしまう。だがずっと驚いてもいられない。私はこれからビストニア王国で暮らしていくのだから。

「早く慣れないと」

小さく呟《つぶや》いた。そして自分と近い背丈の獣人を見習って、大きな荷物を持った獣人にぶつからないように気をつけながらドアをくぐる。

店の中は思ったよりも混んでいるが、買い取り用の部屋はかなりの数が用意されている。一応整理番号の札はもらったが、待機所の椅子に腰掛けてわりとすぐに番号が呼ばれた。

個室に入ると、銀縁の眼鏡をかけた鳥獣人が待っていた。同じ鳥獣人でもメイド達とは違う。頭部にぴょこんと耳のようなものが立っている。

「本日は何をお売りいただけるのでしょうか？」

店員は手袋をはめた左手で眼鏡のツルの部分をクイクイッと上げる。

「宝飾品です。もらい物なのですが、使い道がないので換金できればと思いまして」

話しながら、マジックバッグからアクセサリーボックスを取り出す。そこから実家を出る際に持ってきた宝飾品を一つ一つ取り出し、机の上に並べていく。全部で八個ある。彼は失礼、と断ってからそのうちの一つをすくい上げ、丁寧に見ていく。

「なるほど。ギィランガの宝飾品ですか」

「分かるんですか？」

「まぁ大体は。見た目はともかく、付いている宝石は立派ですから。解体して売れるんですよ」

「じゃあ結構なお値段になりますかね〜」

「そうですね。保管状態もかなりいいみたいですし……このくらいでいかがでしょうか」

計算機をパチパチと弾《はじ》いて導き出された数字は、私の見立てよりも少しばかり低い。ギィランガ王国の貴族だと悟られないように『もらい物』と言ったのが悪かったかもしれない。

価値を知らない相手だと思われればその分買い叩《たた》かれる。商売をする上での常識である。だがあまりがっついてもいけない。焦りは禁物だ。

「もう少し増えませんか？」

「解体やリメイクの費用がかかりますからね〜」

「そこをなんとか！　最近越してきたばかりなので何かと入り用なんですよ。知り合いに聞いたんですけど、この青い石とか高価なものなんでしょう？」

もらい物であるという設定を守りつつ、値上げ交渉を試みる。

「えっと、石の名前、なんでしたっけ？　ええっと」

「……分かりました。もう少しお値段乗せさせていただきます。ただし」

「ただし？」

「あなたが最近食べた料理の中で最も美味《おい》しかったものを教えてください」

「美味しかったもの……ですか？」

「なんでもいいです。お答えできないようでしたら初めに提示したお値段のままで」

なぜ美味しい料理なんて聞くのかは謎だが、買い取り金額を上げてもらえるチャンスを無駄にはしたくない。この三か月で気に入った食べ物の名前を口にする。

「パンです！」

「パン？」

「ビストニアのパンってギィランガと全然違うんですね。ふんわりしていてパクパク食べちゃいます」

来賓として訪れた際にも食べたことがあるが、お客さん用ではなく毎日のように食べているものだったのかと驚いたものだ。

使っている小麦からまるで違う。木の実が入っている日と入っていない日があり、パンの種類も様々。もし明日の朝食がパン一つだけだったとしても文句が出ないほどに美味しいのだ。

人質とは思えないほどにいい食事を与えてもらっている。思い出しただけで涎《よだれ》が出てきた。今すぐにでもかぶりつきたい。

「ギィランガのパンはどんなパンなのですか？」

「種類はいくつかありますが、大体は硬いですね。美味しさよりも保存性に重きを置いていて、ちょっとパサパサしています。その分、少量でもお腹に溜《た》まるので、少し長めの旅に出る際もパンと水さえ確保しておけばどうにかなります」

美味しくはないという最大の欠点はあるものの、ギィランガ王国の人間なら子供の頃から食べ慣れている。身分関係なく、文句を言わずにかじりつくのみ。

また保存という面ではかなり優秀だ。食糧支援の際にも用意しやすく持ち運びも楽。なんなら材料だけ持っていって現地で焼くという手もある。これに干し肉やドライフルーツなどを付ければどこの領でも大喜びである。

「なるほど。ちなみに私のお気に入りのパンは、大通り沿いの赤い屋根の店で売っているバゲットです。バゲットとしてはやや小さめ、両手を横に並べたくらいの長さで、食べ歩きにも優れているので、是非一度食べてみてください。……と、こちらがお支払いになります」

「ありがとうございます」

結局パン情報を共有しただけで終わってしまったが、差し出された金額は確かに最初に提示された額よりも多い。もしや増やした分の金でバゲットを買えということなのだろうか。クールな表情からは全く意図が読み取れない。ぺこりと頭を下げてから買い取り店を後にした。

とりあえず先ほどの串焼き屋に戻り、お礼も兼ねて串焼きを一本購入する。大きな牛肉が串ギリギリまで刺してある。ちなみにこれは二番目に小さいサイズ。大きいものだと私の腕ほどの大きさの肉が刺さっている。先ほど魔物を持ち込んでいた獣人のように身体の大きい人が食べる用なのだろう。一方で小さな串に一口サイズの肉が二、三個だけ刺してあるものも。

獣人という種族間でも体格差があるからだろう。この店限定のサービスなのか、はたまたビストニア王国では当たり前のサービスなのか。是非とも味と一緒に確かめねばならない。

串を横に持ち、豪快に肉を引き抜くように食べる。社交界なら間違いなく眉《まゆ》を顰《ひそ》められる行為だが、ここはビストニア王国の城下町。食べ歩きをしている人は私だけではなく、大通りに出てくるとほとんどの人が何かしら食べ物を持っていた。道のど真ん中で立ち止まる人もいるほどだ。皆が好き好きに食べている。私もビストニア国民を見習って、串焼きの味を堪能することにしよう。

もぐもぐと口を動かしながら向かうのは、先ほど教えてもらったばかりのパン屋である。思いの外近かったので、牛串を食べきるまでその辺りをぷらぷらと歩く。西側から歩いてくる人が多いが、あちらに屋台があるのだろうか。大きな門もある。とりあえず門を目印にして歩いてみよう。

串焼きを食べ終わるとすぐに手の中の食べ物をバゲットに変更し、食べ物に惹《ひ》かれるように西門を目指して進んでいく。

「わぁ！」

歩いてきた道にも多くの店が立ち並んでいたが、こちらは段違いだ。料理以外も野菜や果物、本に骨董品《こっとう》と多くの商品が並んでいる。ざっくり食べ物とそれ以外のエリアとで分けてあるものの、食べ物だけでもかなりの種類がある。半分ほどまで食べたバゲットを一旦紙袋に入れ、マジックバッグに入れる。

夕食を控えているのでこれ以上食べ歩きをするつもりはないが、何か部屋に持って帰れるものはないか。保存が利きそうなものは……と店と店の間を歩き、お菓子類を中心に買い漁《あさ》る。食事のデザートとして果物などは付けてくれるが、さすがにおやつはないのだ。文句を言う気は毛頭ないが、ちょうどお菓子が恋しいと思っていた。

次はいつ城の外に出られるか分からない。マジックバッグ内では時間の経過が緩やかだからと自分に言い訳をして、いくつもの店の紙袋をマジックバッグに入れていく。

こうなると先ほどの店でもパンをもう少し買うべきだったのではないかという気がしてくる。だがパン屋まで引き返すとなると、かなり時間のロスだ。城まで戻るためには、そこからさらに戻って初めの路地裏に引き返す必要がある。

だがここからなら少し歩けば茂みがある。身を隠すにはちょうどよさそうだ。

「パンは今度来られた時の楽しみにしよう」

もっと食べたいが、パンなら城でも出してもらえる。食欲に惑わされ、夕食に間に合わなかったなんてことになったら目も当てられない。脱走したことがバレないうちに戻らなければ。心を鬼にして屋台から目を背け、茂みの方へと向かう。

屋台エリアを抜けてから少し歩くと、茂みの近くにぽつんと小屋が建っているのが見えた。よく見れば看板も出ている。薬屋のようだ。なぜ城下町の端っこでひっそりと店を構えているのか。普通に歩いていたら見逃しそうだ。

「時間は……まだ大丈夫そう」

門のすぐ側《そば》に設置された大時計で時間を確認する。長居をしなければ夕食に間に合うはずだ。

ドアを開けるとカランカランと鈴の音がする。店内を見渡せば、外観からは予想が付かないほどビッシリと薬や材料が並んでいる。材料の質が高い。保存状況も完璧《かんぺき》だ。ビストニア王国王都付近では採取できない素材も大量に置かれている。価格帯はやや高めだが、この質が常に担保されるとなれば相応の額だ。軽く見ただけでも薬屋として非常に優れていることが分かる。

城下町の一等地に建っていてもおかしくはない。なぜ城下町の端、それも隠れるように建てられているのか。ますます疑問が深まっていく。

「いらっしゃい。見ない顔だな」

商品を見ていると、奥からウサギ獣人がやってきた。彼がこの店の店主のようだ。ほのかに薬の香りがする。調薬を行う者特有の、落ち着く香りだ。

「実は今日、初めて城下町に来まして。近くの屋台を見て歩いていたら、たまたまこのお店を見つけたんです」

「なるほどな。それでお目当てはなんだ？」

「えっと、薬草を」

店主に声をかけられて何も買わないのも……と思い、定番の素材を口にする。マジックバッグの中にも大量の材料があるが、薬草は大抵の薬の基礎となる。あって困るということはない。良質ならなおよし。

「嬢ちゃん、薬師か？」

「いえ、私ではなく親戚《しんせき》が薬師なんです。良質な薬草を見かけたら買ってこいって言われていて。あと塗り薬を入れるケースがいくつか欲しいです」

ケースの使い道は決まっていない。薬草を、と言った後に、そういえばほとんど手持ちにないなと思い出したのである。

毒を盛られた時や深い傷を負った時、まずすべきは解毒剤や回復ポーションを飲むこと。液体であれば傷口にかけるのも効果的だ。薬を塗るのはある程度症状が落ち着いてから。

なのでマジックバッグに入っている薬類は液体や錠剤、粉末が多い。これらは薬箱に入っているが、塗り薬はほとんどない。

今後も増やす予定はないのだが、持っていれば後で使うかもしれない。あまり嵩張るものでもないので、この機会に買っておこうと思ったのだ。

「そうか。ちょっと待ってな」

店主はよいしょっと腰を上げ、店の奥に下がっていった。彼が戻ってくるまでの間、店に並んだ薬を眺める。種類の多さはもちろんだが、同じ薬でも作り手や容器がバラバラだ。その分、効果などが記入されているとはいえ、薬屋で扱う商品はある程度統一しておくのが一般的だ。

「なんか気になるものでもあったか?」

「並んでいる薬、同じ薬でも全然違いますね」

「ああ、作り手が違うからな。各地から売りに来るから瓶も使っている素材も全然違うんだよ。だがどれも値段以上だぞ。わざわざ薬を買うためだけに城下町に来る客も多い。だからうちは門の近くに店を構えてるんだ」

「ああ、それで……」

「見たいものがあったら声をかけてくれ。一応踏み台は用意してあるが、嬢ちゃんの背だと天井から吊《つ》るしてあるものなんかはちゃんと見えないだろ。言ってくれれば取るぞ」

「ありがとうございます。その時は遠慮なく声をかけさせてもらいます。ところで私が薬を持ち込んだら買い取りってしてもらえますか？」

私の調薬技術はサーフラの足下にも及ばない。だが簡単な薬であればある程度上質のものが作れる。ちょうどいい稼ぎになるかもしれない。

なにより、調薬には時間がかかるので暇が潰《つぶ》せる。いざという時の逃走資金が稼げて、食べ歩き代も稼げて、暇も潰せるなんて。今の私にとってこれ以上素晴らしいことはない。

「店に並べてもいいと思える品ならな。いい品、期待しているぞ」

「帰ったら親戚と相談してみます」

「ああ、それがいい。で、ケースはどうする？」

店主が奥から持ってきてくれたケースの中に、教会で使っていたものと同じものがあった。目の前に並べられたケースの中では最も小さい。だが大量に作ったはいいが、使わずに劣化させてしまっては意味がない。使い慣れたものが一番だと、それを指差す。

「これを十個お願いします」

「薬草は？」

「五束で」

「あいよ」

商品を受け取り、マジックバッグに入れる。カランカランと軽い音と共に店を出た。思いがけぬ出会いと買い物ができて満足だ。

「さて、帰ろう」

茂みに進み、人目がないか確認する。マジックバッグから隠密ローブを取り出して、頭からすっぽりと被《かぶ》った。行きと同様に風魔法で足場を作り、その上に座る。ある程度の高さまで飛んだら風の流れに身を任すだけ。

上空からは城下町で過ごす人達も城で働く人達もよく見える。だが誰一人として私に気づく様子はない。開けっぱなしの窓から戻り、バレないうちに元の服に着替える。楽しかったなぁとしばらく外を眺めていると、ドアがノックされた。

「夕食の時間よ」

「野菜が溶けてるけど、人間にはピッタリよね」

「これは皮までしっかり食べることね」

具材が少なく見えるが、スープに溶け出しているだけ。このフルーツは皮まで食べられる、といったところか。毒が……なんて心配していた頃は言葉の裏側まで考えてしまったが、今では優しさしか感じない。ぺこりと頭を下げてから、スプーンを手に取る。彼女達はそれを合図に部屋から出て行ってくれる。

匂いで外出したのがバレるんじゃないかとヒヤヒヤしていたが、気づかれなかったようだ。帰るまでの道中でかなり匂いが飛んでいたのだろう。

『時間にさえ気をつければ、今後も外出がバレないかもしれない』

人質とは思えぬ発想が私の脳内でふわふわと広がっていく。放置気味の冷遇（?）生活がこんなに素晴らしいものとは思わなかった。

食べかけパンを取り出し、代わりに夕食で出されたパンを紙袋に入れる。これは明日以降のおやつにしよう。マジックバッグに入れておけば美味《おい》しく食べられる。だがさすがにパン以外は難しい。

城下町で食べ歩きをしたせいで、夕食を食べきるのには少し苦労した。だがせっかく作ってくれたものを残すわけにはいかない。夕食前に買い食いした私が悪いのだ。今度行く時はもう少し自重しようと決め、果物を皮ごと頬張った。

翌日。昼食後に早速薬作りの準備を開始する。窓を開け、マジックバッグから『外出先で使える調薬基本セット』を取り出す。セット内容はすり鉢とすり棒と薬ベラ、漉《こ》し器、携帯薬釜《がま》、携帯魔法コンロ。コンロには火魔石をはめておく。

今日作るのは回復ポーション。薬師が一番初めにマスターすべき薬であり、最も需要が高い薬でもある。材料は薬草と水のみ。今回は昨日薬屋で買った薬草と、水魔石から出る水を使う。

教会では三大聖女に認められる品質の回復ポーションを作れるようになってようやく、他の薬の作り方を教えてもらうことができる。この段階で調薬を学んでいくのは難しいと判断されれば、薬学以外の仕事を中心に覚えることになる。

ちなみに次の三大聖女として指名された者に逃げ道などない。私はシシア、サーフラと共に先代の三大聖女にバッチリと扱《しご》かれた。そのおかげで回復ポーション以外も基礎的な薬は一通り作れる。

思いがけぬところで身につけた技術が役立つものである。小遣い稼ぎと暇つぶし目的なところが申し訳なくもあるが、嫁入りは国のためでもあるので許してほしい。

まず水魔石を薬釜に入れ、コンコンと指で軽く叩《たた》く。じんわりと水が出てくるので、薬釜の半分を少し超えたあたりまで溜《た》まるのを待つ。初め同様、コンコンと軽く叩くと水が止まる。引き上げてタオルで魔石に残った水気を拭《ぬぐ》う。ちゃんと魔石保管専用ケースにしまうのも忘れない。

忘れると何かの拍子に衝撃が加わった水魔石がバッグの中を水で満たしてしまうのだ。聖女見習い・神官見習いは数人に一人、このミスをする。

ちなみに私も聖女になったばかりの頃、ケースの蓋《ふた》がしっかりと閉まっていない状態でバッグに入れてしまい、大慌てしたことがある。先輩達はよくあることだと笑いながら、一緒になって私の荷物を乾かしてくれた。翌年以降は私も乾かす側に回って……。思えば風魔法を覚えたのはそれがきっかけだった。いい思い出である。

携帯魔法コンロの上に薬釜をセット。火をつけ、沸騰直前まで待つ。その間に薬草をすり潰しておく。力を入れすぎないことと、数回に分けて薬草を投入するのがポイント。また気にしすぎないことも大事だ。

若干葉っぱや繊維が残っていても、最後は漉してしまうので完全にすり潰す必要はない。といってもある程度はしっかり潰さないと薬効が下がってしまうのだが。このあたりの塩梅《あんばい》は慣れるしかない。

すり潰した薬草は薬釜に投入。すり鉢の間に挟まった薬草も大事なので、何度かすり鉢にお湯を注ぎながら余すところなく使っていく。

この動作に「貧乏臭い」と眉《まゆ》を顰《ひそ》める者もいるが、素人《しろうと》の感想は全て無視していい。外部の声よりも効果の高い薬。質を安定させられる方法があるなら実践すべきだ。

ヘラでかき混ぜながら、貧乏臭い発言の張本人である元婚約者と妹を思い出す。あのまま婚約を結んだとして、ロジータに王子妃が務まるとも思えない。

あの子は我儘《わがまま》で、強制されることと勉強が何よりも嫌いだった。当事者は誰一人としてろくに考えていないのだろうが、大事なのは子を成すことよりもその後。

特に重要なのは、王位を継ぐ人物がハイド王子ではなくユーリス王子であるということ。子供が一人しかいなかった先王の時代とは話が変わってくる。

またハイド王子の場合は愛人の子供である。今は大した仕事もしない三大聖女とその妹を取り替えたくらいの認識でしかないのかもしれない。だが冷静に考えれば『王が愛人に産ませた子供』が『婚約者以外の娘』を孕《はら》ませたのだ。

ロジータの身分は当時の愛人よりも高いとはいえ、ハイド王子が婚約者以外の女性に手を出したことには違いない。彼の行いは父である国王の過ちと似たようなもの。彼らの子供の代で再び繰り返されてもおかしくはない。

二度あることは三度ある。だが一度目を起こす前から大問題になると分かりきっていたことを、そう何度も繰り返さないでほしい。王族相手とはいえ、いい加減学べと言いたくなる。

「ロジータ達がどうなろうと自業自得だけど、王妃様とユーリス王子が困るような結果にだけはなってほしくないなぁ」

王妃様はもちろん、ユーリス王子は立派な方だ。父を反面教師にしつつ、祖父と母の背中を見て育ってきた。義姉になるからと私にも気遣ってくれる優しさまである。

次期国王としては少し優しすぎるくらいだが、そこも彼のいいところだ。彼ならきっと、私がいなくなった後も教会のことを気にかけてくれるはず。

「薬の調合みたいに邪魔なものだけ取り除ければ一番なんだけど、現実はそう甘くないもんね」

煮立った薬を軽く冷まし、漉しながら瓶に入れていく。回復ポーションを作るのは数か月ぶりだが、我ながら透明度の高いものができた。これなら薬屋で買い取ってもらえるはずだ。蓋はせず、ここからさらに冷ます。

机の上に並んだ瓶を見ながら考えるのは次回の外出のこと。また美味しいものと巡り会えるといいのだが……。

いや、その前に買ってきたおやつを食べねば。美味しかったらまた同じものを買って。せっかくビストニア王国にいるのだ。見知らぬお菓子や現地ならではのご飯も開拓していきたい。

ゆるゆるとした表情で、今日のおやつとその先の食事に思いを馳《は》せるのだった。

閑話一　様子のおかしな花嫁

「おかしい」

「何がですか？」

「最近、彼女の部屋の方角からなんだか不思議な音がする」

　シルヴァの言う『彼女』とは、三か月前にギィランガ王国から嫁入りしてきた人間の聖女のことである。名前はラナ。ギィランガ王国の貴族でもある。

　以前よりビストニア王国とギィランガ王国の仲は最悪であった。ギィランガ王国の貴族は獣人を見下しており、度々突っかかってくるのだ。ギィランガ王国の姿勢は気に入らないが、ビストニア王国としても戦争がしたいわけではない。

　人間という種族全体の問題ならともかく、一つの国の、それも貴族だけの問題である。根底にある差別意識が数日で変わるはずもない。

　大きな揉《も》め事《ごと》に発展すれば、両国の民達を巻き込むことになる。獣人と人間が争えば負けるのは確実に人間である。決して『人間』という種族を下に見ているわけではない。基礎的な身体能力が違いすぎるのだ。

　体力・パワー・スピード、どれをとっても人間は獣人の子供にすら勝てない。優れた策や道具を用いたところで、圧倒的な差を覆すことはできない。

獣人という種族が狩りや戦闘に特化しており、対魔物戦・対人戦共に戦い方を熟知しているからだ。加えて即日動員できる人数も桁違《けたちが》い。おそらく十日とせずに終戦する。

無論、これは戦闘に限定した話であり、獣人が人間に劣る分野もある。獣人には獣人の、人間には人間の魅力があるのだ。もちろん他の種族にも。

それに優れた力を持っているからといって、それを振りかざすことが正しいとは限らない。我ら獣人を苦しめた者のみが報いを受けるのであれば構わない。だが割りを食うのは平民達である。獣人と対等に接する彼らが飢えることがあってはならない。面倒ではあるが、問題が起こる度に形ばかりの和解をしてきた。

ただし今回ばかりはやや事情が異なる。今まで人種差別をしながらも力の差を理解していたギィランガ王国側は、決して暴力を振るうことだけはしなかった。だからこそ『和解』ができたのだ。けれどギィランガ王国は越えてはならぬ一線を越えた。ギィランガ王国の貴族が寄ってたかって獣人の子供を切りつけたのである。魔物と間違えた——それが相手方の言い分だが、大切な民を傷つけられて許せるはずもない。

本来ならばギィランガ王国の貴族を皆殺しにするところだが、子供を助けたのもまたギィランガ王国の貴族だった。それも年若い娘である。身を挺《てい》して獣人の子を守った彼女の背には大きな傷が残った。嫁入り前の身体《からだ》に傷が付いてしまった。けれど彼女は「守れてよかった」と笑っていた。

聞けば彼女は没落寸前の下級貴族で、平民と変わらぬ生活を送ってきたらしい。獣人とも友人のような関係だったのだという。一度は破裂寸前だった怒りを抑え、代わりにギィランガ王国側にも似たような苦しみを与えることにした。

それが和解の条件として提示した聖女である。もっとも痛めつけるつもりはない。獣の性質は残していても獣人は野蛮な種族などではない。人質のような形で若い娘を我が国に嫁がせることで、次も何かやらかした際には重要なポストの人間を奪っていくぞと暗に告げる目的があった。

正直、聖女である必要はなかった。ただギィランガ王国との国交が盛んではないビストニア王家にとって身近なギィランガ人は王族、もしくは時に国を跨《また》いで活動を行う教会関係者に絞られる。

王家の男児を指名した方がよりダメージを与えられるが、現在ギィランガ王家には男児が二人しかいない。どちらも王子である。シルヴァは片割れしか見たことがないが、最悪な男だった。ギィランガ王国の貴族の中でも酷い部類に含まれることだろう。

こちらが優位な条件を提示できるとはいえ、あんな男に大事な身内を差し出したくはない。それこそ人質を選ぶようなものだ。ギィランガ王家の男児は早々に諦《あきら》め、満場一致で聖女を求めることに決まった。

夫役がシルヴァに決まったのは婚約者も恋人もいなかったから。人間の貴族や王族は政略的な結婚も多いと聞くが、獣人は相性を重視する。身分が高くなればなるほど妥協はせず、生涯未婚を貫く者も多い。その分、結ばれた夫婦は多くの子供に恵まれる。シルヴァの兄達も例に漏れずそうだった。

そのためシルヴァも焦らずゆっくりと生涯の相手を探していければいいと思っていたし、聖女の夫役を引き受ける際、『いい相手が見つかった場合には離縁する』を条件の一つに盛り込み、ビストニア王の承諾を得ている。

嫁いでくる聖女には悪いが、あくまでも人質のようなポジションだ。衣食住の保証はしても、生涯の伴侶《はんりょ》にするつもりなど毛頭ない——そう思っていた。

ギィランガ王国第一王子の婚約者であるはずの彼女が王の前に立つまでは。

上手《うま》く言葉では表せないのだが、彼女は普通の人間の娘とは少し違うような気がする。背中に大きな傷が残ってもなお、友の無事を喜んだ少女と近しい雰囲気を醸し出していた。

ギィランガ王国の王子の隣にいた時は大した興味もなく『ギィランガ王国の貴族の一人』程度の認識だった。けれど多くの獣人に囲まれながらもしっかりと前を見据えていた彼女には、ほんの少しだけ興味が湧いた。

よく自室の窓から外を眺めている彼女だが、シルヴァと目が合うと隠れてしまう。まるで肉食獣に見つかってしまった獲物のよう。シルヴァを、獣人を恐れているのだろう。そう理解できるからこそ、直接の接触は避けてきた。

だが興味がなくなったわけではない。むしろ日に日に大きくなっている。今も軟禁状態の彼女が奏でる小さな音が気になって仕方ない。鍛錬終わりの着替え中、思わず部下達に尋ねてしまうほどに。

「そう、ですか？　俺には何も……。お前、聞いたことあるか？」

「いや、何も」

その場にいた三人のうち、二人は知らないと首を横に振った。けれどもう一人は思い当たる節があったらしい。何かを思い出したように「あ！」と声を上げた。

「王子が聞かれた音とは違うかもしれないのですが、鼻歌なら聞いたことがあります」

「鼻歌？　いつのことだ」

「一昨日《おととい》の午後に会議があったじゃないですか、あの時です。鍛錬場にタオルを忘れていることに気がついて取りに戻ったんですが、上の方から聞き慣れない鼻歌が聞こえてきて……」

「メイドじゃないか？　彼女の世話をしているメイドは鳥獣人の若い女の子だっただろ」

「いや、メイド達の歌じゃない。変なところで止まったり、跳ねたり。かと思えば地を這《は》うような音に変わる」

鳥獣人は歌と踊りが大好きで、機嫌がいいと仕事中でも歌を口ずさむことがある。鳥獣人の習性のようなものだ。歌と踊りの上手さがそのまま生涯のパートナー選びに直結するため、常に腕を磨き続けている。下手《へた》なはずがない。彼が言う通りの歌なら、すぐに否定するのも納得だ。

「なんだそれ。本当に鼻歌か？」

「俺も話しててちょっと自信がなくなってきた……。で、でも鍛錬場の上の部屋から微かに聞こえるのは本当です。シルヴァ王子、信じてください」

「ああ、信じるさ。不思議な音がするのも決まって午後だからな」

「午後に何かあるんでしょうか」

「そういえば彼女って毎日何しているんですかね」

「何、とは？」

「もうビストニアに来てから三か月。そろそろ部屋で過ごすのも飽きてきた頃じゃないかと」

「だがか弱い娘を、それも獣人を嫌うギィランガ人を城の中に放り出すわけにはいかないだろう」

王城の中には『ギィランガ王国の貴族』というだけで彼女を敵視する者も多い。さすがに王家が連れてきた人間に手を上げるような阿呆《あほう》はいないはずだが、それでも悪意までは完全に制限することはできない。

隔離するような部屋の配置も、接するメイドを最低限にするのも、全ては彼女に向けられる悪意を最低限にするため。シルヴァも室内の様子が心配ではあるものの、彼女の精神状態を第一に考え、接触を控えている。

「それも何か違和感があるんですよね。本当に彼女は獣人を嫌っているんでしょうか」

そう言い出したのは、初日に彼女を部屋まで案内したクマ獣人のグレイだ。獣人の中でも大きな身体を持ち、パワー攻撃を得意とする彼だが、心優しき青年なのだ。彼になら任せられると、シルヴァは迷わず案内役に指名した。

「何言ってんだよ。初日を思い出してみろ。小さくなって怯《おび》えていたじゃないか」

「だが部屋に送った時は普通だったし。案内した時なんて素直に喜んでいたようにも見えて……」

「あれは虚勢だろ。察してやれよ」

「そうそう。彼女は聖女であり、貴族だ。プライドってものがあるんだよ」

「そうかなぁ。そのわりには毎日のように鍛練を見ている気がするんだよな……。ネズミ獣人達との合同訓練の時とか、小さな右手を固めながら熱心に応援してたぞ？　俺達が子供を虐めているのだと勘違いされてないかちょっと不安だった」

「ネズミ獣人が来た日のことなら、俺も少し気になっていたことがある。ネズミ獣人が俺の鼻を思い切り蹴《け》った時、小さく『やったっ』って聞こえたような気がしたんだよな。あれ、ネズミ獣人が攻撃決まったのを喜んでたんだと思っていたんだが……。いや、まさかな。プライドが高いギィランガ人が獣人を応援するなんてありえない、よな？　だがざまあみろって感じの声音でもなかったし……」

三人の中でも彼女の印象は異なるようだ。ただ共通していることがたった一つ。彼らは彼女を嫌ってはいない。迎えに行く時にはあったはずのギィランガ人への敵意もすっかり消えている。案内から戻ってきた後、しばらく首を左右に捻《ひね》っては話し合いをしていた。

「……彼女は他のギィランガ人と少しだけ雰囲気が違う。もしも。もしも彼女が怖がらないでくれるのなら、食事をしながらゆっくりと話がしてみたい」

「王子……」

「だが急《せ》いて怖がらせてしまったらと思うと……」

もっと彼女のことが知りたい。けれど怖がらせたくはない。

不思議な音が聞こえるようになったのはつい最近のこと。彼女がこの国に少しだけ慣れて、部屋の中ではリラックスできるようになったことで発生した音であれば、刺激となりかねない行動は避けたい。無理に接触をしてはますます獣人への警戒を強めてしまう。二度と心を開いてくれなくなってしまうかもしれない。

尻尾《しっぽ》と耳をしょんぼりと垂らすシルヴァに、周りの三人は慌て始める。

「今はまだ顔を見るのは難しくとも、会った時のための話題作りはできます」

「また同じ時間に鍛練場の近くまで行ったら鼻歌が聞けるかもしれませんよ！」

「聞き続けていれば不思議な音の正体も掴《つか》めるかもしれません！」

「お前達……」

必死に励ましてくれる。彼らを案内役に指名したのは間違いではなかった。本当にいい部下を持ったものである。

「とりあえずメイドや料理長を通して情報収集するというのも手だと思います！」

「確かに彼らなら俺よりも彼女のことをよく知っているはずだ」

なるほど、と大きく頷《うなず》く。ラナの世話係となったのはインコ獣人の三人娘。城で働くメイドのほとんどが鳥獣人なのだが、インコ獣人は鳥獣人の中でも特におしゃべり好きの種族である。他国から来たばかりのラナでも接しやすく、人間に近い見た目ということで選ばれたのだろう。

選出理由は何であれ、『厳正なカラス』と呼ばれるメイド長が是非にと推してきた者達だ。能力は疑うまでもない。シルヴァの知らない情報の一つや二つ、教えてくれることだろう。そう、期待していたのだが――。

「ラ、ラナ様のことですか？　えっと、部屋を綺麗《きれい》に使ってくださるのでとても助かっています」

「物の位置とかもあんまり変わってなくて」

「いつもご飯は完食なさいますし、綺麗好きなのかもしれませんね」

「綺麗好きと料理を完食することにどんな関わりがあるのだ？」

「それは……お皿！　毎回お皿がとても綺麗なんですよ！」

「そうそう。ソースも全く残っていないんです」

「添えてあるミントも食べてくれるくらいで！」

インコ獣人にしては妙に歯切れが悪い。シルヴァを前に緊張しているのだろうか。これ以上の情報は得られそうもないと諦め、メイド長と料理長に話を聞くことにした。

まず仕事中のメイド長を捕まえ、ラナについて問う。

「本日も問題なしとの報告を得ております」

「お前から見て、ラナは今の生活に満足していると思うか」

「そこまでは……。ですが不満を見せているようであれば、すぐに報告するように伝えてあります」

「そうか。わずかな変化でもあれば俺に報告するように」

「かしこまりました」

淀《よど》みなく答えるメイド長。漆黒の髪を一本も揺らすことなく、非常に落ち着いているように見える。だが普段の彼女は、常にメイド達の動きに目を光らせている。ラナ付きのメイドの動きとラナの現状を正確に把握していないことに違和感を覚えた。

だがラナは人間であり、城での立ち場も非常に微妙なものだ。ラナと接するメイドはもちろん、彼女達を管理するメイド長にとっても通常とは違う対応が求められているのかもしれない。

しばらく様子を見ることにしよう。そう決め、今度はキッチンに向かう。手が空いている時間を狙ってきたつもりだったのだが、料理長はすでに夕食の準備に取りかかっていた。

「仕込みの邪魔をしてすまない。少しいいか」

「シ、シルヴァ王子……！」

シルヴァが声をかけると、料理長はビクンと肩を揺らした。心なしか、彼の自慢の角まで震えたように見える。集中しなければならない作業だったのかもしれない。彼は火を止め、料理を背中で隠すようにシルヴァに向き合う。

「えっと、その……どのようなご用件でしょうか」

「ラナについて少し話を聞きたい。メイドの話では食事をちゃんと取っているようだが、足りているのか少し心配でな。料理長から見て、彼女の食べっぷりはどうだ？」

「そうですね……。彼女はどんな料理を出しても皿を綺麗にして返してくれます。本当に綺麗なもので……王子にもお見せしたいくらいです。配膳《はいぜん》から戻ってくるまでの時間を考えると、空腹に耐えているというわけでもなさそうです」

声も視線も妙に揺らいでいる。メイド長とは大違いだ。それでいてシルヴァの問いかけにはしっかりと答えている。

バイソン族の彼は元々気弱な性格ではあるが、料理に関しては人一倍強いこだわりと自信を持ち、時には王相手でも臆《おく》せず意見をするほど。だからこそ『ビストニア王城の料理長』という重要なポジションを任されているのである。そんな彼ですら、いや、こだわりが強い彼だからこそ手探りになっている部分があるのかもしれない。

「そうか。引き続き、彼女の料理を任せた」

「はっ」

腰を折り、深々と礼をする料理長。その際、彼の奥に形が崩れるまで煮込まれた野菜が見えた。

風邪を引いている者でもいるのだろうか。ぼんやりと考えながらも、すぐにシルヴァの思考はラナに戻るのだった。


この日を境に、シルヴァは度々、三人のメイドとメイド長、料理長にラナのことを尋ねるようになった。またそれとは別に、休憩時間になると鍛錬場付近まで足を運ぶ。目的は謎の音の正体を掴むため。自慢の聴覚を駆使し、音の正体を探る。

けれど一か月が経過しても、やはり分からぬまま。とはいえ収穫はあった。教えてもらった鼻歌らしい声を聞くことができたのだ。聞いていた通り、歌なのか不安になるような音であった。

何度も聞くうちに規則性があることが判明した。午後は午後でも、昼食後半刻と夕食前半刻は不思議な音が聞こえない。雨の日も同じだ。こちらは窓を閉めているためだろう。それだけがシルヴァが得た、ラナについての情報である。

メイド達の話に変化はなし。ラナと直接会って話をするのが手っ取り早いのだが、獣人達に囲まれても毅然《きぜん》とした態度を保ち続けた彼女の表情が恐怖に染まってしまったら……。想像するだけで悲しくて、尻尾がぺたりと足に付いてしまう。

「まだ母国を離れて四か月しか経《た》っていないんだ。もう少し。もう少しだけ一人の時間を与えるべきだ」

シルヴァはいつかラナと仲良く食事ができる日を夢見て、グッと我慢するのだった。

◇◇◇

柱の陰に隠れるようにひっそりとシルヴァを見ているのは、彼を敬愛する部下達である。上司が悪い人間に騙《だま》されないようにと目を光らせる者もいれば、ようやく春が来た彼を見守るように温かい視線を向ける者もいる。

グレイはそんな彼らを諌める役だ。彼の活躍もあり、部下達の覗《のぞ》き見《み》は未だシルヴァにはバレていない。もっとも、普段のシルヴァなら大量の視線に気づかないはずもない。彼の意識が完全に上、ラナの方へと向けられているからこそのことではあるのだが。

第二章　人質の聖女

勝手に部屋を抜け出してから早二か月。

今日も今日とてマジックバッグから分厚い布を取り出し、窓の近くの床に敷く。暗殺者が送り込まれた際、身体《からだ》に巻き付けようと思って持参した布である。服の厚みが増せばナイフの通りも悪くなる。致命傷は防げる、と。

そんな心配は不要と判断してからは、高そうなカーペットを汚さないために使っている。今もその上で胡座《あぐら》をかきながらゴリゴリと薬草をすり潰している。

窓の近くで作業をするのは、薬の匂いを少しでも部屋に残さないようにするため。また夕食の少し前には片付けるようにしている。私にとってはなんてことない香りも、優れた嗅覚《きゅうかく》を持つ彼女達にはキツいはずだ。快適な生活を送らせてもらっている分、せめてこういうところでは気遣わなければ。

もしここに教会の仲間達がいたら迷わず「気を遣うところが間違っている」と突っ込みそうなものだが、この国に親しき仲間達はいない。

「ハイド王子に臭いって言われた時はふざけんなって思ったのに、人って変わるものね」

薬草をすり潰しながらぽつりと呟《つぶや》く。母国にいた頃は毎日のように嗅《か》いでいた香りがふわりと漂う。薬の匂いがする時は必ず仲間達が近くにいた。仲間を身近に感じられるこの香りは私の心を穏やかにしてくれる。

だが一つだけ嫌な思い出もある。忘れたくても忘れられない記憶が。

思い出すのは三年前。ギィランガ王国の辺境領付近で魔物のスタンピードがあり、多くの被害が出た。近くの薬師が用意した薬だけでは足りず、王都教会から聖女と神官達が駆り出されることとなった。

三大聖女を筆頭とし、王都教会に在籍する職員の半分以上が馬車に乗り込んだ。応援物資も載せればぎゅうぎゅうで、けれど誰一人として文句を吐くことはなかった。

現地に到着してすぐ、聖女と神官は回復ポーションを持って負傷者のもとへと向かった。回復ポーションには汚れなどを取り除く役割もある。初めから神聖力を使ってしまうと体内に異物が残ってしまう可能性があるため、回復ポーションの使用は必須《ひっす》なのだ。

怪我の具合によっては回復ポーションのみで治ることもある。そういう人達には聖女見習い・神官見習いが回復ポーションを渡して回る。

反対に、重篤患者の治療は三大聖女の一人、サーフラが行う。彼女が作る薬は特殊で、小さな異物一つ残さない。使用の際に神聖力は不要なため、王都教会には常に数本のストックがある。

といってもサーフラの回復ポーションには大きな欠点がある。効果が高い代わりにレシピがかなり特殊で、彼女以外は誰も作れないのである。そのため量産ができない。

これはサーフラの回復ポーションに限ったことではない。薬学に特化した三大聖女はそれぞれオリジナルのレシピを考案してきたが、いずれも次世代に継承することが難しかったという。サーフラのレシピも彼女の引退と共に消えていくのだろう。

だがあくまで生産できるのはサーフラのみというだけで、手伝うことはできる。私はシシアと共にサーフラの手伝いとして奔走した。

常に材料の減りを気にし、彼女が倒れないようにサポート。サーフラでなくとも進められる作業は二人で率先して行った。

私達は実に三日三晩、同じ薬釜《がま》の前にいた。食事の時間もろくに取らないサーフラの口に何度食べ物と飲み物を突っ込んだことか。幼い頃から共に三大聖女として活躍してきた私達だからこその連係である。

ようやく治療が落ち着いたとの知らせを受けた時、真っ先に倒れたのはサーフラだった。彼女の身体をシシアと共に支える。その状態で三日ぶりの外に出て、他の聖女と神官に声をかけていく。

互いにねぎらいながら向かうのは、領主様が開放してくれた屋敷である。風呂《ふろ》も自由に使っていい・替えの服もあちらで用意するという太っ腹ぷり。ありがたいと思いながらも、私達が求めるのは睡眠だった。

亡霊のようにのろのろと歩いていると、前方からハイド王子がやってきた。今頃になって被害状況の確認にきたらしい。彼は私を見るやいなや眉間《みけん》に皺《しわ》を寄せ、腕で鼻を覆った。

『臭い』

短く、それでいてストレートに気持ちが伝わる言葉。とても婚約者に向ける言葉ではない。ましてや私達は着替える時間も惜しんで働いていたのである。

いつもは王子相手だと口を噤《つぐ》んでいた他の聖女や神官達も怒りを露《あらわ》にし、見かねた辺境伯が仲裁に入るという結果に至った——と。

今思い出してもイラッとするが、思い返して苛立《いらだ》つだけの余裕が生まれたということでもある。

あのままハイド王子と結婚していたら、過去を振り返る暇さえなく尻拭《しりぬぐ》いに奔走する日々を送っていたことだろう。想像するだけで寒気がする。

今は他人の尻拭いどころかやるべきことすらなく、部屋を抜け出す余裕さえある。だがさすがにここまで頻繁に抜け出したらバレるのではないか。私も初めの数回はヒヤヒヤしていた。だが今のところバレていない。私の世話をしてくれるメイド達もメイド長を恐れているからか、必要以上の接触はしてこない。理由はなんであれ、夕食の時間にさえ間に合えば問題はない。

形ばかりとはいえ、夫になったはずのシルヴァ王子と顔を合わせたのは初日だけ。目が合うことはあっても、彼が直接会いに来ることはない。私も私で、窓から覗いたり抜け出したりすることはあっても、決して廊下に出ることはない。あのドアをくぐったのは初日だけ。

白い結婚どころか純白な結婚。最高品質の砂糖よりも白い。彼との関係が、この生活で最も冷遇らしい面である。といっても私へのダメージはゼロどころか、過ごしやすいポイントになっているのだが。

今日も今日とて回復ポーションを空の瓶に詰めていく。十本全てに詰め終わったら、机の上に並べて冷ます。蓋《ふた》ができるようになるまでも暇ではない。お楽しみのおやつタイムが待っている。ガサゴソとマジックバッグを探り、お目当ての紙袋を取り出す。

今日のおやつはチョコレートの焼き菓子。最近のお気に入りだ。ちなみにこのお菓子を買って帰ってくるのはこれで五回目。しかも連続の購入である。

一見すると少し変わった形のガトーショコラ。私が買ってくるのは決まってカットされたものなのだが、出来上がったばかりのものは真ん中にぽっかりと穴が空いている。側面にはスカートのヒダのような不思議な模様がついている。

中心部への火の通りをよくするため、少し変わった型を使っているのだと教えてもらった。だが通常のガトーショコラと異なる点は形だけではない。アーモンドパウダーがふんだんに使われているため、外側は少しカリッとしているのだ。それが口の中でホロホロと溶けていく。

そのまま食べ進めていくと辿《たど》り着くのは、ややねっとりとした濃厚なチョコレート。アーモンドの香りを残しつつもチョコレートの主張は激しく、メインはチョコレートなのだと強く訴えかけてくる。

上から粉砂糖を振りかけたものがノーマルバージョン。もちろんこちらも美味《おい》しい。初めて買った時から必ず購入するようにしている。だが一緒に置いてある日替わりミックスを忘れてはいけない。こちらは生地にナッツやドライフルーツが混ぜ込まれているのだ。

日替わりの名の通り、入っているナッツやドライフルーツは日によって異なる。混ぜるものに合わせて使用するチョコレートも変更するという徹底ぷり。購入する度に違う味を楽しませてくれるため、ついつい毎回買ってしまう。

ちなみに高価なチョコレートとアーモンドパウダーを大量に使用しているため、お値段もそれなりである。だが一度食べれば納得のお値段だ。私のようなリピーターも多いのだとか。

今日食べるのは日替わりミックスの方。食べ方は人それぞれだと思うが、私は初めにパカッと割って、中に入っているものを確認する。

今日はオレンジピールだった。皮部分の色味がかなり強い。まずはオレンジピールだけ摘《つま》んで食べてみる。口に含んだ時、柑橘《かんきつ》系の爽《さわ》やかな酸味を感じた。遅れて甘みがやってくる。メインのチョコレート部分はこれに合わせて甘みを控えめにしてある。ちょっぴり大人な味だ。あっさりめの紅茶が欲しい。

携帯魔法コンロはあるから、茶葉と一緒に紅茶を煮るための鍋を買ってくるべきか。食品用の鍋が一つあるだけで簡単な調理も可能になる。そうなると茶漉《こ》しとカップ、調理用の木ベラとナイフなんかも必要になってくる。作業中ずっと飲めるよう、大きなカップを買ってこよう。まだ暖かいが、寒くなってきた時も使えるものがいい。

寒くなってきた時といえば、そろそろ防寒具も見ておきたい。ビストニア王国の寒季は短い分、一気に冷え込むのだ。長時間窓を開けていれば室内もかなり冷えるはずだ。

また私が普段城下町に繰り出す際に着ている服は、いずれも婚約破棄を言い渡された際に聖女仲間が持っていたもの。着古したものだけれど……と申し訳なさそうだったが、城下町に馴染《なじ》むにはピッタリで愛用させてもらっている。サイズ直しや当て布の跡はまさに王都に薬を卸しに来る村娘の風貌《ふうぼう》であった。三着もあるので、いつも同じ服だなんて怪しまれることもない。私の作った設定を薬屋の店主が疑わない理由の一つが服装ではないかとさえ思う。彼女達にはとても感謝している。ただ一つだけ問題があった。譲ってくれた時は少し暑いくらいの時期だったため、どれも生地が薄めなのだ。コートも欲しいが、厚手のワンピースも一着くらいは欲しい。せっかく馴染んでいるのに、いつまでも薄着では怪しまれてしまう。

焼き菓子を食べながら買うものを頭の中で整理していく。一度下見をしてからお財布と相談してみるのがいいかもしれない。おやつ代は削りたくないので、足りなければ薬の生産数を増やすしかない。そちらも合わせて考えなければ。

空を見上げ、風向きを確認する。

「風向きが変わってきた。夕方から夜に変わる頃に一雨来るって感じかな」

外出するに当たって、自分で作ったルールがある。外に出るのは風向きが城下町に向いている日だけ。強い風が吹いている日はダメだ。煽《あお》られてしまう。かといって風のない日に風魔法で抜け出そうとすれば、耳のいい獣人が不審な音に気づいてしまう。移動に時間もかかる。今日くらいの軽く風が吹いている日がちょうどいい。

おやつタイムを終了し、手を洗ってから瓶に蓋をする。それらは全て薬箱の中へ。できたてほやの薬は、昨日一昨日《おととい》で作った薬と一緒に売りに行く。

ちなみに初めて城下町に繰り出した際に訪れた薬屋に自作のポーションを持ち込んだところ、無事に買い取ってもらえた。それからすでに二十回ほど薬を買い取ってもらっている。

最初は回復ポーションだけだったが、今では擦り傷用の薬と化膿《かのう》止め、解毒剤も作っている。いずれも回復ポーションと合わせて冒険者が買っていくらしい。店の売れ筋商品で、何度か回復ポーションを持ち込んだところ、薬屋の店主から「他の薬も作れないか？」と相談された。

買ったばかりの塗り薬ケースが役立っているどころか、行く度に新たに買い込んでいる。今回も手持ち分を全て使い切ってしまったので、新しいものを買ってくるつもりだ。

調薬セットと布を片付ける。代わりに隠密ローブと服を取り出した。ドレスからお忍び服にささっと着替えて、マジックバッグを肩から提げる。隠密ローブを頭からすっぽりと被《かぶ》れば姿は見えなくなった。

錬金アイテムを託してくれたジェシカも、まさか小遣い稼ぎと食べ歩き目的での外出に使うとは思わなかっただろう。私もそんなこと予想していなかった。だが数日に一度の外出こそが退屈な生活に彩りを与えてくれる。

薬作りだって目的もなく作るなんてもったいないことはできない。私はもう『三大聖女』ではないけれど、教会で培ってきた思いが消えるわけではない。生産や採取に携わってくれた方に顔向けができないようなことはしない。したくない。明確に販売目的であると定めているからこそ、増産も視野に入れられる。

風魔法で板を作り、風を操りながらふよふよと窓から離れる。ゆっくりと浮上し、門を越えて城下町へと進んでいく。城下町のメイン通りを通り過ぎ、一番端っこにある馴染みの薬屋の屋根を見つけた。今日も周りに人の姿はない。小屋裏の茂みで着地する。二回目以降、着地場所はここと決めている。

ローブを脱ぎ、マジックバッグにしまってから軽く髪を整える。薬箱を取り出して肩から提げれば、薬を売りに来た村娘の出来上がりだ。

両親と妹からは冴《さ》えない地味顔だと貶《けな》されていたが、私は自分の顔をわりと気に入っている。特徴のない顔はどこに行っても馴染みやすい。

聖女として各地に出向いた際も変に身構えられることはなかったし、ビストニア王国の城下町でもただの人間の娘としか見られない。おかげで堂々と街中を闊歩《かっぽ》できる。何度も来ているうちに道と店の位置も大体覚えたので、自由に過ごせる時間も増えた。

「こんにちは～」

「今日も来たのか！　嬢ちゃんのところの薬師は本当に作るペースが早いよな」

「そうなんですか？」

「一回に持ち込む数は特別多くもない。だが大体の薬師はひと月に二回売りに来ればいい方で、数日に一回来るのは嬢ちゃんくらいだな」

「売りに行く担当と作る担当を完全に分けているからかもしれません。それに月二回じゃ全然市場が見られませんよ。気づいたら別のシーズンの食べ物になっちゃう」

「まだこっちに慣れない嬢ちゃんのために、ちょこちょこ売りに来させているのかもしれんな」

薬屋の店主には「薬を作っているのは獣人の親戚《しんせき》で、足を悪くした彼の代わりに城下町まで薬を売りに来ているんです」と伝えてある。ビストニア王国に移り住んだのも最近で、その前はギィランガ王国にいたのだとも。

私が人間なのは見れば分かる。出身国を偽ったところで、ふとした拍子に文化の違いが出てしまうかもしれない。だから嫌な顔をされるかもと思いつつも、尋ねられた際に素直に答えた。

店主は微かに眉《まゆ》を顰《ひそ》めたが、薬を作っているのは獣人の親戚だと伝えていたこともあり、今もよい関係を続けさせてもらっている。

なぜか「嬢ちゃんが食べた料理の中で一番美味《うま》かったのってなんだ？」と聞かれたが。買い取り店で鳥獣人にされた質問と同じ。ビストニア王国で流行《はや》っている質問なのだろうか。

身分については話題に上ることすらない。ほどほどに真実を混ぜれば案外嘘に気づかれないものだ。

「で、今日は何を持ってきたんだ？」

「回復ポーションと擦り傷用の薬と化膿止め、解毒剤。いつもと同じやつですね」

薬箱から薬を取り出し、カウンターの上の箱に並べる。薬が入っている瓶もケースもこの店で買ったもので、ケースの蓋の色は薬の種類ごとに変えてある。いつも同じ薬を持ち込むので店主も慣れたものだ。一応蓋を開けて品質を確認するが、すぐに小さく頷《うなず》いた。

「今日もケースと瓶を同じだけください」

「分かった。代金は買い取り金から差し引いておく。それにしても今回も文句なしの品だな。一度その薬師に会ってみたいくらいだ」

「確かに作り手の腕もいいですけど、私の材料を見る目もいいんですからね。ということで、そこのハーブをください。赤くなってるところを中心にお願いします」

軽口を言いながら、天井からぶら下がっているハーブを指差す。緑色の状態がほとんどだが、一部、葉の先が赤く染まり始めているものがある。前回はまだ入荷したてのようで、全て青々としていた。今日あたり、赤くなっているかも……と期待して、入店前から狙っていたのだ。

「構わないが、あんなの捨てるところだろ？　いいのか？」

「大丈夫です。食べる用なので」

「催涙剤の素材だぞ？」

店主は不思議そうに首を傾げる。あのハーブは枯れかけると赤くなるのだ。その状態になってしまえば薬の素材としては使えない。使っても薬の効果が下がってしまうため、切り取ってしまうのが一般的だ。だがあくまでも薬としては使えないという話で、他の使い道ならまだまだ活用できる。

「普通の状態だとえぐみと辛みがぐわっと来るんですが、枯れる寸前の赤い状態だと香辛料のような深い風味があって。私はいつもトマトと一緒に煮込んでペーストにしています。軽く焼いたバゲットに塗ると美味しいんですよ〜。早めに食べるなら、挽《ひ》き肉《にく》を入れてもよし。バゲットに塗るのはもちろん、パスタにかけてもいいです。つい食べすぎちゃうのが難点ですが……」

「そんな使い方があったのか……」

目を丸くして驚く店主。だが無理もない。この使い道は一般的ではない。学生時代、眠気覚ましになりそうなものはないかと教会の倉庫を彷徨《さまよ》い、たまたまこの香りに辿り着いた。そして料理に使ってみたところ、とても美味しかった――と。偶然の産物というやつだ。

ちなみに赤くなった部分も通常部分も共に眠気覚ましとしては利用できなかった。唇がヒリヒリして、若干目が潤むくらい。代わりに神官の一人が教えてくれた、麻痺薬《まひ》の材料を噛《か》む方法で乗り切った。小指の爪ほどの大きさもない小さな白い種なのだが、それはそれは酸っぱくて一気に目が覚めるのである。今も見かけると思わず顔の中心に皺《しわ》を作ってしまうほど。

　教会にいた頃のことを思い出していると、目の前に何かが差し出された。ハーブである。それもかなりの量だ。赤くなっている部分があるものだけをまとめてくれたらしい。

「嬢ちゃん、これタダでやるよ」

「いいんですか⁉」

「いつもは見栄えが悪くなる前にちぎって捨ててるしな。俺も次出た時に作ってみる。煮ればいいんだよな？」

「はい。思ったより香りがしっかりつくので、初めはハーブを少なめにして、様子を見ながらお好みで調整してください」

「分かった。情報料は……瓶だとかさばるから、ケースでいいか？」

「え、いいですよ。世間話みたいなものなので」

「そういうわけにはいかない。ほれ、ケース五個」

　店主は半ば強引に私の手にケースを握らせる。普段買っているものと同じもの。軽く話しただけなのにこれはもらいすぎだ。だが返そうにも、店主が私の手を包み込んで離さない。受け取らせるという確固たる意思が伝わってくる。

「ハーブまでもらったのに……」

「でも美味いんだろ?」

「そこは保証します!」

「なら気にするな」

店主は耳をピコピコと動かしながら「久々の知らない飯だ」と口元を緩ませる。ここまで喜んでくれるのであれば、私もそこまで気にしなくてもいいか。

「じゃあ、ありがたく受け取らせていただきます」

「ああ」

ハーブとケースを一緒に薬箱に入れ、店を出る。薬箱を肩から提げたまま向かうのは西門付近の市場。初日以降、お馴染みの散策スポットだ。ここは日ごとに出店料を払って店を出すエリアらしく、毎回違う店が並んでいる。

城下町に来る際は端から端まで軽く見るようにしているのだが、近くの村から薬草や野菜を売りに来た人が出している店が特に多い。

ごくごく稀《まれ》に骨董品《こっとう》や古本など珍しいものを売る店もあり、その手のものを欲しがる貴族や商人に情報を伝える専門の仕事もあるのだとか。国外からやってきた流れの商人が商売するのもココ。国に申請書類を提出している者以外が決まったエリア外で売買を行うことは法律で禁止されている。そう、お店の人が教えてくれた。

ちなみに獣人の出店者が目立つが、それ以外の種族もポツポツと交ざっている。数多くある店の中からお目当てのものが売られている店を見つける。ハリと艶《つや》のあるトマトと、状態がいい薬草などの調薬素材を購入する。けれどこれだけで終わりではない。今日のメインは調理器具の買い出しである。いつもはスルーしがちなエリアへと足を運ぶ。

またここには並んでいないが、手頃な価格で美味《おい》しいものがあれば紅茶葉も欲しい。それからパンを焼くなら油も必須《ひっす》だ。狙うはオリーブオイル。本当はバターがいいのだが、マジックバッグの中では少し心配だ。いくら時間の流れが緩やかとはいえ、溶けてしまう恐れがある。それは避けたいので、今回はオリーブオイルにした。液状の油の方が色々使えて便利、というのもある。

「結構色々あるのね～」

ぷらぷらと歩きながら、ちょうどいい鍋がないかを探す。だがその間にも使い勝手がよさそうなケトルやスキレットが視界に入ってくる。パンを焼くだけとはいえ、油を使うのであればお茶用と別々にあった方がいいのではないかという気がしてくる。

思っていたよりも安い、というのも私の心が揺らぐ理由の一つだ。とはいえ安く抑えられるからといって、浮いた分のお金を他で使う必要もない。この後は古着屋も覗《のぞ》くつもりなのだ。今日余ったお金はまるまる服の予算にプラスされる。

だが次の外出日が明確に決まっていないのも事実。市場の価格帯は日々変動する。毎日違う人が店を構えているこの場所ならなおのこと。次に来た時も似たような商品が並んでいる保証はない。

腕を組みながら悩んでいると、垂れ耳の獣人の女性に声をかけられた。

「お嬢さんは冒険者かい？」

「いえ。ここは冒険者のお客さんが多いんですか？」

「そうさ。この辺りの店は冒険者向けの小型アイテムをメインに取り扱ってんだ」

「なるほど」

西門から入ってきた場合、冒険者ギルドに行くためには必ずこの道を通る。そう考えると店を開く場所としては最高のポジションだ。その中でもこの店は私に馴染《なじ》みのある大きさのアイテムを取り揃えている。

二つ隣の店に置かれた『超大柄獣人専用木製ジョッキ』も気になるが、商品名にある通り、特に大柄な獣人が使うために作られたもの。私では飲み物を入れた状態のジョッキを持ち上げるだけでも大変そうだ。インテリアとして飾るのであれば話は変わってくるが、日常使いなら身の丈にあったものが一番である。

「でも冒険者じゃないってことは旅人さんか」

「ただの村娘です。自分の部屋に置く用の小さな調理器具を探していて」

「自室に……いいね、隠れ家っぽくて」

「これくらいの携帯魔法コンロはあるので、それで使えそうなものがいいんですけど……」

ふむふむと頷きながら、売り子の女性はいくつかの商品を前に出してくれる。

「うちならこの辺りだね。値段もお手頃だし、手入れをちゃんとすれば長く使えるはずだよ」

その中からオススメのケトルとスキレットを見せてもらう。スキレットは深型。鍋ほど容量はないが、私一人なら十分だ。ケトルとセットで購入されることも多いという金属のマグカップと茶漉《こ》しもセットで勧められた。かなり軽く、確かにお値段も手頃だ。

茶漉しはカップの縁にピタリとはまる。お湯を注ぐ時に押さえていなくてもいいのは嬉《うれ》しいポイントだ。カップの大きさは予定より小さいが、保温性に優れているのだとか。冒険者の中にも愛用者は多いという。ケトルも別に購入することだし、大きさには目を瞑《つぶ》ることにした。またその流れで、隣の店で売っていた小型ナイフとまな板、木ベラを購入。

一つ一つはお手頃価格だが、たくさん買ったため、結構な金額になった。初期投資なのでこのくらいは仕方ない。サービスで空き瓶をつけてもらった。ペーストはこの瓶に入れよう。

「油と茶葉は……あっちか！」

古着屋の場所も確認しつつ、大通りに向かって歩く。いずれも初めての店。近くに人目を避けられそうな路地が見当たらないので、気持ち早足で進んでいたのだが……。とある場所でピタリと足が止まってしまった。私だけではない。何人もの人達が一点をじっと見つめている。

「いらっしゃいませ～。本日限定、トマトパスタはいかがですか～。チーズたっぷりトマトパスタ。今日を逃したら次はいつ食べられるか分かりませんよ～」

もしもこれが普通のトマトパスタであれば、私は鋼の心で軽くなった財布を守り切ったことだろう。だが目の前では、大きめのフライパンから引き上げられたばかりのトマトパスタが、特大サイズのチーズの穴に投入されていくのである。くぼみの中でパスタをかき混ぜる度、パスタの熱でチーズが溶け、パスタ麺《めん》に程よく絡んでいく。

風に乗って通行人の鼻をくすぐるチーズの香りが絶対に美味しいと告げていた。そこに『本日限定』という売り文句が殴りかかってくる。女性が片手で持てるくらいの大きさの容器を使用している点もポイントだ。一食分と考えるとやや物足りないが、夕食が近い今の時間は人々の心を強く揺さぶる。あれくらいならペロッといけてしまうことだろう。

薬屋でパスタの話をしたのもよくなかった。もちろんペーストは作るが、さすがにあの部屋でパスタを茹《ゆ》でることはできない。匂い以前に茹で汁を捨てる場所に困る。

悩んでいるうちに、他の客が一人、また一人と店の前に引き寄せられていく。特にネズミ獣人の動きには迷いがなかった。この場に居合わせた全員が隊列でも成すように、綺麗《きれい》な列を作り始めたのである。やはりチーズが好きなのか。パスタではなく、大きなチーズの方をじいっと見ている。

私が悩んでいるうちに、彼らは次々とドライトマトと追いチーズを振り掛けられたトマトパスタを手にしていく。湯気が立ち上るそれを見ているだけで喉《のど》はごくりと大きく動き、頭の中はパスタでいっぱいになっていく。我慢なんてできるはずがない。

「おじさん、一つください」

気づけば私も財布を手に、店に引き寄せられていた。精神的にも身体的にも我慢はよくない。ケトルもスキレットも今後あの部屋で生活していく上で重要になるアイテムだ。パスタは今日の分の買い食い。別枠の出費だと自分に言い訳をして、近くのベンチでパスタを食べる。

「やっぱりおいひい」

頬いっぱいにパスタを詰め込み、トマトの甘みとチーズの濃厚さを堪能する。やはり購入して正解だった。これを逃したら私は夜な夜な後悔の涙で枕を濡《ぬ》らしていたはずだ。

「はぁ……ワンピースは見送りでいいかなぁ」

出費が重なり、ついつい問題を先送りにしそうになる。まだ寒くなるまで時間もある。多少寒くても気合いと根性でどうにかするなり、辛いものでも食べて身体《からだ》を温めるなりすればいい。そんな結論に達しそうになった時である。

「これを食うとそろそろ冬も近いな～って気ぃするよなぁ」

「ああ、いよいよアレが食える」

少し離れた位置に座る男性二人組が気になる会話を始めた。二人ともネズミ獣人である。トマトパスタはこの時期の風物詩だから、彼らの動きは俊敏だったのかと納得する。私だって早くも来年のスケジュールに追加している。

さらなる食べ物情報が仕入れられるかもと察知し、彼らの話に耳をそばだてる。

「名前が発音しづらいアレな！　美味いのに寒季の間しか出ないんだもんな～」

「元々新年祝いで食べるものらしいぞ」

「へぇ、美味けりゃなんでもいいや。そういえばお前、団子の中身は何派？　俺、ゴマ派」

「俺は何も入れずに食べる派。甘いシロップとすりおろし生姜《しょうが》、煮込んだ豆のハーモニーを一番に楽しめるのはプレーンだ。ああ、話してたら食いたくなってきた」

「っていってもアレ食べるとかなり熱くなるからな。まだ早い」

「確かに今の時期はまだギリギリジェラートだな。これ食い終わったら食べに行こうぜ」

「まだ食うのかよ。俺はもう腹いっぱいだよ」

言いながら、ぽっこりと膨らんだ小さな腹を撫《な》でる。私にとってはやや物足りなくとも、身体の小さな彼らには立派な一食だったのだろう。だがそんな片割れをもう一方は鼻で笑った。

「情けないな。ジェラートは別腹。お前は食わないなら俺だけ食うから付き合えよ」

「いや、食うけどさ。ちょっと歩いてからな」

そう言って二人はカップを手に立ち上がり、ジェラート屋があるのであろう方向に歩き出す。

『発音しにくいアレ』の詳細を聞きたい気持ちをグッと堪《こら》え、記憶を辿《たど》る。

以前、似たようなお菓子の話を聞いたことがあるような気がするのだ。いや、見たことがあるといった方が正しいかもしれない。

どこで見たのか。おそらく前任の三大聖女が残してくれたノートで……そうだ、タァーユゥエンだ！　ノートにも、美味しいがすごく発音しにくい名前のおやつとして記載されていた。ちなみに『名前が間違っている可能性あり』との記載があった。発音だけでなく、正しく聞き取るのも難しいのだろう。

このお菓子が食べられている国はギィランガ王国からはかなり離れていることもあり、前任の三大聖女も食べたのは一度きり。それより以前の記録には残っていなかった。

「私も一度食べてみたいな……やっぱりワンピース買おう」

思い出したら俄然《がぜん》興味が湧いてきた。タァーユゥエンを食べるためにも、厚手のワンピースは必須だ。コートもいいものがあればいいのだが……。

空になったカップを潰《つぶ》してゴミ箱に捨てる。そして有益な情報を話していた男性陣が進んだ方向とは逆方向を目指して歩き出す。

通りから少し外れた場所にひっそりと建っている古着屋に入り、寒季用の服が置かれたコーナーへ直行。並んでいる服はやはり獣人用の服がほとんど。それもすごく大きいか、反対にすごく小さいサイズばかりだ。城下町で見かける獣人達は私くらいの背丈の者も多いのだが……。端っこにひっそりと並ぶ服を順に見ていく。

デザインはなるべくシンプルなものがいい。色味も暗めで、ポケットがあればなおよし。ハンガーをずらしながら、よさそうなものをいくつか手首に引っかける。姿見の前に移動し、見つけたワンピースを身体に合わせていく。

「ちょっと丈は長めだけど、サイズはピッタリ。尻尾《しっぽ》の穴もない。……でも、どっちにしようかな」

いくつか合わせてみて、気に入ったものは二着。どちらも似たようなデザインで、色は深緑と濃紺。丈の長さも大体同じ。おそらく同じ人間が売ったのだろう。

ひとまずそれ以外の服をハンガーレールに戻し、二着を見比べる。しばらく悩み、値札を確認する。どちらもそこそこのお値段だ。一着でケトルとスキレットを合わせた金額よりも高い。古着としては強気な値段設定だが、状態のよさと生地の質を考慮してのものだろう。コートを買うことを考えると、二着とも購入するのは厳しい。どちらか片方に決めなければ。

「うーん……こっち、かな！」

悩みに悩んで選んだのは深緑色のワンピース。ベージュのレースが裾に付いているのが可愛《かわい》かったのでこちらにした。それを持ってコートコーナーへと歩く。こちらもすぐに決まるかと思ったのだが……。

「見事に尻尾の長い獣人用しかない……」

どれも尻尾を通すための穴があるものばかり。見事に獣人用だ。尻尾がない獣人や小さな尻尾の獣人もいるはずなのだが、彼らが着るようなコートもない。

「今度また見にこよう」

もう少し寒くなったらサイズアウトした服を売りに来る人も増えることだろう。寒季が到来するまではまだまだ時間があり、私の財布にはあまり余裕がない。とりあえずワンピースさえ手に入れば急ぐ理由はない。コートは一旦保留にし、ワンピースだけ購入する。これでひとまず多少の寒さなら耐えられる。

古着屋を出た後、オリーブオイルと紅茶葉、それから忘れかけていた塩と胡椒《こしょう》もバッチリ購入して、路地裏へと進む。

路地を歩けばその土地の治安が分かる。この街では一度も孤児の姿を見ていない。先代の国王が孤児院の設立に力を入れていたことは知っていたが、客として見る景色とそれ以外とではまるで違う。先代亡き後も政策が生きているのは国自体に根付いた証拠だ。

また店の裏に設置されたゴミ箱からゴミが溢《あふ》れることはなく、蓋《ふた》がぴっちりと閉まっている。これは治安がいいというよりも鼻がいい獣人が暮らす国らしい特徴か。おかげで路地裏に入ってもゴミの匂いがまとわりつくことがない。といっても長居するつもりはないが。

短時間ですっかり軽くなったお財布と、中身の増えたマジックバッグを携え、城に戻った。

夕食後、部屋に食べ物の香りが残っているうちに調理を開始する。新鮮なトマトを大きめにカットし、譲ってもらったハーブと一緒に煮込む。

トマトから水分が出るので水を入れる必要はない。水分が少なくなるまでひたすら煮込んでいく。最後に塩と胡椒で味を調えたら、トマトペーストの完成だ。これで小腹が空《す》いた時に食べるパンのバリエーションが生まれる。

「ペースト作ったら、ジャムも欲しくなってきたな……果物も結構売ってたし」

大量買いをしたことで、私の欲もムクムクと広がっていく。人質としては悪い傾向だが、どうせ気にする人など誰もいないのだ。今だってかなり声を潜めているとはいえ、私の声に気づく者は城中探したってどこにもいない。

「ジャムとコートのためにも頑張って稼がないと！」

今後も快適な人質生活を送るためにも決意を固くするのだった。

◇◇◇

翌日からひたすらに薬を作っては売り、作っては売りを繰り返す。二日に一度と、以前にも増してハイペースで売りに行くため、薬屋の店主はとても驚いていた。それでも毎回持ち込んだ分を全部買い取ってくれるのだからありがたい話である。

私が頻繁に城下町に足を運ぶようになったのは、コートとジャムのためだけではない。そろそろ自由に外出することが難しくなるかもしれないのだ。

というのも、ここ十日ほどで風の流れがかなり変わってきている。私がビストニア王国に来る直前、三大聖女としての最後の仕事で予測した天候の中に『ビストニア王国王都周辺で強い雨が数日続く』というものがある。

ビストニア王国王都とその周辺地域の気温の変化や雨量、例年の天候などのデータを元に算出した。ビストニア王国とギィランガ王国は国同士の仲が悪いとはいえ、気候や作物の成長は国単位で起こるものではない。当然他国にも影響を及ぼす。

時期が近くなったら予想し直そうと考えていた。だが手元にデータが少ない今となっては正確な日時を当てるのは難しい。大まかな時期が今頃なのは確かなのだが……。

雨だけではなく強い風が吹き、場合によっては落雷や地盤沈下もありと読んでいる。前後数日は外出ができなくなるはずだ。

いつ城から出られなくなってもいいように、今日も新たな瓶とケース、薬草を大量に買い込んで薬屋を出る。市場には行かない。行くと買い食いをしてしまうためだ。確固たる意思で、いつも通り茂みに向かおうとする。

けれど途中で諦《あきら》めた。店に入る前にはいなかった馬がいたからだ。市場を覗《のぞ》きにきた誰かが置いていったのだろう。足元には盗難防止用の錬金アイテムが設置されている。

もちろん馬泥棒をするつもりはない。基本的には便利なこのアイテムには少し厄介なところがあり、近くで魔法を使うと反応してしまうのである。魔法の威力にもよるが、上空に飛び立つ際の風魔法が反応してしまうと非常に困る。馬を驚かせるのも悪い。

「仕方ない……別の場所に行くか」

誘惑の多い市場には行きたくないが、仕方ない。美味《おい》しい香りに釣られないよう、ほんの少しだけ早足で町を闊歩《かっぽ》する。けれど私の意志は早くも打ち砕ける。

スパイスと肉の焼ける香りが鼻をくすぐるのである。食べてくれと私の胃に訴えてきていた。釣り針を引っかけられた魚のようにグイッと引き寄せられていく。

香りの発生源にあったのはラム肉サンドの店。ただのラム肉サンドではない。店の前まで来てハッキリした。南方の国を訪問した際、これと似たような香りを嗅《か》いだことがある。

「美味しそうですね。南方の食材を使ってるんですか？」

「お嬢さん、人間なのに鼻がいいんだな。いろんな国で店を出してるが、匂いだけで当てられたのは初めてだよ」

「以前嗅いだ香りとよく似ていたもので」

鋭い牙《きば》が特徴的な店主曰《いわ》く、南方で採れた果物の果汁と、同じく南方で育てられた数種類のスパイスを入れた特製ダレにラム肉を一晩漬け込み、カリッと焼いたものを採れたて野菜と共にサンドしたものらしい。

聞いているだけで涎《よだれ》が出てくる。

「肉もだが、パン生地にもかなりこだわっているんだ。一つどうだい？」

「ください！」

迷うことなくお金を掴《つか》んだ手を伸ばす。ここ数回は食べ歩きをしていなかった。それに今回を逃せば次はいつ食べられるか分からない。明日から風が強くなれば十日は外に出られなくなる。……今日くらいはいいだろう。そう自分に言い聞かせる。注文が入ってから温めた薄めのパンの間に次々とラム肉と野菜が挟まれていく。

「汁が垂れるかもしれないから気をつけてな」

「ありがとうございます」

できたてほやほやのラム肉サンドを受け取る。思いの外、軽い。パンにはくるみが練り込んであるようだ。すぐ横のベンチに腰掛ける。そして豪快に頬張った。

「これは！　大陸北部の！」

「一口で当てるとは……香りといい、すごいな」

ビストニア王国全土で多く使われている小麦はふわっと感と小麦の甘さが特徴的で、城で出されるパンも城下町のパン屋で売っているパンもふっくらとしたパンが多い。だがラム肉サンドに使用されている小麦は大陸北部の領で育てられている小麦で、膨らみは弱いがもちっと感が出る。

元々この地域は米の生産がメインで、小麦の生産を始めたのはごくごく最近のこと。今でも小麦の生産量は限られている。非常にレアな小麦だ。まさかこんなところで出会えるとは。もう一口食べて、パンと一緒に幸福を噛《か》みしめる。

ラム肉も柔らかくて食べやすい。初めて食べたのでどこの地域で育てられている羊なのかまでは判断できなかった。ビストニア王国では魔物肉を食べる習慣もあるので、私の知識だけではなかなか判断を下すのは難しい。牛・豚・鶏までなら大体の地域と品種、与えている餌まで分かるのだが

……。今までこんなに美味しいものを見逃していたなんて悔しすぎる。

「もう一個ください！　あとスパイスティーも！」

「まいどあり！」

この後ももう一度おかわりをし、サンドイッチ三つとスパイスティーでお腹いっぱいになった腹を撫でる。結局、美味しいこと以外何も分からなかったが満足だ。スパイスの香りに包まれながらご機嫌で路地裏を目指す。途中、夕食の相談をする親子とすれ違い、ハッとした。

「ご飯、どうしよう……。あ、それよりもこの匂いをどうにかしないと」

さすがに食べすぎた。だが気づいた時にはもう遅い。夕食で出されるパンは全て作業中のおやつに回すにしても、その他はなんとか食べ切らねば。せっかく作ってくれたのに残すなんて申し訳ない。少しでもお腹のスペースを空けられないかと、その場でピョンピョンと飛んでみる。だが悪足《わるあ》掻《が》きにしかならない。せめて二つで止《や》めておくべきだった。

とりあえず風魔法で全身を包み、スパイスの香りを飛ばしていく。服は着替えるが、この香りを部屋に持ち帰るわけにはいかない。手元に匂い消しがないことが悔やまれる。ないものねだりをしても仕方ないので、服とバッグ、髪には再度魔法をかけていく。

「このくらいやれば大丈夫かな。帰ったらすぐシャワー浴びよ」

幸いにも夕食までまだ時間に余裕がある。ないのはお腹の余裕だけだ。

――その夜、私は悟った。食べすぎもよくないが、過度な我慢もよくないと。完全に食べ歩き制限をしていた反動がきた結果である。

だがラム肉サンドを食べたことへの後悔があるかと聞かれればノーだ。力強く否定する。あの美味しさに抗えるはずがない。もし時を戻せたとしても私はあの場所に誘われていたことだろう。

念のため、シャワー後に作っておいた胃薬を飲んでから眠りに就くのだった。

◇◇◇

ラム肉サンドを食べすぎた日から三日。私は部屋から一歩も出られずにいる。胃がもたれたからではない。翌日の早朝から本格的に風が強くなってきたのだ。そのせいで長時間窓を開けることもできない。

初日に調薬道具を手入れしたきりで、薬作りもお休み中。ベッドの上でゴロゴロと転がる日々が続いている。時折窓を開け、外に手を伸ばす。風の強さと湿度を肌に感じながら、近くで雨が降り始めていないかを確認する。

「想定より強い……嵐が来るかも」

データさえあればもっと細かい予測ができるのに。悔しく思いながらも、分かったところでどうしようもできないのだと落ち込む。人質という立場は時に不便なのだ。

「……やることないし、寝よう」

窓を閉め、ベッドに寝転ぶ。そのまますやぁと眠りに入ろうとした時だった。ピカッと外が光った。慌てて飛び起き、窓にへばりつく。外の様子を確認していると、ドーンドーンと続けざまに雷が落ちた。城下町の外ではあるものの、かなり近い。

シシアからもらった地図を出し、おおよその位置を絞り込む。

「あの辺りは高原か。村も少し離れている。高い建物もなかったはず。ここは傾斜になってるから土砂崩れの心配あり。この距離からじゃ絞れてこのくらいかな。強い雨風だけならともかく雷は……」

強い雨風対策はビストニア王国でもある程度行っているはず。加えて復旧が必要になった場合でも、獣人と人間とでは作業速度がまるで違う。ギィランガ王国では数日かかる作業でも、ビストニア王国なら一日とかからない可能性もある。だが雷だけは違う。

ギィランガ王国ではこの時期、度々雷が起きる。そのためどこの地域でも雷対策はバッチリで、その後発生する雷を蓄えた魔物の襲撃にも備えていた。やつらは普通の魔物とは違い、触れただけで相手を麻痺《まひ》させてしまうのだ。そのため麻痺耐性を上げるための麻痺薬が必須《ひっす》となる。

一方、ビストニア王国では雷自体極めて少ない。王都近郊でここまで大規模なものとなると、最後に落ちたのはいつだったか。すぐに思い出すのは難しい。ギャランガ王国では雷を蓄えた魔物への備えとして一般的な麻痺薬が不足する可能性も……。そこまで考えて、とあることに気づいた。

「そういえばあの店で麻痺薬って見たことがないような？」

一般人ならともかく、冒険者ならば麻痺薬を使う機会はあるはず。雷の攻撃をしてくる魔物は大陸中に分布しており、ビストニア王国も例外ではないからだ。だがどんなに記憶を辿《たど》っても行きつけの薬屋でそれらしきものを見た覚えがない。同時に麻痺薬の素材もまた見かけていない。

「嫌な予感がする」

雷までは予測できていなかったこと。刺し傷もしくは毒を盛られることを前提で素材を詰めてもらっていたこともあり、手持ちの素材では麻痺薬を作れない。いくつかの素材が不足している。

「雨と雷が止んだら薬屋に行こう。何か教えてもらえるかもしれないし」

手ぶらで薬屋には行けない。あくまでも売り子であるという設定を守るためにも、回復ポーションくらいは数本持っていかねば。小雨になったら窓を薄く開けて調合を開始しよう。


三日三晩続いた雨が止んだのを確認してから外に出る。まだまだ風は強く、鍛錬場にすら獣人達の姿はない。天候が不安定な日は魔物も通常とは違う動きを見せるため、王都近郊の警備に当たっているのかもしれない。

昼食の準備も遅れてくれて構わないのだが、メイド達はこんな時でもキッチリと時間を守ってくれる。掃除と洗濯の頻度も変わらず。なんとしても昼までには帰ってこなければ。

強い風が吹いているのをこれ幸いと、風魔法で加速しながら飛んでいく。着陸時に少しふらついたが、それ以外は問題なし。茂みに到着し、ろくに身を整えずに薬屋へと入る。

「こんにちは。薬売りにきました〜」

「嬢ちゃん、今日は早いな」

「雨が止んだばかりの今なら魔物も活発化していないかなって思って。雷もすごかったですし」

回復ポーションを取り出しながら、世間話のように本題を切り出す。店主は私の言葉を訝《いぶか》しむことなく、そうそうと頷《うなず》く。

「久しぶりに落ちたからビビっちまったよ。魔物の遠吠《とおぼ》えも聞こえたし、しばらく警戒した方がいいって城門の警備兵が言ってた」

「その時、落石がありませんでした？　そんなに大きくはないと思うんですけど、五か所くらいで似たようなことがあったとか……」

「あったあった」

何度も落ちた雷と一か月分を超える雨量。加えて魔物の遠吠えと落石まで揃《そろ》ってしまった。となれば近々雷を溜《た》めた魔物が出没する。断言はできないが、高確率ですでに発生している。この魔物の厄介なところはすぐには動き出さないところ。数日は大地に残った雷を吸収する。その際に消耗した身体《からだ》を癒やすために食料を求め、人間や獣人の居住区を襲うのである。

教会にいた頃、今回と近い事案の記録を見たことがある。国外の出来事であったが、雷を溜めた魔物に関する知識ならギィランガ王国の聖女と神官以上の適任者はいないとして派遣されたのだそうだ。報告書にはかかった日数や使用したアイテムの他にも、被害を受けた場所の備蓄状況やどのように魔物と対峙《たいじ》したかなど、事細かに記してあった。

かの国では麻痺薬の備えがあった。魔物の数を考えるとわずかなものではあったが、雑貨屋や薬屋には放出できるだけのストックがあったのは確かだ。だがビストニア王国は……。

自国なら助言して回避してもらえるのだが、この国ではそうもいかない。ああ、もどかしい。

「ってもしかして嬢ちゃんのところに被害が⁉」

つい表情が歪《ゆが》んでいたらしい。店主は目を丸く見開きながらプルプルと震え始めた。

「いえ、うちは大丈夫です。ここに来る途中、音が聞こえたって話してる人がいたので、落石があったら気をつけないと、と思いまして。どの辺りかって分かります？」

店主は「ちょっと待っててくれ」と言いながら店の奥に入っていく。そしてすぐに小さめの地図を持ってきた。ビストニア王国王都周辺を描いた地図である。とある場所を指差し、そのまま円を描くように囲っていく。

「この辺りだな。魔物の遠吠えが聞こえたのも同じだ」

付近には村がいくつかある。襲撃を受けるとすれば、これらの村か西門である。落石地点から西門へと向かうルートは複数あり、中には橋を使用するルートも。ほとんどが石橋のようだが、一か所だけ吊り橋《つばし》がある。それも王都にわりと近い位置に。そこに人差し指を載せる。

「……ここの橋、しばらく使うのは止めた方がいいですよ。落ちるかもしれないので」

「なんでだ？」

「私も詳しいことは……。気をつけるようにと言われただけなので」

「言われたって誰に？」

「薬を作っている親戚《しんせき》です」

本当は『魔物が大量移動した際、その重みに耐えられないから』なのだが、私が伝えたところで信じてもらえるはずがない。なにせ今の私は、親戚が作った薬を売りに来ているだけの人間の小娘なのだから。ここでも便利な設定をごり押ししていく。いつものことなので店主も「一応警備兵にも伝えておく」とさらりと流す。

「それから麻痺薬の在庫状況についても尋ねるように言われてまして」

「麻痺薬なら一応置いてあるぞ。って言っても、人間の冒険者にしか売れないから二つだけだが」

「売れない？」

「獣人は麻痺耐性があるやつが多いんだ。冒険者となると特にな。だからビストニアでは麻痺薬を置いてない薬屋の方が多い」

「それは、冒険者ギルドでも？」

「緊急時用に確保はしてるだろうが、回復ポーションや解毒剤ほどじゃないだろうな。少なくとも販売はしていない」

「なるほど……」

　雷を蓄えた魔物の電気攻撃はかなりの威力になるのだが、獣人の麻痺耐性とはどのくらいを指すのか。

　麻痺耐性はないが薬と防具などを備えている人間と、麻痺耐性はあるが備えのない獣人。

　前者とて必ずしも安全とは言い難いが、想定以上の数に攻め込まれても多少は無理が利く。応援や物資を待つという選択もできる。魔物に対峙する冒険者だけでなく、一般人も魔物の出現と特性を理解している、という点も大きなプラスだ。パニックを起こさずに済む。

　一方、後者はサクッと片付けられる可能性もあるが、最悪、大惨事を引き起こす。なにせ知識がない。楽に倒せると思った相手に手こずれば、手こずった分だけ心身共に疲弊していく。冒険者や兵士達が痺《しび》れている間に城下町に攻め込まれればひとたまりもない。特に西門付近にある市場は魔物達にとって格好の餌食だ。

麻痺薬を用意せねば。幸いにもコツコツと貯めてきたコート資金を切り崩せば材料費はなんとかなる。出費は痛いが、薬の生産数を増やせば取り戻せる。いざという時のためにキープしていたお金が守れれば上出来だ。

たった少しの我慢で王都の安全がある程度確保できるのなら安いものだ。

「嬢ちゃんが欲しけりゃ、買うより親戚の薬師に作ってもらった方が早いと思うぞ？」

「材料、売ってますかね」

「うちにあるのは解毒剤と共通した素材だけだな」

麻痺薬の需要がないのにその素材を置いても仕方ない。仕方ないのだが、ここで諦《あきら》めるわけにはいかない。活気と美味《おい》しいもので溢《あふ》れた市場を土足で踏《ふ》み躙《にじ》られてなるものか。

「とりあえず長細い瓶を五十本と、店にある分の素材を見せてください」

「五十も？　嬢ちゃんのとこの村は人間が多いんだな」

曖昧《あいまい》に笑いながら、素材を買い込んでいく。やはり私が持っている素材と同じだ。麻痺薬の主軸となる素材――キイロギザギザバナとピックラの種、バチバチ草が抜けている。

薬屋を出て、市場を駆ける。薬の素材を売っている店はもちろん、薬以外の利用法がある場合はそちらも覗《のぞ》く。実際、キイロギザギザバナはハーブティーの店に置いてあった。爆弾の材料にもなるバチバチ草は錬金術師の店に。だが最後の一つ、ピックラの種だけが見つからない。

「そろそろ時間が迫ってるけど、今日中に作っておきたいし」

なかなか見つからず、イライラとしながら見落としがないか走り回る。そして剣と杖《つえ》のイラストが描かれた巨大な看板——冒険者ギルドの看板が目についた。

「ここならもしかしたら」

依頼を出す時間はないが、冒険者ギルドは素材の買い取りもしている。採取クエストを受注した際、近くで採取できる素材も一緒に持ち込むことも多いのだとか。以前、薬屋の店主が教えてくれた。藁《わら》にも縋《すが》る思いでずんずんと進んでいく。

「あの！」

「ご依頼ですか？　でしたらあちらのカウンターに」

「ピックラの種の在庫ってありませんか？」

「こちらでは素材の販売は行っておりませんので、カウンターの方でご依頼をしていただけますと」

「在庫があった場合は依頼を出して買い取らせていただきます。なので在庫の確認だけでもしていただけませんでしょうか？」

採取から戻ってくる冒険者を待っている余裕はない。昼食を済ませてからすぐに別の市場に向かうのも手だが、城壁を通り過ぎる際に魔法探知に引っかかる可能性がある。

もし通り抜けられたとしても、城下町で見つけられなかったものをビストニア王国内で見つけ出すのは至難の業だ。人質である以上、国を出るわけにもいかない。

焦りから出てしまう圧に職員はタジタジ。困ったように視線を彷徨《さまよ》わせる。彼女には悪いが、ここで押せば在庫を確認してくれるかもしれない。もう一押しと息を吸い込んだ時だった。

「ピックラの種なら持ってるぜ」

背後から救いの声が聞こえた。

「本当ですか⁉」

振り返ると金色の毛の狼獣人が立っていた。どことなくシルヴァ王子に似ている気もするが、同じ狼獣人だからだろう。顔なんて些細《ささい》なことを気にしている暇はない。気にすべきは彼が掲げる革袋の中身である。

「眠気覚ましに使えるんでな。ほれ」

男は袋を開いて中身を見せてくれる。革袋にはビッシリとピックラの種が入っている。保存状態も問題なし。種が割れた際に溢れる粉が付着した形跡もない。これだけあれば十分だ。

「私に譲っていただけませんか？　もちろんお代は正規の販売金額より少し多めにお支払いいたしますので」

「どうすっかな～」

本来、ピックラの種は高価なものではない。むしろ比較的安価な素材だ。だが私が欲しがっていることと、ビストニア王国では手に入りにくいことを知っている男は渋っているのである。

「そこをなんとか。なるべく早く手元にないと……」

「じゃあ何か美味しいものをくれ」

「へ？」

「正規の値段でいいからさ、なんか美味《うま》いものをくれ」

また美味しいものか。対価としては少し意外だが、思い当たるものはある。トマトペーストを塗ったパンである。ペーストはもうかなり減っているのだが、三回分くらいはある。彼一人に振る舞うには十分な量だ。

「なんでもいいんですか？　嫌いなものとかアレルギーとか、手作りがダメだとか」

「美味ければなんでもいい」

「分かりました。私のとっておきをお出ししましょう。材料を買ってくるので少し待っててくださいね！」

「あんまり待たせるなよ」

「すぐ戻りますので！」

後方に向かって叫びながら冒険者ギルドを飛び出す。向かうのは以前買い取り店で教えてもらったパン屋である。少し距離はあるが、王城で出されるパンと並ぶほどに美味しい。

「いらっしゃいませ」

店のドアをくぐり、バスケットに立てかけられたパンを吟味する。どれも一度は食べており、美味しさは確認済み。けれど名も知らぬ彼に全てを振る舞うことはできない。彼に振る舞う料理はもう決めている。それに最も適しているパン——バゲットを手に取る。

「ご一緒に焼きたてベーコンエピはいかがですか～」

ささっと会計をするつもりが、予想外の誘惑が目の前をちらつく。鳥獣人の店員は定型文を口にしたただけ。断るのは簡単だ。けれど奥から出されたばかりのベーコンエピからは香りの湯気が漂っているかのよう。

一つくらいならいいのではないか。ちょうどよく焼きたてが出てくるタイミングに遭遇することはなかなかない。頭の中に住まう悪い自分がそう囁《ささや》くのである。だが城での食事を思い出し、グッと唇を噛《か》む。今、優先すべきは焼きたてパンではないのだ。

「こ、今度買いに来ます」

「はい。お待ちしておりますね」

なんとか欲に打ち勝ち、手に入れたバゲットを大事に抱えて店を出た。その後、以前トマトパスタを売っていた店で小さめのチーズを買う。

ついでにギルドに入る前に大きめのバッグを購入。調理器具とトマトペーストをその中に移動させておく。買ってきたバゲットとチーズも一緒に入れた。商人でも冒険者でもないのにマジックバッグなんて持っていたら目立つからだ。

「お待たせしました。パンを焼くのでちょっと待っててくださいね」

冒険者ギルドの一角で調理を開始する。といってもオリーブオイルで軽く焼いたパンの上にトマトペーストとチーズを載せるだけだが。それでもギルド内での料理はとても目立つらしく、たまたま居合わせた冒険者が私達の周りに集まってくる。

「では先に味見を……」

怪しい食べ物ではないことを示すためにも、まずは自分で食べてみる。うん、美味い。やはりチーズを追加したのは正解だった。焼いてすぐに載せたため、少しとろっと溶けているのも最高だ。

自室で食べるよりもずっと美味しい。いつもは数日経《た》ったパンを使用しているが、焼きたてパンを使うとここまで美味しくなるのか。思わず幸せの息が溢れた。すると目の前の男がソワソワとし始める。

「俺にも早く」

「失礼しました。あ、そうだ。お皿が……」

作ってから皿がないことに気づいた。普段はスキレットから直《じか》に食べているのだが、他人に振舞うとなればこのままの状態で差し出すわけにはいかない。

ちょうど冒険者ギルドには酒場が併設されているので、そこから借りてくるか。すみません、と声をかけようとすれば、がっちりとした腕がスキレットに伸びた。

「そんなものはいらん。もらうぞ」

男は苛立《いらだ》った様子でパンをむんずと掴《つか》む。そして豪快に一口で頬張った。口の端にはパンくずとトマトペーストが付いている。それらも舌でペロリと綺麗《きれい》にすくう。そしてぽつりと呟《つぶや》いた。

「足りない……」

「今なんて?」

「料金はいらん。もう一つ、いや、二つ作ってくれ。俺はちょっとビールを買ってくる」

「気に入っていただけてよかったです」

「似たようなものは食べたことあるが、これは段違いに美味い。このペースト、何入ってんだよ」

「秘密です」

薬の素材の使えなくなった部分を使いました、と言っても信じてもらえないだろう。薬屋の店主がすんなりと納得してくれたのは彼の性格と、素材自体は身近であったからだ。

それに少しの不思議は美味しさを高めるスパイスになる。もちろん食べても問題ないものしか入っていない時に限るが。

「まぁそうだろうな。ああ美味い。ただの眠気覚ましがこんなのに化けるとはな」

そう話しながら、今度はビールのおつまみとして楽しむ。金髪の狼獣人があまりにも美味しそうに、それでいて楽しそうに食べるものだから、周りには食べられない者達の悲しみの声が溢れていた。耳も尻尾《しっぽ》も涎《よだれ》も垂れており、可哀想に思える。だがこれは私と彼との間で行われた取引だ。我慢してもらうしかない。

気をよくした彼はほぉっと息を吐《つ》いてから、自分のバッグを漁《あさ》った。そして少し大ぶりの魔石を一つ取り出すと、ピックラの実が入った袋と一緒にずいっと差し出した。

「水魔石も付けてやろう」

「いいんですか?」

「薬師なら使うだろう?」

「え」

「ピックラの種を急いで欲しがるのなんて薬師くらいだからな」

否定も肯定もせず、差し出された魔石と袋を受け取る。

「ありがとうございます。助かりました」

深々と頭を下げてから調理器具を片付ける。そして彼が周りに睨《にら》みを利かせながら二杯目のビールを注文するタイミングで冒険者ギルドを後にするのだった。

帰りは行きよりもさらに風魔法の威力を強め、ギリギリで昼食に間に合った。着替え終わってすぐにドアが叩《たた》かれたのだ。肝が冷えた。だが無事に材料が全て手に入った。昼食後、すぐに麻痺《まひ》薬の作製に取りかかる。

材料を手に入れるまでは苦労したが、作り方は非常にシンプル。材料をまとめてすり潰《つぶ》し、少量の水で煮込むのみ。回復ポーションの次に簡単な薬である。今回は少しレシピを変え、ピックラの種を多めに入れた。持続効果はやや短くなるが、効果はかなり引き上げられた。これで大体の雷攻撃なら防げる。元々一定以上の麻痺耐性を持ち、戦闘力と機動力に特化した獣人向けである。

冷ました薬を細長い瓶に入れ、ピッタリ五十本作る。これだけあれば足りるだろう。薬箱に詰め終えてから、調合中に避《よ》けておいた素材に手を伸ばす。

「これは夜寝る時に干しておこうっと」

材料の一つとして購入したキイロギザギザバナだが、麻痺薬の材料として使用するのは花びらのみ。茎と根っこはお茶になるのだ。むしろこちらが使用されることの方が多い。

半日ほど乾燥させてから煎《せん》じ、上澄みをすくって飲む。ものすごく苦いが、むくみが取れる。寝る前に飲めば翌朝はスッキリ。朝からずっと駆けずり回ってパンパンに張った足も、たった一杯飲むだけですっかり元通りになってしまう。天気が安定しない時にもあると嬉《うれ》しい。

ギィランガ王国王都教会メンバーが選ぶ『個人的に遠征先に持っていきたい素材ランキング』堂々の一位である。

「――ということで、麻痺薬を買い取ってください」

薬屋に麻痺薬を五十本持ち込み、近々麻痺薬が大量に必要となる可能性があると説明する。けれど店主の表情は暗い。前回買った細長い瓶全てを使っているからなおのこと。

「自分達の分じゃなかったのか」

「自分達の分は他の瓶に確保してあります。これは全部売る用で」

「いくら嬢ちゃんが持ち込んだ薬とはいえ、捌《さば》けない在庫を抱えることはできない」

だが彼の返答は想定内。売れないものを抱えたがらないのは商売人として当然の反応だ。とはいえ、私もここで引くつもりは毛頭ない。私が欲しいのはお金ではなく、市場の平穏。次来た時も市場で美味《おい》しいものを吟味する気満々なのだ。開いた両手を前に突き出す。

「十日間。十日間置いても売れなかった分はそっくりそのまま返してください。お金はその時までに売れた本数分支払っていただければ。もし半分以上売れ残った場合は置いてもらったお礼として、私一推しのチョコレート菓子をご用意します。このお菓子はガトーショコラと似ているけど少し違って、内側と外側で違う食感を楽しめるんです！　大きさは私の手のひらと同じくらいなんですが、チョコレートが濃厚なのでそれ以上の満足感があります。……どうでしょう。検討してもらえませんか？」

薬屋に置いてもらうためにはどうすべきか。そこが最大の難所にも思えたが、冒険者ギルドの一件で私も学んだ。私が思っている以上に、ビストニア王国の人達は美味しいものへの関心が強いのではないか。言い方は悪いが、美味しいものさえ用意すれば釣れてくれるのではないかと考えた。

実際、店主は顔色こそ変えないものの、長い耳がピクピクと動いている。興味を持ってもらえた証拠である。もう一押しだ。

「ちなみに、かなり美味しいですよ。今すぐ店の場所をお伝えしたいくらいには」

「本当だな？」

「この前のハーブ、美味しかったでしょう？　それが私の舌への信頼になりませんか？」

「確かに美味かった。嬢ちゃんが言ってた通り、なかなか手が止まらなくてな。酒のつまみとしてもいい。……よし、分かった。一つも売れなくてもお礼はいらない。代わりに今すぐ店の場所を教えてくれ」

「ありがとうございます！　えっと西門から北門に向かって歩いていくと、塩屋があるの知ってますか？　ハーブソルトとか出しているところの」

「ああ、知ってる。偏屈なリスの爺《じい》さんがいるところだろ？」

「そこの角を少し入ったところで、塩屋のお孫さん夫婦が焼き菓子を売っているんです。つい見落としてしまいそうな場所にあるんですが、一度見つければ迷うことはないかと」

少し分かりづらい場所にあるのもそうだが、普通の家と変わらぬ見た目なので、初めて入る時は少し躊躇《ちゅうちょ》してしまうのだ。私も看板を見つけたはいいが、本当に入っていいものかとしばらく考えてしまった。といっても薬屋の店主に伝えた通り、一度入ってしまえば次回以降は特に迷うことはない。

「俺、毎日朝晩その道を通っているが、一度も見たことないぞ？　別の塩屋じゃないか？」

「いや、お爺さんの話は聞いたことがあるので間違いないかと。なんでだろう、私が行くといつも看板が出ているし、視線の高さも私とそこまで変わりませんよね？　もしかして昼間限定？　……すみません。なら別の情報を」

「もうチョコレート菓子の口なんだが。……嬢ちゃん」

チラチラと何か言いたげな視線を向ける店主。それ以上言わずとも、言いたいことは分かる。美味しいもので釣る作戦の効果は絶大だったようだ。

「お菓子代は私が払っておくので、麻痺薬が多めに売れた時は買い取り金額を少し上乗せしてくださいね？」

「分かった。だがそんなに売れないと思うから期待はしないでくれよ」

「まぁ売れなかったら売れなかったで。残った分の使い道は後で考えます。とりあえずお菓子買ってくるので丸底瓶とケース、五十ずつ用意しておいてください」

「長い瓶はいいのか？」

「売れるとしたら今回だけだと思うって話だったので、大丈夫です」

「分かった」

薬屋を出て、慣れた道順を辿《たど》る。塩屋の横を曲がるとすぐに小さな看板が目に付いた。クッキーやフィナンシェのイラストが描かれた置き看板こそ、開店中の目印だ。イラストの下に書かれた赤い矢印の指し示す場所に入り口がある。

超大柄な獣人でも入れるように作られている通り沿いの店とは違い、入り口は人間の私から見てもやや小さめ。建物自体がリス獣人を基準にして作られているのだろう。私はすんなり通れるが、大柄の獣人だと身体《からだ》を小さく丸めても入れない、なんてことも。

そういう時は入り口から声をかけると、リス獣人の旦那《だんな》さんがメニューを持って外まで出てきてくれる。といってもほとんどのお客さんはすでに買う物を決めてから来るため、すぐに注文を開始するのだが。

「こんにちは～」

「いらっしゃいませ。あ、また来てくださったんですね」

ドアを開くと、いつも通りリス獣人の夫婦が温かく迎えてくれる。店に充満する美味しそうな香りと合わさって、不思議と笑みが溢《あふ》れる。

「ノーマルと日替わりミックスを二つずつ、全部で四つお願いします」

一つでもそこそこのお値段がするのでノーマルだけでもいいかと思ったのだが、薬屋の店主にはこれからもお世話になるのだ。今回だってかなり無理を言ってしまった自覚はある。なにより、美味しいものは共有したい。

「今日はいつもより多いんですね」

「知り合いに渡す用と自分用です。ここの焼き菓子、美味しいので」

「ありがとうございます」

「ところでこのお店って朝はやってないんですか？」

「塩屋の開店準備をしてから作り始めるので、どうしても昼からになってしまって……。代わりに夜は塩屋が閉まった後も営業しています」

「あ、夜もやってるんですね」

「はい。夜だけのメニューもあるので、お時間が合えば是非！」

そう言いながらショップカードを渡してくれた。さすがに夜に城を抜け出すのは難しいが、一人で薬屋を営業する彼にとっては朗報だ。このカードを渡してあげよう。

「それからいつも買ってくださるこちらのお菓子なんですが、他のお客様からも大変好評をいただいておりまして、来月からはホールでの販売も開始することにしました。三日前までにご予約いただく形にはなってしまうのですが、たくさん召し上がる際にはご予約いただけると嬉しいです」

この店の常連には大柄な獣人も多い。彼らなら数口で食べ終わってしまいそうだ。一つや二つではとても足りそうもない。心ゆくまで食べたいと、ホールでの販売を希望したのだろう。確実に量を確保したいという思いもあるのかもしれない。

なにせ店に並ぶお菓子でも一、二を争うほど高額であるにもかかわらず、この店の一番人気でもあるのだから。私のように比較的早い時間に来られるならともかく、遅い時間にしか来られない人は売り切れなんてこともしょっちゅうだろう。

次はいつ来られるかも分からぬ私に予約は難しいが、覚えておいて損はない。お菓子が入った紙袋を胸の前で抱え、本日二度目となる薬屋のドアをくぐる。

「買ってきましたよ～」

「おお！　お茶淹《い》れたから嬢ちゃんも飲んでいくといい」

「わぁいい香り～」

「使いっ走りみたいにしたからな。高い茶葉にした」

「ありがとうございます」

店主にお菓子を二つ渡し、お茶をごちそうになる。彼はとても気に入ったようだ。お菓子が包まれていた紙をじいっと見つめながらぽつりと呟いた。

「塩屋に行って取り置き頼んでおけばまた買えっかな」

「あ、そうそう。営業時間についても聞いてきましたよ。ショップカードをもらったのでどうぞ」

ポケットに入れておいたカードを取り出す。彼はまじまじと見てから、小さくため息を溢した。

「だが夜じゃあ商品も少なくなってるんじゃ……」

「あんまり数は作ってないみたいですからね～。でも夜限定の商品があるらしいですよ？　それから今食べたお菓子は来月からホール販売の予約も始めるそうで」

「本当か!?　今日、店を閉めた後に行ってみる」

限定という言葉で、店主は一気に元気を取り戻した。耳もピンッと伸びている。単純だ。だがこの美味しさを知っている私からすれば、彼の心配も喜びも理解できる。なにより、薬屋側に金銭的な利益が得られる保証を提示できない代わりに、他方面での利益を作れてよかった。

満面の笑みを浮かべる店主にお菓子代を握らされ、薬屋を後にする。まだ麻痺薬が売れるかも分からないのでお金はいいと言ったのだが、彼は一歩も譲らなかった。美味しいものへの対価はしっかりと支払う。それがビストニア王国の流儀なんだとか。まぁもらえるものはもらっておくに限る。

さぁ市場で食べ歩きを！　そう、意気揚々と繰り出したいところだが、急遽《きゅうきょ》発生した麻痺薬の大量生産により、コートを買うために貯めていたお金がかなり減った。そこに安くはないチョコレート菓子が加わった。もちろん麻痺薬が売れてくれさえすれば回収できるのだが、一本も売れない可能性も否定できない。

「さてバリバリ働きますかね～」

最近ずっとお金の心配をしている気がするが、素材は全て店で買っているのだ。その分、どうしても利益は少なくなる。自分で採取に行くか、ギルドで生産系の依頼を受けるかすればてっとり早く稼げるのだが、どちらも今の私には難しい。

薬のレパートリーを増やしたところで手が回らなくなるのは目に見えているので、また地道に稼いでいくしかない。頬を叩《たた》いて気合いを入れる。

その夜、乾燥させていたキイロギザギザバナの根を煮込んだ。少し冷ましてからぐいっと一気にあおる。

「ううっ、にがい……」

けれどこれで明日の朝にはむくみもスッキリ。出費は嵩《かさ》んだが、麻痺《まひ》薬を薬屋に置いてきたことで気持ちもスッキリ。この場所で私ができることは全てやった。そう言い切れる。今日はよく寝て、明日からまた薬を作ろう。そして寒くなる前にコート代を稼ぐのだ。

◇◇◇

煮込んだ薬を濾《こ》して瓶に詰める。五日前に買ってきた丸底瓶には全て回復ポーションが入っている。平たい薬ケースには昨日作った擦り傷用の薬と化膿《かのうど》止め、解毒剤がそれぞれ十ずつ。こちらはまだ余裕があるが、そろそろ売りに行きたいものである。

この部屋での調薬にもすっかり慣れ、生産ペースも上がってきている。稼ぎを増やすためにも薬箱をもう一つ増やしたい。

薬箱と、それに詰め込めるだけの瓶と材料の補充を考えると今日の収入はほんのわずか。麻痺薬の収入がゼロだった場合、まだまだコートにはほど遠い。

初めに宝飾品を売った分のお金は半分以上手付かずのままにしてあるのだが、そこに手をつけることも視野に入れた方がいいかもしれない。

そろそろコートが欲しい。前回は獣人用しか発見できずに終わったが、よくよく考えれば獣人用の方が持ちがいいはず。買った後で尻尾《しっぽ》を通すための穴を塞《ふさ》がなければならないが、教会を去る際にもらった餞別《せんべつ》の中には裁縫セットがある。同じ色の当て布を買ってきて、穴を塞いでしまえばいい。多少不格好になっても着るのは自分なのだから。

「でもいざという時のお金には手をつけないままでいたいし……」

ぼそぼそと呟《つぶや》きながら外を眺める。鍛錬場にシルヴァ王子の姿が見えた。特に気にしているわけではないのだが、久しぶりに見た気がする。今は手合わせが終わって休憩しているようだ。首からタオルを下げている。

何を思ったのか、私の部屋を見上げて小さく口を動かしている。何か言っているところまでは分かるのだが、この距離からでは声までは聞こえない。だが予想はつく。人質と結婚させられたことへの恨み節。結婚前から知ってはいたが、シルヴァ王子のお顔立ちはたいそう整っており、銀の毛並みはさらっさら。窓から見る彼はいつだって輝いて見えた。

女性人気が高く、国民や使用人達からの支持も厚い。第三王子とはいえ、仲の悪い国から寄越された聖女と結婚するような人ではない。名家のご令嬢か重鎮の娘あたりを妻にするのが妥当。メイド長が筆頭となって私に嫌がらせをするのも納得である。

もし恨み言を言われていたとしても、今後も私達が関わることはない。つまり私にダメージはない。今日もなんか言ってるな〜と思う程度だ。美味《おい》しいご飯でも食べれば即忘れてしまう。所詮《しょせん》『夫婦』という肩書きがその辺に転がっているにすぎない。それすらあちらの独断で書き換えられていたとしても、私が気づくことはできない。まぁ気づいたところでどうしようもないのだが。ならば気にするだけ無駄だ。

この手のことは家族やハイド王子との関わりで嫌というほど理解させられた。『気にしない』というのは、生きる上では案外大切なのだ。すぐに頭を切り替え、外出の準備を整える。

「薬を売りに来ました〜」

ドアをくぐり、店の奥にいる店主に声をかける。するとカウンターで寝こけていた彼の長い耳がピクピクと動き、バッと顔を上げた。

「嬢ちゃんか！　待ってたぞ」

「何かありました？」

「前回嬢ちゃんが押しつけていった麻痺薬、全部売れたよ！　被害も最小限で済んだらしい」

「魔物、出たんですね」

やはり用意しておいて正解だった。大きなマイナスが財布にのしかからなかったことも嬉《うれ》しいが、なによりこの立場でも被害を抑えられたことが誇らしい。これで今後も胸を張って市場で買い食いができる。

「ああ！　でもなんで今回に限って麻痺薬が必要になるって分かったんだ？　しかもあれ、獣人向けに作られたやつだろ？　あれだけの濃度だ。薄めても人間への販売分として使い回せそうもない。今回で売れるって確証があったってことだよな？」

質問を重ね、不思議そうに首を傾げる店主に、困ったような表情を向ける。口からつらつらと流れるのはお決まりになった言葉。

「私は売ってこいと言われた分を持ってきただけですから」

「薬の効能といい、橋が落ちることを予想したことといい、その薬師には特別な能力でもあるのかねぇ」

親戚《しんせき》が作っているという設定は便利なものである。自分は何も知らないで済ませられる。店主が少し人を信じやすい質《たち》というのもあるが、騙《だま》すつもりはない。今のところ損もさせていない。

「まぁいいか。とりあえずこれが麻痺薬の代金だ。それで今日は何をいくつ持ってきた？」

「擦り傷用の薬と化膿止めと解毒剤が十ずつで、回復ポーションが三十本です」

代金を受け取ってから、いつも通りの品を薬箱から取り出す。

「今回も全部買い取らせてもらおう。嬢ちゃんが持ってくる薬はどれも効果が高くて助かる。前の納品先は今頃困っているだろうな」

「私の足じゃあんまり遠くまで行けませんし、ここなら帰りに美味しいものも食べられますから」

役得ですよ、と笑ってみせる。『美味しいもの』という言葉で彼は例のチョコレート菓子を思い出したらしい。確かにな、と力強く頷《うなず》いた。それでいて買い取り金額を計算する手は動き続けている。

「次回は解毒剤を二十個持ってきてくれ。嬢ちゃんのところの薬は毒を持つ植物に触れた時に使うのにもいいって、採取メインの冒険者とか生産職のやつがまとめて買っていくんだよ」

「あ〜、私もたまにやっちゃいます」

「冒険者にとっても、塗り薬だから量が調整しやすくていいらしい。解毒剤は飲むタイプがほとんどで、急いでいる時は飲むのがてっとり早いが、そうじゃないと腹に溜《た》まるんだと」

「回復ポーションもそうですけど、液体タイプの薬って意外と量ありますもんね」

「濃度を高めて量を減らしたものもあるが、その分マズくなるから考えものだよな。嬢ちゃんのところは味と量のバランス面で評判がいい」

　意外かもしれないが、高品質の回復ポーションはあまり売れない。もちろん品質がよければその分回復できるため、手早く一気に回復したい場合には重宝する。だが値段もそれに比例して高くなっていく。普段使いには向かない。

　気軽に使えるのはやはり、そこそこの値段でそこそこの効果がある回復ポーション。私も疲れた時なんかに飲むのだが、マズいものは飲みたくない。その一心で改良した。まさか量について評価されるとは思ってもみなかった。

「回復ポーションの増産はできないか？」

「実はちょうど検討しているところでして」

「本当か！」

「はい。今日は新しい薬箱と、瓶とケースをいつもより多めにもらえますか？」

「ありがたい話だ。安くしておく」

　店主は上機嫌で在庫を取りに行く。提示された額は確かにいつもよりも安い。瓶とケースもかなり値引きをしてくれたようだ。

「こんなにいいんですか？」

「どうせうちに卸してくれるんだろ？」

「もちろんです」

　私としてもせっかく慣れてきたところなのだ。ここの店裏の茂みは空から降りてくるのにちょうどいいし、店主は話しやすい。今さら他の店に持ち込もうとは思わない。

「こっちも嬢ちゃんが来てから儲《もう》けさせてもらってんだ。それにこの前の菓子、結構いいやつだろ？」

「まぁ……はい」

「だからこれくらいは、な？」

お菓子代は払ってもらったので、そこまで気にすることもないのだが……。ありがたく厚意を受け取ることにした。二つに増えた薬箱を提げて店を後にする。

「今日は薬草を取り扱う店が多く出てるといいな～」

今にも鼻歌を歌い出したい気分で出店を眺める。今日は野菜を売る店が多め。風の流れの関係で部屋を出るのが遅くなってしまったからか、すでに店じまいをしている店もちらほらとある。薬草を取り扱う店もあったが、それ以上に目を引く店があった。

「すみません。これってゴーニャンの実ですか？」

「よく分かったね。お嬢ちゃん、薬師かい？」

「親戚が薬師をやっていまして。三カップ分ください」

「あいよ」

ゴーニャンの実とは年間降水量三百ミリ以下の地域でしか生産できない幻の果物である。砂漠気候の地域、もしくはかなり雨量が少ない地域で雨に触れさせずに育てる必要がある。与える水分量を限定することで、ほっぺたが蕩《とろ》けるほどの甘さとなる。私も一度だけ生で食べたことがあるのだが、果物の中では段違いの甘さであった。

ジュースにしてから数日置くと発酵して酒のような飲み心地になる。独特の甘さと酸っぱさが混ざり合ったような味になるので好みが分かれる。私は好きな味だったが、王子とそのお付きの男性陣の口には合わなかった。

だがこのゴーニャンの実の特徴はそれだけではない。新鮮なうちは赤いのだが、収獲してから時間が経つと徐々に皮が黒く染まっていく。目の前にあるものは後者かつ萎《しぼ》んでいる。いわゆるドライフルーツというものなのだが、全く食欲がそそられない。

実際、この状態のものをそのまま食べるのはオススメしない。美味しくないわけではなく、かなりの糖度が凝縮されているので口の中が大パニックになるのだ。なので薬の材料としてのみ、薬師の間で広く知れ渡っている。

だがおやつ作りに使うか、紅茶を煮出す際に一緒に入れると美味しくいただくことができる。いただきもののドライフルーツは、薬の材料としてもおやつの材料としても印象が強く残っている。

思い出したらゴーニャンの実のケーキが食べたくなってきた。明日のおやつに作ろう。一度で使い切れる量の小麦粉とミルク、バターも買って。それから火魔石のストックがなくなりそうだから補充しておきたい。計画を立てるだけで涎《よだれ》が垂れそうだ。

「それにしてもよくこんな大量に仕入れられましたね」

ゴーニャンの実の大量生産と大量輸出を行っているのは、かつて私が訪れた人間の国・サヴァル皇国のみだ。他国でも生産・販売は行っているものの、生産量がわずかなため、国外に出回ることはまずない。目の前の男は人間だが、彼の肌は日焼けも乾燥もしていない。つまりはサヴァル皇国の商人ではない。行く先々で商品の仕入れと販売を繰り返しているのだろう。だとすると今後も定期的にあの国のフルーツが購入できるかもしれない。少し期待してしまう。

「先月の大雨でやられる前に収穫して、急いでドライフルーツにしたんだと。入荷した時なんてこの十倍以上あったんだぜ」

「そんなに⁉」

「おかげで普段は寄らないこの国で商売できてるってわけだ」

「へぇ。じゃあ私はタイミングよかったんですね」

「そういうことだ」

大雨は予想していたが、これほどとは思わなかった。サヴァル皇国の輸出額の八割が食品だ。中でもゴーニャンの実を筆頭とした果実数種類がかなりの割合を占めている。

あの国にも私のように食分野に特化した聖女がおり、天気を読むことに長《た》けている。だが読み違えて打撃を受けるくらいならと、ほとんど収穫してしまったのだろう。

短期間で一気に輸出したことで相当買い叩かれたと思うが、そこは私の専門外である。消費者として少しお安く入手できたことを素直に喜ぼう。

ゴーニャンの実が入った紙袋を受け取り、お金を払う。すでに後ろには薬師らしいウサギ獣人の男性が立っていた。どうやら私達の会話を聞いていたようだ。迷わずゴーニャンの実を注文している。私は邪魔にならないようにその場を立ち去り、薬草を並べている店をいくつか回る。

前回来た時よりも全体的に価格が上がっている。葉数が少なかったり、虫食いがあったりと質の悪さが目立つ。並んでいる薬草の種類から察するに、こちらは西側の地域から来た商人のようだ。なら大体の被害は予想ができていた。気温が高い日が続いたため、虫が例年より繁殖したと思われる。葉の状態から見て、繁殖したのはわりとスタンダードな毛虫。サーフラの薬草園にも紛れていた。

薬草なので下手《へた》に虫除けを使えば薬の質に関わる。そのため、手で一匹ずつ取る必要がある。気をつけてはいても虫の数が多ければ虫食いができやすい。この虫食いは虫除けを使わなかった証拠でもあるのだ。

値段が高いのも、半年前に雨が降ってから一気に気温が下がったから。並んでいる薬草はどれも寒暖差に弱い。採取できる量自体がかなり少なかったために値段が高騰したのだと思われる。私が想定していた被害を考えればこのくらいが妥当だ。

「赤い紐《ひも》と青い紐と紫の紐の薬草をそれぞれ五束ずつ。それから麻袋に入った実も三カップずつください」

「あいよ」

毎日市場の確認ができるのであれば、わざわざ高騰中の商品を大量に買い込むような真似はしない。だが人質という立場上、頻繁に城を抜け出すことはできない。このあたりは割り切るしかない。

そのまま市場を歩き、お菓子の材料と火魔石を購入する。両手は荷物でいっぱい。だがまだ帰るわけにはいかない。麻痺《まひ》薬が完売したおかげで手に入った臨時収入でコートを買っておきたい。大量の材料を抱え、古着屋に急ぐ。

市場をぐるりと見ていたため、予定よりも時間が押している。風の流れが切り替わったタイミングで帰らなければ。

古着屋に駆け込み、目をつけていたコートと同系色の端切れを掴《つか》んでレジに持っていく。支払いを済ませたら店を出て、入り組んだ路地を進む。人がいないのを確認してから手持ちの荷物をマジックバッグに入れ、隠密ローブを被《かぶ》る。行きと同様に風魔法で上空へ飛ぶ。

「明日はゴーニャンの実のケーキ～」

上機嫌で空を漂い、城の門を越える。そして事件が起きた。

——なんでいるの!!

口元までせり上がった叫び声を気合いで呑《の》み込《こ》む。だが動揺するのも仕方ない。なにせシルヴァ王子が私の部屋にいるのだから。それも椅子に腰掛けた状態で窓の外を眺めている。まるで私が窓から帰ってくることを知っているかのように。

だが私は今、ジェシカの作った隠密ローブを着ているのだ。見破れるはずがない。実際、人間の私の目でもはっきりとシルヴァ王子の顔が見える位置まで近づいているのだが、彼の視線は私を捉えていない。見えてはいないはずだ。

このまま他の場所から城に入り、荷物をどこかに隠した後でドアから入るのが一番。廊下に出ていたことと、服装だけならなんとでも言い訳が利く。

だが辺りを見回しても全て窓が閉まっている。少し雲行きが怪しくなってきたため、早めに窓を閉めたのだろう。なんとも優秀な使用人達である。今の私には全く嬉《うれ》しくないけれど。

シルヴァ王子が諦《あきら》めて去るのを待つのも手だが、自室の窓までも閉められたら最悪だ。一階から戻らなければならない。人質がそんなところをうろうろしていれば、確実に何かしていたと疑われる。

かといって隠密ローブを着て隠れていても匂いを辿《たど》られる可能性がある。私が城から抜け出せているのはあくまで風の流れに乗っているから。通常時ならまず見破られる。どうしたものか……。

悩んでいると、シルヴァ王子が立ち上がった。

「聖女ラナ。帰ってきているなら早く姿を見せろ。今なら話を聞いてやる」

見えているわけではないが、私がしばらく部屋を留守にしていたことを知っている――と。いつからこの部屋にいたのか。留守に気づいたのも今回が初めてではないかもしれない。

隠れ続けてもいいことなんてない。腹を括って窓に近づく。トンッと音を立てて、部屋へと足を降ろした。そしてゆっくりと隠密ローブを脱ぐ。脱いだローブを手に引っかけた状態で、深々と腰を折る。

「ラナ＝リントス、ただいま戻りました」

「本当に帰ってくるとはな……。見逃しているのだから逃げればいいものを。なぜ君は毎回帰ってくるのだ」

「なぜと言われましても……」

何が模範解答なのか。人質だから、と答えれば逃げ出すなと言われるに違いない。嫁入りしたから、も同じ。美味《おい》しいご飯が食べられるから・いい生活を送らせてもらえるからと素直に答えれば、ふざけるなと怒られるかもしれない。

右に傾けた首を今度は左に捻《ひね》ってみる。だが彼が求めている答えが浮かんでこない。

王子妃として二人の王子と王妃様をサポートする想定はしてきたし、知識面で助けられるように努力もしてきた。マナーだってそう。常に模範的であれと心がけてきた。地味顔のおかげで平民にもすぐに馴染《なじ》める。だが人質として生きる想定はしていなかった。

さらに言えば全く接触してこなかったシルヴァ王子が今さらになって私に与えた部屋で待っているとも思わなかった。天気や災害、魔物のことなら予想外でも対応できるのに。人間は慣れていない予想外には対応が遅れるようだ。

答えに悩んでいると、シルヴァ王子の眉間《みけん》にぎゅぎゅっと皺《しわ》が寄っていく。

「普通は自分を『人質』と呼ぶ相手がいる場所には戻ってこないものだ」

「国王陛下は人質であると同時に王子の妻としても認めてくださいました」

「口だけだろう。君がされた待遇を思い出せ。どれも王子妃相手にするようなものではない。……ぬるくなったスープに溶けたジェラート、極めつきは三日も放置されたパンだ！」

酷いものだろうと拳《こぶし》を固めて熱弁する彼には悪いが、どれも美味しくいただいている。全く堪《こた》えていないどころか、この生活を満喫させてもらっている。不便を感じていないわけではないけれど、衣食住の保証に加えて命の危険もない。逃げ出すなんてとんでもない。

私は今の自分の住み処がこの部屋だと認識しており、だからこそ毎回帰ってきている。未だに触れないようにしているが、元々置かれていたアクセサリーとドレスだって、私が許可なく使ったとしても怒られることはないのだろう。この部屋はとても人質を置いておく環境ではない。

だがシルヴァ王子はそんなことは露ほどの想像もしていないようだ。ギィランガ王国の食生活を知ったら確実に卒倒する。嫁入りしたのが自国の王子ではなく、ビストニア王家でよかった。なにせ人質が定期的に城から抜け出していると知っても見逃し続けてくれるのだから。

今までちゃんと話す機会はなかったが、いい人であることはヒシヒシと伝わってくる。何と伝えるべきか。先ほどとはまた違う意味で悩んでしまう。するとシルヴァ王子は何か勘違いをしたらしい。口を覆い、涙ぐんでしまった。

「声も出ないか。可哀想に……」

「いいえ、あの……王子が言うほど悲惨な食事ではなくてですね」

「いいんだ。罪悪感に耐えかねた料理長が教えてくれた。君はそれでも毎日完食してくれるのだと」

情報の出所が予想外すぎる。メイド達に指示を出していたメイド長もまさか料理長に大ダメージを与えているとは思わなかったのだろう。そして私の食事を用意してくれていたのは料理長だったのか、と二重の意味でビックリだ。

だがよく考えてほしい。何度も城から抜け出すくせに、毎回ご飯の時間には間に合うように帰ってきているのだ。抜け出したことがバレないように、と思ってのことではあるが、冷静に考えるとかなり食い意地の張った行為である。

「だが城下町に繰り出していると知って、量も足りなかったことに気づいた」

「え……」

「今日は何を食べてきたんだ？」

「どこまで知っているんですか……」

「城下町に行く日は必ず弱い風が吹いていることと、薬を作っていること。それから何か食べて帰ってくること、くらいだな。君が来て少し経《た》った頃から聞こえるようになった音が聞こえなくなる日があることに気づいたんだ。初めは偶然だと思った。実際、初めに確認した際は部屋に姿があった」

私がこの部屋を使うようになってからシルヴァ王子がやってきたのは今日が初めてのはず。少なくとも私が起きている時には一度だって来ていない。

だが『確認』という言葉を使った彼は獣人だ。調薬時の音が聞こえていたことといい、私が何か食べて帰ってきていると気づいていることといい、私は獣人の五感を甘く見ていたのかもしれない。

「規則性に気づいたのは先月のことだ。帰ってきた君からは果実のような甘さとピリつくような香辛料の香りと小麦の香りがした。……外で食べる食事は美味しいか？」

「それはもう！」

果実と香辛料というワードに、自然と返事に力が入る。言ってから、自分の声の大きさに驚いた。一瞬だが、自分の立場と今の状況が完全に頭から抜けていた。シルヴァ王子も目を丸くしている。

だが以前食べたラム肉サンドはそれほどまでに美味しかった。

風魔法で香りを落としたつもりだったが、まさかここまで的確に当ててしまうとは……。ああ、思い出したらまた食べたくなってきた。ついつい意識がそちらに持っていかれてしまう。

「屋台での食事もいいが、本当の城の食事は美味しいんだ。君にも分かってほしい」

城の食事の美味しさはもう十分伝わっている。美味しくなければボリュームのあるサンドを三つも食べた後の腹にもう一食分を詰め込んだりしない。

この先、人質解放もとい離縁されたとしても嫁ぐ前の環境にだけは戻りたくない。全力で逃げ出す。私の舌はもうメシマズ時代には戻れない。他のものを我慢しても食事だけは無理なのだ。だが今の状態から一気にランクを下げたくないのであって、これ以上を求めているわけではない。

聖女という立場だけ戻るならば、両腕の袖《そで》を捲《まく》って仕事に取り掛かろう。仲間のことは大好きだし、働くのも嫌いではない。見習いから再スタートしたって構わない。雑用でも子供達の指導でもなんでもござれだ。

心なしか最近神聖力も回復してきたような気がするので、以前よりも役に立てるはずだ。美味しいご飯情報だって……と一人で頷《うなず》く。何か月も前に『最悪』から脱した私とは違い、シルヴァ王子の表情は固い。

「これ以上君に我慢させないよう、今日から俺は隣の部屋で過ごすことにした。すでに荷物の運び込みは済んでいる。食事も一緒にしよう」

突然何を言い出すのか。逃げ出せばいいのに、と言った人と同じセリフだとは思えない。いや、帰ってくるだろうと思っていたから部屋で待っていたのか。彼の行動の意図がよく分からない。戸惑いが視線に表れてしまったのだろう。シルヴァ王子は小さく息を吸い込んで、グッと拳を固めた。

「そしていつか君が、自分はラナ＝ビストニアであると胸を張って言えるくらいの仲になりたい」

一瞬、シルヴァ王子が言っていることの意味が分からなかった。私は紛れもなく『ラナ＝ビストニア』なのだから。だがすぐに、先ほど自分が名乗ったのは旧姓だったと思い出した。とっさのことでつい慣れた名前が飛び出しただけで、嫌味などこれっぽっちも含まれていない。

すぐに誤解だと伝えたい。だが何かを楽しむように尻尾《しっぽ》を小さく揺らす彼に訂正できるはずもなかった。

閑話二　ギィランガ王国では

シルヴァが尻尾を揺らしながらラナの帰りを待っている頃。ギィランガ王国の城は緊迫に包まれていた。無事に元気な男の子を産んだ王妃・マリアが第二王子・ユーリスと共に城に帰ってきたのだ。マリアはそこでようやく、ラナが一方的に婚約破棄された上、ビストニア王国に嫁入りさせられたことを知った。第一王子・ハイドがラナの妹であるロジータを孕《はら》ませたことも。

一度で理解するにはあまりにも情報量が多すぎる。普通の貴族夫人であれば卒倒していることだろう。だがマリアは王妃である。過去に似たような体験もしている。

その経験があったからこそ、ラナをハイドの未来の妻として、そしてユーリスが王に即位した際のサポート役として大事に大事に育ててきた。彼女なら次期王妃が妊娠・子育てしている間も外交を任せられると。

元愛人にして現側室の子供であるハイドが信頼できない分、ラナに期待をし、彼女はそれに応えてきた。ラナをハイドの婚約者として指名した当時は先王も生きており、彼女にはユーリスの婚約者よりも苦労をかけたはずだ。

またラナは三大聖女の一角としてギィランガ王国の食を支え、気候を予測することで魔物の発生や災害などを予測してきた。同じく三大聖女のシシアと共に食物の輸出入について毎年意見も出していた。

食分野に特化した三大聖女が今までどれほど国に貢献してきたか。ラナが抜けたことによるギィランガ王国の損失を、国王も宰相もまるで理解していないのだ。

もしもラナが嫁いでひと月以内であれば、こちら側の手違いだったとでも言って強引に連れ戻すことができた。だがすでにラナが国を発《た》ってから半年も経っている。

もちろんマリアとて何も考えずに王城を留守にしたわけではない。伝達役を何人も残してきた。国王達を監視し、いざという時にはラナを助けるようにと。だが彼らは国王と宰相に買収もしくは邪魔をされていた。

国王を筆頭とした今回の婚約破棄の関係者は、この事実がマリアの耳に届かないように細工していたのである。彼女が戻ってくればバレることくらい、少し考えれば分かるはずだ。

産後でろくに動けないと思ったのか。はたまたマリアが長い間城を留守にしていたことで気が大きくなったのか。怒りで頭がおかしくなりそうだ。だがこのまま放置することはできない。

マリアは先王から王家の血を繋《つな》ぐ役目を任されている。同時に次期国王になるユーリスの母でもある。国のためにも、愛する息子のためにも手を打たねばならない。怒りとストレスでズキズキと痛む頭を押さえ、いつかの時のために保管し続けていた切り札を手に取った。

数か月ぶりの王城を闊歩《かっぽ》し、王の間のドアを勢いよく開く。何やら宰相と悪巧みをしていた国王は、突然のマリアの登場に目を丸くして驚いている。マリアは「失礼」と短く告げてそのまま玉座に続く階段を上る。

「先王の遺言に則り、国王・ノーム＝ギィランガを退位させ、第二王子・ユーリス＝ギィランガが王位を継ぐまで私、マリア＝ギィランガが国王代理を務めさせていただきます」

「なっ！」

マリアは一枚の書類をノームの鼻先に突きつけた。これこそが彼女の切り札である。ノームはマリアの手から書類を奪い、隅から隅まで目を通していく。すると彼の顔からみるみる血の気が引いていった。隣にいる宰相も同じ。ようやく自分達のしでかしたことの愚かさを理解したのである。

「あなたは忘れてしまわれたかもしれませんが、私は今も、いいえこの先だってあなたの裏切りを忘れはしませんわ」

ノームの一度目の裏切りは二十数年前。当時のマリアは王妃ではなく、王子の婚約者という立場であった。そんな時、彼が愛人を孕ませた。腹を膨らませた女の腰を抱くノームがやってきた時は思わず目を疑った。

そんな相手がいるとも知らされていなかったマリアにとって、まさに青天《せいてん》の霹靂《へきれき》。マリアの父である公爵も怒り心頭で、その日のうちに王城へと乗り込んだ。その際、公爵家は当時の陛下にとある条件を提示した。

その条件こそが、公爵家側の独断でノームを王座から引きずり下ろす権利を与えること。本来臣下である公爵からそれを求めることは不敬に当たる。

だが婚約者が自分以外の娘を孕ませることが、令嬢にとっていかに屈辱的か。マリアには後ろめたいことなど一つもないのだからなおのこと。全て王家側の、ノームの過失である。

公爵は「この条件を呑《の》めないのであれば、娘と王子の婚約は王家側の過失として破棄させてもらう」とも続けた。

当時の王、ノームの父は頭を抱えた。ここで公爵家に逃げられてしまえば次の相手が見つかるはずがない。だからといってノームが孕ませた令嬢の家格は低く、思慮も浅い。とても王子妃など任せられるはずもない。加えて、王にはノームしか子供がいなかった。王子妃になることは未来の王妃になることと同義である。

親戚《しんせき》から養子を取るには遅すぎる。年頃の男児はすでに結婚してしまっていた。かといって彼らの子供が育つのを待つだけの余裕はない。なんとしても優秀な公爵令嬢に逃げられるわけにはいかなかった。

そこで当時の国王と重鎮は、マリアに王としてのなんたるかを徹底的に叩《たた》き込《こ》んだ。同時にマリアの子供であるユーリスと、裏切りの末に生まれた第一王子・ハイドの妻となるラナにも未来を託すことにしたのだ。

先王が亡くなってから数年が経過しているが、遺言状に書かれたことは絶対だ。しかもマリアが所有している書類には先王のサインだけではなく、当時の重鎮全員の名前が連ねられている。中には亡くなっている者もいるが、存命の者も多い。

これを見せた時点で国王と宰相、およびラナの婚姻に関係した者に逃げ道はなくなった。マリアだって本当はこんな紙、使いたくもなかった。サインをしてくれた彼らとて気持ちは同じ。

一度は裏切ったノームが改心し、国のために生きてくれると信じたい気持ちがあったからこそ、必要以上に口を出さず、見守ってくれていた。

マリアはこの紙を手にした時から、突きつける時は再びノームに裏切られた時と決めていた。それが今。裏切りの悲しみに暮れるだけの時間はない。涙はもうとっくに涸《か》れてしまった。

「国王代理として命じます。国に多大なる損益を与えたこの者達を捕らえなさい」

マリアは冷ややかな声で命令を下す。此度の一件で、宰相を筆頭とした幹部の席が軒並み空席となる。だが席を空けておくつもりはない。すでに選定は済ませてある。

前宰相を筆頭に、信頼できる者達に声をかけてある。中には当時の幹部と重鎮もいる。彼らにはユーリスが即位するまでの間のサポートと、後進を育ててほしいと記した手紙を送った。無論、マリアとてできる限りのことはするつもりだ。

ラナの嫁入りにより、教会側は王家に不信感を抱いていることだろう。教会の聖女と神官は、ラナにとって家族のような友人のような、特別な存在だと聞いている。

ラナは彼らを心から大事に思っており、彼らもまたラナを大切に思っていた。マリアよりもずっと近い位置で接し、深い絆《きずな》で結ばれている。簡単に許してくれるはずがない。

彼らのフォローもしなければ。ラナが抜けた今、信頼できる仲間を集めたところで残りの三大聖女、シシアとサーフラを敵に回せば国が機能しなくなる。彼女達にはマリアが代理を務める間だけではなく、ユーリスが即位した後も国を支えてもらわなければならない。

また王位をユーリスに引き継ぐ前に、新たな三大聖女を育てなければ。ラナが抜けた穴はユーリスの婚約者まで及ぶ。側室を取ることを強制するつもりはなかったが、彼女の能力次第では検討が必要となる。

それからハイドとロジータ、その腹の子の処遇についても考えなければならない。捕らえるだけではダメだ。最善を尽くしたつもりだったのにまた同じ過ちが繰り返されてしまった今、三度目がないなんて楽観視はできない。

ギィランガ王国で最も気高き血筋を引いた男の子孫に愚者の血が流れ続けているだなんて言われたら……。想像しただけで背筋が凍る。ユーリスは、我が子は違う。だがハイドとユーリスの父親が同じであることは否定しようもない事実なのだ。子を守るため、念には念を入れて対処しよう。やるべきことは山積み。この先数年は、マリアの生涯で最も忙しい時期になることだろう。けれど手を貸してくれる仲間がいる。

だがラナは……。ラナ＝リントスは幼い頃からその才能の片鱗《へんりん》を見せていた。彼女をハイドの婚約者として指名したのはマリアだ。

だがただのサポート役としてではなく、将来の家族として接してきたつもりだ。ハイドがもっとしっかりしていれば、ユーリスの婚約者にしたかったくらい。ラナなら次期王妃として、そして息子の妻を任せられると。本気でそう思っていた。

だが今は国の利益なんかよりも、努力家で優しくて賢いラナが辛《つら》い思いをしていないかが心配でたまらない。ギィランガ王国とビストニア王国はもう何代も前から揉《も》め続けている。きっかけは本当に些細《ささい》なことだったと聞いている。

先王はどうにかならないものかと、よく頭を抱えていた。だが貴族達に根付いた獣人嫌いは年々拍車がかかるばかりで、溝も深まってしまっている。その溝に突き落とされるように嫁がされていったラナが無事であるはずがない。

今すぐギィランガ王国に連れ戻したい気持ちはあるものの、マリアにはラナを救う術《すべ》がない。今さら国王代理になっても遅い。一度裏切った人間に隙なんて見せるべきではなかったのだ。あの男が「ユーリスに続く子供を」と言い出した時点で怪しむべきだった。大切な人物を失ってようやく自分の愚かしさを知る。

「ラナ、あなたはずっと私達の期待に応えてくれていたのに……。辛い時に守ってあげられなくてごめんなさい」

玉座に腰掛けるマリアの頬には悔し涙が伝った。

まさかラナがギィランガ王国にいた頃よりもよい生活を送っているだけでなく、城を抜け出して買い食いまでしているとも知らずに。

第三章　温かい生活と冬に向けた準備

シルヴァ王子と徐々に親しくなっていくためにも、今後は食事を共にすることになった。だが私の部屋にある机では二人分の食事を置くことができない。

そこで大きめの机が運び込まれることになった。食卓としてシルヴァ王子が選んでくれたのは木製の机だ。温かみがあり、質がいい。

非常に私好みではあるものの、周りの家具とはデザインが浮いてしまっている。また大きさもかなりのものだ。二人どころか、一家団欒《だんらん》にも使えそうなほど。急いで用意してくれたのだろう。シルヴァ王子は運び込んでから、想像以上の大きさを目にして落ち込んでいる。

「随分と狭くなってしまったな……すまない」

「いえ、元々この部屋は私にはかなり広かったので」

「本当は食事をするための部屋を用意できればよかったんだが、この部屋の外では君にまた怖い思いをさせてしまうかもしれない。初日に怯《おび》えさせてしまった自覚はある。多くの獣人に囲まれて怖かっただろう。もっと君に配慮すべきだった」

「確かに来た当初は少し警戒していましたが、それだって国同士の関係を考えれば当然の対応かと。むしろ今ではよくしてもらってばかりで申し訳ないと思っているほどです。怖がるなんてとんでもない」

当人にこんなことを伝えるのもどうかと思うが、変に隠しても仕方ない。それに彼らが私を敵視しているのは、ギィランガ王家から差し出された聖女だからだ。言い換えれば、彼らは一度だって私という個人に対して悪意や敵意を向けていない。

ビストニア王国の獣人達はギィランガ王国から来たというだけで嫌ったり、悪意を向けたりしない。ちゃんと向き合ってくれる。薬屋の店主がよい例だ。もちろん彼の性格的な問題も大きいとは思うが、シルヴァ王子だって私の話に耳を傾けてくれる。メイド達も同じ。彼女達から向けられたのは嫌悪感だけではない。

「無理はしていないか？」

「大丈夫です」

殺意を向けられることがあればまた考えも変わってくるが、私はこの半年間を信じたい。机と一緒に運び込まれてきたテーブルクロスを持ち、セットする。シルヴァ王子もすぐに手伝ってくれた。

王子様なのに全く飾ることもなく、相手に寄り添おうとしてくれるシルヴァ王子。

頑張って考えてきた嫌味を言いつつも、しっかり仕事をしてくれるメイド達。

ジェラートを溶かしたりパンを数日放置したりはするけれど、決して食事回数を減らすことはない料理人。

彼らをどうすれば恨めるというのだ。冷遇と呼ぶには温かさが隠せていない。もっと冷たいものを私は知っている。けれどシルヴァ王子は少しだけ困ったように笑う。

「この部屋での食事に慣れたら少しずつ部屋から出て歩こう。俺のことも、怖いと感じるようなことがあれば遠慮なく伝えてほしい」

言葉通りの意味なのだが、すぐに信じてもらうのは難しいのだろう。私も信頼してもらえるように努力しよう。

「過ごしてみて狭いと感じた時も言ってほしい。ここの壁を壊す手配なら今すぐにでもできる」

「それはシルヴァ王子の部屋と繋《つな》げるということでしょうか？」

「……間違えた。勢いでの発言を許してほしい」

顔をほのかに赤らめ、勢いよく訂正するシルヴァ王子。本当にそういう意味はないのだろう。過ごしやすくしたいという一心で言ってくれただけ。私が脱走していると知って隣の部屋に移動してくる行動力といい、部屋で待機していたことといい、思い立ったら即行動派なのかもしれない。

私も似たようなところがあるので親近感が湧く。それに彼への下心は一切ないので否定してくれた方がありがたい。恋愛的な面でも、国を代表して嫁いできた者としても。私の命を狙わず、次の聖女や神官を求めないでくれれば十分だ。

「嫌いませんよ。木製の大きな机も、教会にいた頃を思い出してわくわくした気持ちになりますから」

「教会にもこういう机があったのか？」

「談話室にはご飯の時や話し合いの時にみんなで使うための大きな机がいくつもありました」

机を撫《な》でながら教会にいた頃を思い出す。城下町に繰り出すようになってからも、ビストニア王国での立場を気にして手紙は出せていない。

偽名を使うだけで仲間達のもとに届くのであれば構わない。手紙を読んだ後に燃やしてもらえばビストニア王国との新たな亀裂となり得るものは残らない。だがビストニア王国からの郵便物というだけで勝手に開封される可能性もある。結婚などを理由に別の国に移住した聖女に協力してもらい、真ん中に違う国を挟むのも手だが、余計なことに巻き込みたくない。

城から西門に向かう途中にある郵便屋の上を今日も素通りしてきた。いつだって私から見えるのは真っ赤な屋根だけ。少しだけ剥《は》げてしまった塗装は城下町に馴染《なじ》んでいる証拠である。

正面も年季が入っているのか、はたまた途中で塗り替えたのか。気になってはいるけれど、勇気が出ずに正面から対峙《たいじ》したことはない。もちろん時間の問題だってあるが、気持ちの面が大きい。

ギィランガ王国に残った彼らは元気でやっているだろうか。ノートを残してきたとはいえ、私が抜けたのは突然のことで、解読してまとめ直すのには骨が折れたはずだ。

もちろん、彼らの能力も含めて信頼している。頼れる仲間がすぐ側《そば》にいることも知っている。心配なのは主にちゃんと食事と睡眠を取っているかどうか。真面目な子が多いので無理をしていないか気になるところだ。

ただこの半年間、ギィランガ王国では大きな災害や魔物の被害はなかった。何かあればビストニア王国にいても情報くらいは入ってきたはず。そろそろ落ち着いてきた頃かなと楽観視している。

だが王妃様は違う。そろそろ城に戻られる頃合いだ。王妃様はユーリス王子を出産される際にも公爵家に戻っている。十数年ぶりとはいえ、二度目のことで公爵家側も慣れており、今回はユーリス王子も同行している。

出産自体は心配していないのだが、城に戻ってきた後に過度なストレスがかかっていないかは心配だ。私がビストニア王国に嫁いだ後のハイド王子とロジータの行動がまるで想像できないからなおのこと。何事もなければいいのだが……。

机に視線を落としながら考え込んでいると、シルヴァ王子の眉間《みけん》に皺《しわ》が寄った。

「他の聖女や神官と共に食事をしていたのか？　君は第一王子の元婚約者――貴族だろう？」

「貴族だとか平民だとか、そんな些細なことで仲間を区別するような者は教会内にはいません。月に二回、みんなで同じご飯を食べるようにしていましたし、季節ごとにお誕生日会も開催していたんですよ」

教会で働いていると言っても、各々作業内容は異なる。ざっくりと食分野・産業分野・薬学分野に分かれており、そこから細分化していくのである。この他にも神聖力の使用に特化したグループや、見習いをサポートするグループもいる。

職務内容が多岐にわたるため、分野が違えば顔を合わせる機会が少なくなる。だが遠征に出る際は普段の職務内容関係なく、王都教会の一員として繰り出すことになる。その際に仲間の顔も名前も性格も知らないのでは仕事にならない。

そこで取り入れられたのが食事会とお誕生日会である。幼くして教会にやってくる子も多いので、教会自体に馴染んでもらおうという意図もある。食事のリクエストは談話室に設置されたボックスに入れることになっており、食事会での話し合いで決定する。

教会に来たばかりの子は遠慮することが多いのだが、二回三回と数を重ねていくごとに遠慮はなくなっていく。予算と人数の関係上、高いものは難しいが、材料を買ってきてみんなで作ることはできる。そのため故郷の料理や遠征先で食べた料理などが挙がることも多い。

ちなみにお誕生日会のケーキはその年に入ってきた子達のリクエストが優先される。私は当時読んでいた本に出てきた『木の実のケーキ』をリクエストして、散々サーフラに文句を言われた。そんないつでも食べられるものではなく、特別な日にしか食べられないものを選ぶべきだ――と。

思えばケーキのリクエストもまた、平民と貴族にある垣根を壊すためのものだったのかもしれない。今になってその意図に気づき、胸が温かくなる。

「教会の聖女達とはいい関係だったのだな」

「はい！　大事な仲間達です」

「そうか……。よければラナのことをもっと教えてくれないか？　少し早いが夕食を食べながら」

シルヴァ王子がパチンと指を鳴らしたのを合図に食事が運び込まれる。料理を運んできたのはいつものメイド達。今日は二人分になるため少し大変そうだ。一皿に載っている食事の量が今までとは全く違う。皿もいつもより大きめ。なにより品数が多い。

普段だってギィランガ王国の食事に比べればかなり品数が多いのに、今日は比べるのもおこがましいほど。それらを相変わらずの手際のよさでテーブルの上に並べていく。

「すごい量、ですね」

「これがビストニアの本来の食事だ」

彼は平然とそう言い放つが、私が今まで食べた食事の中でもかなり豪華な部類に入る。ギィランガ王国の先王に招かれた夕食の料理と同等かそれ以上。しかも謝罪の気持ちを込めて豪華にしているのではなく、本来こうであるらしい。

正直、ギィランガ王国からやってきたばかりの頃にここまでの量を出されていたら、半分近く残していたと思う。美味《おい》しい料理ならいくらでも食べられちゃう、といっても限度がある。冷遇されていたくらいでちょうどよかったかもしれない。

「食べきれなかったら残してくれ」

「残しては作ってくれた方に申し訳が……」

「俺が食べる」

「それなら安心ですね！」

心配はなくなった。ドア側の椅子を引いてストンと腰掛ける。私の切り替えの早さにシルヴァ王子は目を丸くして驚いて、すぐにふわっと笑った。

「この中にラナの好きなものはあるか？」

「パンが好きです！　ビストニアではその日焼いたものを食べるのが一般的と聞きましたが、翌日でもふかふかで美味しくて、食べきれなかった分はおやつにしていました。シルヴァ王子の好きな食べ物はなんでしょう？」

「チーズケーキが好きだ。ラナにも食べてほしくて、食後のデザートとして用意させている」

「以前ビストニアに訪問させていただいた際にいただいたあのチーズケーキですか？」

思い出すのは六年前。ビストニア王国に初めてやってきた時のことである。到着してすぐに紅茶とケーキでおもてなししてくれた。

紅茶はギィランガ王国でも飲まれているスタンダードな銘柄だったが、添えられたケーキは二口ほどで食べ終わってしまいそうな小さなもの。だが我が国ではまずお目にかかる機会はないチーズケーキだった。

チーズケーキは酪農が盛んな国のケーキとして知られており、ビストニア王国でもあまり食べられていないはず。出会えるなんて夢にも思っておらず、はやる気持ちと緩みかける頬をなんとか抑えて口に入れた。

その時の感覚は今でも鮮明に覚えている。可愛らしいサイズとは裏腹にフォークに載るズッシリとした重み。たった二口で満足させる圧倒的なチーズ感。あえてスタンダードな紅茶を合わせることで、チーズケーキの余韻を一切邪魔しない気遣い。

あのハイド王子も紅茶のおかわりが済むまで無言を貫いていたほど。グルメ大国らしい最高のおもてなしだった。また食べられることを想像しただけで頬が蕩《とろ》けてしまう。食事中もチーズケーキに全意識を持っていかれないか心配なくらいだ。

「よく覚えているな」

「美味しいものは忘れません！」

「私の好きなものを気に入ってもらえて嬉《うれ》しい。ラナは城下町でいろんなものを食べたんだよな？その中で一番美味しかったものはなんだ？」

一番美味しいもの——この質問にも慣れつつある。すでに私の中では答えが用意されている。スルリと口から出た。

「ラム肉サンドです。先ほどお伝えした食べ物と同じになってしまい恐縮なのですが、パン生地に使われている小麦が少し特徴的で」

以前食べたサンドがいかに美味しかったか、そしてその小麦の特徴について語る。シルヴァ王子は私の話に真剣に耳を傾けてくれる。その証拠に先ほどから耳がピクピクと動いている。

「その小麦なら食べたことがある。そうか、平たいパンにすればいいのか」

「フライパンで一枚一枚焼くといいらしいです」

「一度食べてみたいものだな。美味《うま》ければ我が国でも生産を……」

「残念ながら難しいです。雨量が足りません。それにビストニアの方が気温がやや高いので、風味が変わってしまいます」

「なるほど。それはいただけないな。早速買いつけに行かせよう」

「サンドは手で持って食べられるので、騎士の皆さんにも気に入っていただけるかと」

鍛錬場の上空を飛ぶ際、遅めの昼食を取っている騎士達を目にしたことがある。その時は決まってサンドイッチなどの片手で食べられるものを食べていた。その中のレパートリーに加えてもらえたら嬉しい。ガッツリと肉が挟めるのもオススメポイントである。

「時間がない時は特に重宝しそうだな」

「シルヴァ王子もよく召し上がっていらっしゃいましたよね。小麦が手に入った際には是非、肉と野菜をいっぱい挟んでかぶりついてください」

「見ていたのか。なんだか気恥ずかしいな……」

「少しですが、鍛錬する姿も拝見させていただきました。迫力があって格好よかったです」

「そ、そうか」

ポリポリと頬を掻《か》くシルヴァ王子。鍛錬姿はいつ見ても自信に満《み》ち溢《あふ》れていたので、なんだか不思議な気分だ。だが意外にも話しやすい。話しやすいついでにずっと気になっていたことを聞いてみることにした。

「話は変わるのですが、一つお聞きたいことがありまして」

「なんでも聞いてくれ」

「なぜビストニア側は聖女を妻に求めたのでしょうか？　私、ここに来てから一度も『神聖力』という言葉を耳にしていなくて。なぜ求められたのか、ずっと疑問に思っていたのです」

「俺達にとって身近なギィランガ王国の人間が王家と教会関係者だったからだな。言ってしまえば人質を差し出せと告げる際に格好がつけば誰でもよかったんだ」

「なるほど……」

ユーリス王子が選ばれなくてよかった。こっそりと胸を撫で下ろす。ハイド王子が選ばれた場合はそれはそれで大変だったと思うが、ビストニア王家は彼を知っている。ポーズだけなら彼を選ぶ可能性は極めて低かったはずだ。私だったら絶対にごめんだ。やはり力を持った他の誰かを選ぶ。

「君に神聖力を使って何かしてほしいとは考えていないから安心してほしい。何か気になることがあった場合は遠慮なく伝えてくれるとありがたいが」

「魔物の被害がありそうな場合とかですね！」

任せてください、とドンと胸を叩《たた》く。消去法で選ばれたとはいえ、ビストニア王家に入ったからにはちゃんと貢献するつもりだ。なにせ今の私は最上級の食事と住居を用意してもらっている。のんびりダラダラと暮らしていては、ビストニア王国の民達に顔向けができない。

「いや、不便なことがあった時を想定して言ったつもりだったのだが……。もしやラナは事前に魔物の被害が予測できるのか？」

「ある程度ですが。この前の雷の後、魔物がやってくることは予測しておりました。といってもギィランガではよくあることなのですが」

三大聖女の詳細情報を漏らすつもりはないが、このくらいなら他国の聖女も似たようなことを行っている。伝えたところで問題はないはずだ。

「あの時はなぜか西門付近の薬屋に麻痺《まひ》薬が大量にあって、門番達もそれを知っていたから大事にならずに……まさか！」

「私が納品した薬です。ビストニア王国ではあまり麻痺薬が使われないようなので、半ば押しつける形で置いていただきました。薬屋の店主がいい人でよかったです」

「そうか、あれはラナが……助かった。ありがとう」

「お力になれたようでなによりです」

とはいえ私がやったのは麻痺薬を納品するまで。置いてくれたのは薬屋の店主の厚意で、門番達に麻痺薬の話をしたのも彼である。彼がいなければ薬を必要としている人達の手に届くことはなかったはずだ。店主様々である。今後もお店の売り上げに貢献させてもらおう。

「それから美味しい料理や珍しいものを見つけた際にも教えてくれると嬉しい。ラナの話が聞きたいという気持ちはあるが、なにより俺は美味しいものには目がないんだ」

「でしたら早速。ゴーニャンの実という果実はご存じですか？」

美味しくて珍しいものなら、ちょうどマジックバッグに入っている。それも食べる用と調薬用に買い込んだのでかなりの数だ。美味しい情報を共有するにはもってこいである。

「産地だとジュースにされることが多いらしいな。他国では薬の材料として広く知られている」

「ご存じでしたか」

「ああ。市場の出店物リストには一通り目を通すようにしているんだ」

「それも王子のお仕事なのですね」

ギィランガ王国でも市場の出店物リストを確認する業務があった。危険物や国への持ち込みが禁止されているものを売買されては困るからだ。常設店であっても年に一度は必ず商品リストの提出義務が設けられていたし、抜き打ちでの検査もある。

これらは税金管理の側面もあるため、騎士団と文官、両方の管轄であった。シシアが介入することもあるが、王家は基本的に問題が大きくならなければノータッチ。私も食分野特化の聖女として食べ物や植物関連の商品を確認するくらいで、詳細までは把握していなかった。

ビストニア王国は他国と比べて王家に連なる者の人数が多い。その分、王家が管理する内容も多いのかもしれない。王家に権力が集中するのは決していいことばかりとは言えないが、一つの物事に対して関わっている人が多ければ問題点を見つけやすくもある。一括りに王家といっても色々な体制があるよな～と一人で納得する。

「いや、個人的に行っているだけだ。といっても俺だけではないが」

「どういうことですか？」

「我らビストニアの獣人は常に新たな食を求めている。一部エリアを貸し出しているのはそのためだ。そこに未知の食べ物があれば職務よりも優先して調べる」

「西門付近の市場はそういう役割だったのですね。ですが食べ物以外のものもたくさん売っていて……」

「さすがに食べ物だけを優遇するわけにはいかないからな。それに様々なものの出店を許可しておけば、単体では持ち込まれないような、一部地域でしか食べられていない家庭の菓子なんかが持ち込まれることがある」

「なるほど」

シルヴァ王子曰《いわ》く、使用人の控え室や更衣室などに設置された掲示板には必ずその日の出店物リストが貼り出されるそうだ。王家や重役なら個別でリストを渡されるのだとか。

彼も朝一番で受け取るらしく、今朝もらったリストを見せてくれた。そこにはビッシリと出店物の名前が記載されている。情報を伝える専門の仕事が存在することにも驚いたが、ビストニア王国では市場を重要視しているようだ。いつ西門の市場に足を運んでも栄えていたのは、こういう背景もあるのだろう。

「提出された使い方とは別の活用方法があるものも多いしな。自分の目で商品名を確認するのが一番なんだ」

「ゴーニャンの実もまさにそのケースですよね」

薬の材料として売られていたので、お菓子の材料としての使用方法を知らない人はつい見逃してしまうことだろう。もっと広く知られればビストニア王国での需要も高まると思うのだが、なかなか難しい問題である。

「どういうことだ？　市場で販売されている状態のものは、薬の材料としてのみ活用できると把握しているのだが……」

「紅茶と一緒に煮出したり、お菓子にしたりしても美味しいですよ」

「そうなのか⁉」

シルヴァ王子はこちらの活用法を知らなかったらしい。尻尾《しっぽ》がパタパタと揺れている。驚きなのか、喜びなのか。判別はつかないが、とりあえずこの情報が彼にとっていいものであったことだけは確かだ。目が輝いている。

「はい。実は今日、ゴーニャンの実を市場で買ってきたんです。明日ケーキにしようと思っているのですが、よろしければシルヴァ王子もいかがですか？」

「いいのか！」

「お近づきの印に」

嫁入りの際は渡せるものがないどころか、ほぼ手ぶらでやってきている。これからお世話になるというのに、かなり失礼な態度を取っていた自覚はある。冷遇が明けるのならば、こちらも何か差し出したい。

もちろんゴーニャンの実のケーキだけで済ませるつもりはないけれど、それは追い追い。まずは彼が興味を持ってくれた品を振る舞おう。

「本当は他の方にもお渡しできればいいのですが、私が渡しても警戒されてしまうだけだと思うので……」

「そのことなんだが、実は料理長が君に直接会って謝罪がしたいと言っている。一緒にメイド長を連れてくると」

「本当ですか⁉　私もずっとお礼が言いたかったんです」

「お礼？」

「ビストニアに来てから毎日美味《おい》しいご飯を作ってもらっているのに、お礼を伝える機会がなかなかなくて。それでいつお会いできるんですか？」

美味しいご飯を作ってくれた人にお礼を伝えるチャンスである。何かお礼として渡せる品がないことが歯痒《はがゆ》いが、せめて『美味しい』の言葉だけでも伝えたい。溢れる気持ちが抑えきれず、つい前のめりになってしまう。

「実は今、ドアの向こうで待機しているんだが……。怖いとか会いたくないという気持ちが少しでもあるなら下がらせる。無理はさせたくない」

「無理なんてしておりません。私、シルヴァ王子が思っているよりずっと快適な生活を送らせてもらっていましたので！」

「ラナがそう言うなら。……お前達、入れ」

ドアがゆっくりと開き、入ってきたのは男女二人組。コックコートを身に纏《まと》う男性は帽子を取り、胸の前で持っている。一方、メイド服の女性はツンッとした表情だ。渋々連れて来られたのだと全身で訴えている。シルヴァ王子がギロリと睨《にら》むと縮こまり、男性の背中に隠れてしまった。

男性は彼女を気にすることなく、深々と頭を下げた。頭から生えた角の根元まで見えてしまっている。獣人についての知識が浅い私でも分かる、最上級の謝罪である。

「ラナ様。此度の非礼、どうかお許しください」

「ちょっと……」

「メイド長も謝りましょう。謝って許してもらえるようなことではありませんが、それでも我々は誇り高きビストニアの獣人として恥ずべき行為を反省し、謝罪をする義務があります」

「でもこの女はギィランガの人間で！」

「ラナを傷つけることは王の決定に背く行為である。従えないのであれば即刻この部屋を出ろ。メイド長の職を解任する」

威嚇するように吠《ほ》えるシルヴァ王子。王の決定とは、私が嫁いできた日のビストニア王の言葉を指しているのだろう。メイド長の顔からは血の気が引いていく。だがこのまま折れるつもりはないようだ。泣きそうな表情でなおも食い下がる。

「ですが王子もご存じのはずです。ギィランガ人は我々獣人を臭いと罵《ののし》り、嫌悪していることを。今だって澄ました顔して、腹の中で何を考えているとか！」

「人間よりも獣人の方が匂いに気を遣っているよな〜と思っています」

「は？」

「ビストニアで洗濯してもらったシーツからは石鹸《せっけん》の香り一つしないんです。国にもよりますが、人間は香水とか石鹸で匂いを付けることも多いのですが、獣人は鼻が敏感な分、かなり気を遣っているんだろうなって。逆に私達人間が纏っている人工的な香りが負担になっているんじゃないかと考えさせられました」

　何を考えているか分からないのなら知ってもらえばいい。言葉遣いを崩し、ツラツラと自分の頭の中で考えている言葉を並べていく。シルヴァ王子が話しやすかったこともあり、変に遠慮はしない。失礼かも、と思うこともあえて口にしていく。

「でもギィランガ人はいつも獣臭いって！」

「人間だって体臭はあります。他の国の人間が普通に接している時点で気にする必要はないかと。実際、私も全く気になりませんし。むしろ私は今、私が臭く思われていないか心配になってきました」

「ラナは臭くない。安心する香りだ」

「ありがとうございます。ですがこの先、少しでも匂いが気になるようなことがございましたら、遠慮なくお伝えください」

私本来の匂いというよりも食事の美味しい匂いだと思うが、シルヴァ王子からの好意的なサポートだ。ありがたく受け取ろう。

「そんな……私はてっきりあなたも獣人を下に見ているのだとばかり」

「私は確かにギィランガ王国の人間ですが、ギィランガの人間全員が獣人という種族を嫌っているわけではありません。えっと、貴族に多くてですね……」

全く差別していないと言えたらいいのだが、現状は難しい。むしろメイド長が告げた言葉をそのまま投げつける貴族の方が多い。信じてほしいが、聞こえがいいだけの言葉は吐きたくない。どうしたものかと首を捻《ひね》りながら、精一杯の言葉を紡ぐ。

「あなたもその一人でしょ」

「貴族であると同時に聖女——教会関係者です。私達が信仰する神は人種で差別をしません。ギィランガとビストニアでは同じ神を信仰している、という点からもご理解いただけると嬉《うれ》しいです」

神様を利用するようで申し訳ないのだが、ギィランガ王国とビストニア王国との間にできた溝はあまりにも深すぎる。長きにわたって増改築が繰り返されて歪《いびつ》になってしまったそれは、私一人の力で縮小させることは難しい。それでも歩み寄る気持ちはあるのだと、嫌ってなんかいないのだと伝え、初めの一歩を踏み出したい。

お願いしますと頭を下げる。頭上から小さく「そういえば聖女だったわね」と聞こえてきた。メイド長は何やら考えるように ボソボソと呟《つぶや》く。

「獣人を嫌っていないというのなら、私はこの半年間、いったい何を……」

「謝りましょう。許してもらえないかもしれないけれど、謝ることこそ、罪を犯してしまった私達の唯一の誠意です」

料理長はメイド長の背中を撫《な》で、子供に言い聞かせるような優しい声を落とす。彼女はゆっくりと言葉を噛《か》み、こくんと頷《うなず》いた。そして私の前で深々と頭を下げた。

「もうしわけ、ありませんでした」

「頭を上げてください。お二人がギィランガの人間を嫌う気持ちも分かりますし、それにこちらに来てからの私の半年はすごく快適なものでした。三食美味しいお料理を出してもらえて、デザートまで付いてくる。メイド達は部屋に入る時必ず声をかけてくれるし、仕事はテキパキとしていて無駄がなく、シーツまで敷いてくれるんですよ？　洗ってくれるだけでもありがたいのに」

「どれも普通以下で。とても耐えられるようなものでは……」

「ご飯が一日一食あるかないかの生活が続いたり、いつ誰が部屋にやってくるかも分からないプライバシーゼロの環境に置かれていたり。そんな生活だったら耐えられなかったかもしれませんが、今のところダメージゼロです」

「ダメージゼロ……」

「むしろ自国にいた頃よりも美味しくて立派な料理と自堕落な生活で、体重は増えているかもしれません」

レディが胸を張って宣言することではないが、私がいかにこの生活を満喫していたかを理解してほしい。彼らが思い描く『普通』から下がったところで、精神にダメージを食らわない相手もいるのだと知ってほしい。

「ラナ、俺も食事内容は聞いている。さすがに自国にいた頃と比較するのはどうかと思うぞ」

「確かにギィランガの貴族が食べている料理と比べるのは、比較対象が悪いですよね……。大体どの料理を食べても立派に感じますから」

「明らかに自国の料理の方が豪華だろう……」

シルヴァ王子と声が重なった。彼の言っている意味が分からず、首を傾げる。するとなぜか彼も同じような仕草をしているではないか。二人揃《そろ》って何が起きたのか理解できず、頭には大量のクエスチョンマークが浮かぶ。

「冗談だよな？　ただ料理長に気を遣っているだけで」

「ギィランガの貴族は食事に関心がなく、食事にかけるお金をもったいないと思っているので、食事は美味しくないです」

私は過去に何度かビストニア王国に足を運んでいるが、ビストニア王国からも何度か王家の人達がやってきている。ギィランガ王国のメシマズはすでに伝わっていると思っていたのだが……。

「ギィランガを訪問した際に出された料理は嫌がらせではなかったのか⁉」

「来賓に対して出される料理や祝いごとの席の料理はかなり頑張っています。……あれでも」

なるほど、全く伝わっていなかったらしい。どうりでしきりに料理の味を気にするわけだ。ビストニア王国に来てから食事のランクが下がったどころか急上昇している。

嫌がらせをされていたにもかかわらず、ここまで彼らに寄り添いたいと思える理由の第一位が料理の美味しさである。いい人なのが見え隠れしていたというのもあるが、やはり食事だ。食事のインパクトがとにかく大きい。

食こそ力。美味しいご飯を食べているだけで日常が色鮮やかなものへと変わる。ギィランガ王国での食事を思い出し、ビストニア王国の料理の美味しさを再確認する。ウンウンと頷けば、料理長とメイド長がワナワナと震え出す。

「で、でも私達が考えた嫌がらせより美味しくないということは……」

「あんなの嫌がらせの範疇《はんちゅう》に入りませんよ。基礎部分がまるで違います。ジェラートが溶けていようが、野菜が多少煮崩れしていようが味に大きな変化はありません！　スープだって頑張ってくれたのは何となく分かりますが、あの程度人間の舌ならさほど気になりません」

「そ、そんな……」

「パンだって出されたものが食べきれなかったらバッグに入れて保管して、翌日のおやつに食べていましたからね？」

「私なんて一日放置するだけでも胃に穴が空きそうなほどなのに……」

二人とも大きな衝撃を受けている。メイド長に至っては、部屋に入ってきた時や謝罪の言葉を絞り出した時より表情を歪《ゆが》めている。彼女にとっては渾身《こんしん》の嫌がらせだったのだろう。料理長にも多大な負荷がかかっていたと思われる。なんだか申し訳ない気持ちでいっぱいだ。

「私のためにすみません」

「俺達は大きな誤解をしていたらしい。もっと早く、こうして言葉を交わすべきだった。……俺からも頼む。彼らのことを許してもらえないか？」

「許すも何も、私は初めから怒っておりません。いつもありがとうございます」

深々と頭を下げると、二人ともポカンと口を開いて固まってしまった。そして話が終わったことを察してやってきたメイド達によって回収されていった。

彼女達も話を聞いていたのか、今にも踊り出しそうなほどご機嫌である。私の待遇を一番気にしてくれていたのは、世話係の彼女達だったのかもしれない。彼女達が担当になってくれたことも含め、やはり私のビストニア王国での生活は恵まれている。

「ところで料理長やメイド長と話す時よりも俺と話す時の方が距離を感じる。俺にもあのくらいの距離感で接してほしい」

「それはさすがに……」

「俺はまだダメ、か？　妻を半年も放置する夫をそう簡単に信頼できないよな……」

結婚したとはいえ、相手は一国の王子。料理長やメイド長に対する言葉遣いと違うのはおかしなことではない。だがしょんぼりと耳を垂らすシルヴァ王子を見ていると良心が痛む。

「……分かりました」

気づけば口からそんな言葉が溢《あふ》れていた。まぁいいか。王子妃教育を経て、マナーはしっかりと叩《たた》き込《こ》まれているものの、堅苦しいのは得意ではないのだ。

何はともあれ、誤解は解けた。和解できて本当によかった。

翌朝。朝食が終わってすぐ、マジックバッグから調理器具と材料を取り出す。ミルクとバターの状態が心配だったが、さすがはジェシカの錬金アイテム。まだまだ冷たい。これならお菓子作りに使っても問題ない。

「本当に今日のお仕事は大丈夫なんですか？」

「今日は休暇を取ったから問題ない」

いつもとは違い、隣にはシルヴァ王子がいる。ゴーニャンの実のケーキ作りが見たいらしい。そのために休暇を取ってしまうほどの食への執着には驚きである。とはいえエプロンを用意してくれたことには感謝している。それから泡立て器とボウルと皿も借りてきてくれた。

私の調理セットは最低限のものしかなく、まだまだ足りないものばかりなのだ。フライパンと木ベラでどうにかしようと思っていると伝えたところ、キッチンに走ってくれた。

その際にラッピング用品も持ってきてくれた。昨晩二人が帰った後、メイド達にもゴーニャンの実のケーキを渡したいと溢《こぼ》したことを覚えていてくれたのだ。その気遣いが嬉しい。

道具も揃ったので早速調理に入っていく。常温にしたバターをボウルに入れ、泡立て器で混ぜてクリーム状にする。その中に砂糖を投入してさらに混ぜる。卵と牛乳を入れてサックリ混ぜてから、ふるいにかけた小麦粉とベーキングパウダーを入れて混ぜる。最後に適当な大きさにカットしたゴーニャンの実を入れて生地作りは終了。あとはフライパンに生地を流し込んで片面を焼いたらひっくり返し、蓋《ふた》をして蒸し焼きにするだけ。

先に小麦粉とベーキングパウダーをふるいにかけておくと焦らなくていい。今回は薄力粉を使用したが、強力粉を使うとモチモチ食感が楽しめるのでオススメだ。またゴーニャンの実を入れたところを他のドライフルーツやナッツにしても美味《おい》しい。

細々とした量さえ気をつければ応用が利くし、パンケーキと大体同じ材料と作り方なので覚えやすい。このケーキ作りも教会に入ってから覚えたことの一つである。調薬で初めに覚えるのが回復ポーションなら、初めてのお誕生日会準備で覚えるのはケーキの作り方と材料なのだ。

いつだったか、結婚を機に教会を去った聖女から送られてきた手紙に『子供に教会のケーキを作ってあげた』と書かれていた。彼女だけではなく、他の聖女と神官からも同じような手紙が届いた。混ぜる果物や木の実こそ違ったが、みんなが『教会のケーキ』と呼んでいた。

教会を去った後も教会でのことを覚えていてくれたのが嬉しくて、自分も将来我が子に作ってあげられればと思ったものだ。その時は異国の地で作ることになろうとは想像もしていなかったわけだが。お近づきの品として教会のケーキほど私らしいものはない。

温めてからたっぷりとバターを塗ったフライパンに生地を流し込み、弱火で焼いていく。

「ラナはいつもこうして部屋で何かを作っているのか？」

「料理をしたのは数回だけです。それもトマトペーストとか、本当に簡単なものだけで。この前は麻痺《まひ》薬の材料の残りをお茶にして飲みました」

「トマトペースト？　何に使うんだ？」

「食事の際に出してもらったパンを取っておいて、小腹が空《す》いた時に塗って食べます。パンを軽く焼いてから付けると美味しくて。匂いを気にしなくていいのであれば、ガーリックも一緒に焼きたいです。あるのとないのとでは全然違うんですよ～」

「それはまだあるのか？」

「今ちょうど切らしていて……。材料をすぐに手に入れるのは難しいと思うので、完成したらお声がけしますね」

赤くなりそうなものは全て店主が食べてしまった後だろう。美味しいから仕方ない。新しいものを買ってきて、わざと赤くするのが確実だ。そうなると最低でも十日はかかる。

薬屋に在庫がなければ入荷を待つか市場を探すか。定期的に外出する許可が取れるのであれば、冒険者ギルドに依頼を出してもいい。

「絶対だぞ？」

「はい。それからジャムも作りたいな～と思っています。市場にたくさん美味しそうな果物が並んでいて、どれにするか悩みますが。とりあえず今度行った時に二種類に絞って買ってくる予定です」

ケーキをひっくり返しながら、サラッと市場に行きたい旨を伝える。直接外出許可を取るのは憚《はばか》られた。誤解が解けたばかりだというのに、また変に誤解されるのは避けたい。私はただ買い物と買い食いがしたいだけ。城下町の外に出るつもりもなければ、ビストニア王国から逃げ出すつもりもないのだ。

「ジャムか。パンにつけてもお菓子にしても美味しいよな。俺はスポンジ生地の間にジャムを挟んだものが好きだ。品がないと言われるかもしれないが、手で掴《つか》んで食べると美味《うま》さが倍になる」

「美味しく食べるのが一番ですよね。私もやってみたいです」

「今度、俺のオススメを食べてほしい」

「シルヴァ王子は何のジャムが好きなんですか？」

「果肉がゴロゴロと入ったイチゴジャムだ」

「想像しただけで美味しそうですね」

「ああ、美味しいぞ」

そんなことを話しているうちに程よく火が通っていた。皿に移し、シルヴァ王子に差し出す。

「どうぞ」

「ありがとう」

ナイフとフォークをスチャッと構える彼を横目に、私は二枚目の作製に取り掛かる。あと四枚は焼けそうだ。

メイド長達に渡す分は丸く焼いた後に、端っこを切り取って四角くしてから包もう。その方が包みやすく、形と大きさが均一になる。私は切り落とした部分を食べるつもりだ。

丸々食べるのもいいが、誰かのために焼くのも楽しいものだ。鼻歌を歌いながら焼き上がったケーキを空いた皿に移す。

「美味しいな。ゴーニャンの実はどこのエリアで買ったんだ？」

そう言いながら胸元から紙を取り出すシルヴァ王子。今日の分の出店リストなのだろう。一緒に城下町の地図を見せてくれる。その中から昨日の店があった場所に指を落とす。

「西門の市場のこの辺り――薬の材料が売っている店が並ぶエリアですね」

「今日は……店を出していないみたいだな」

「今年は大雨の影響で一気に収穫したみたいで。大量に入荷できたからいつもは来ないビストニアまで売りに来たって言ってました。といってもゴーニャンの実を買うのは主に薬師、それも一か所で大量に売れるような商品ではないので、早々に次の国に移動しちゃったのかもしれませんね」

「なるほど。買いつけ担当に行かせよう」

シルヴァ王子は立ち上がり、ドアの外に控えていた使用人に声をかける。買いつけについて相談しているようだ。しばらく話してから満足げな表情で戻ってきた。

「ビストニアには買いつけ担当がいるんですね」

「ああ、厳しい審査を通過した精鋭達がな」

いかに美味しいと噂されているものも、彼らのチェックをクリアできなければ王族の口に入ることはないのだとか。またビストニア王家の人の舌は大変肥えており、買いつけ担当者のチェックをクリアしたものでさえも美味しくないとジャッジを下すこともある。

厳しい審査を通過してようやく信頼できる商人に買いつけを委託する段階に到達するのだと。王家のテーブルに並び続けることはなかなかに厳しく、だからこそビストニア王家に選ばれることは生産者にとっても商人にとっても大変名誉なことであるらしい。

「今のケーキも審査を通した方がよかったのでは……」

「あくまでも城の料理で使われる食材の買いつけの話であって、ラナが気にすることではない。このケーキも美味しかった。本当はもっと食べたい」

フカフカな尻尾《しっぽ》が左右に大きく揺れ、彼の言葉が本心であると伝えてくれる。

「気に入っていただけて嬉《うれ》しいです」

「使いたい材料があれば好きに使ってくれ。料理長にもそう伝えておく」

「ありがとうございます」

野菜や小麦粉など日持ちするものは今まで通り買いに行くとして、牛乳や卵などの保存面が気になるものは遠慮なく分けてもらうことにしよう。

形を整えた際に余った端っこを自分用に取り分けて、椅子に座る。すると隣から熱烈な視線を感じた。言わずもがなシルヴァ王子である。彼が物欲しそうな目でじぃっと見つめている。

「形は綺麗《きれい》ではないですが、食べますか？」

「いいのか⁉」

「どうぞ」

空になった皿に一枚分の端っこを載せる。ゴーニャンの実がたくさん入っているものを選んだ。

「食べ終わったらメイド長達を呼んでくる」

「ありがとうございます」

「彼女達もきっと喜ぶぞ」

ケーキで両頬を膨らます彼の言葉通り、メイド長達はゴーニャンの実のケーキを喜んでくれた。鳥獣人の三人はその場で踊り出したほど。シルヴァ王子の尻尾もそうだが、感情をストレートに表現されると思いの外嬉しいものだ。

◇◇◇

和解から一週間が経《た》ち、今まで以上に穏やかな時間を送っている。コソコソとしなくていいおやつタイムはやはり快適だ。それに人目があっても大口を開けて食べられるのは嬉しい。ギィランガ王国では顔を顰《しか》められる行為でも、シルヴァ王子も同じように食べてくれる。

この前はシルヴァ王子のオススメである、果肉ごろっとイチゴジャムサンドを二人で食べた。両手で鷲掴《わしづか》みにして大きな口でかぶりついた。目の前に座るシルヴァ王子は幸せそうに笑っていて、口の端にはべっとりとイチゴジャムが付いていた。私も同じような顔をしているのだろう。そう思いながら自分の口の端についたジャムを舐《な》め取った。

この味を一生忘れることはないだろう。直感的にそう思った。食卓として大きな木製の机が選ばれた理由がなんとなく分かった気がしたのもこの時である。

調合セットも隠す必要がなくなったため、今では窓際に堂々と置かれている。お忍び服も綺麗にしてもらって、今ではすっかりクローゼットの一員となっている。

「ラナ様、お茶のおかわりはいかがですか？」

「いただきます。この茶葉、今朝出してもらったものとは違いますよね。南方のお茶ですか？　これも美味しい」

「先日いただいたゴーニャンの実のケーキを意識してみました」

「ケーキ、お口に合いましたか？」

「大変おいしゅうございました。……料理長に取られて半分しか食べられませんでしたが」

メイド長は分かりやすいほどにしゅんとする。嫌がらせに加担させられた代償として、料理長に奪われたらしい。

「料理長に手料理を渡す自信がなく……すみません」

「ラナ様が謝られることではありません！　隠れて食べるつもりが、メイド達の歌を聞いていたようで。本当にこれだから耳のいい獣人は！」

冷遇云々《うんぬん》で使用人達の間で溝ができたらどうしようかと思っていたが、普段の会話でも獣人の鉄板のネタを入れてくれるほど。いい関係が続いているようでよかった。メイド長直々に淹《い》れてもらったお茶を啜《すす》り、ほっと一息つく。

「材料が手に入ったら、今度は料理長の分も用意しないとですね」

手に入った際はシルヴァ王子のケーキ分を確保しつつ、残りは好きに使っていいとのこと。だがそもそも手に入ると確定したわけではない。収穫された時期を考えると、あの商人の手持ちになければ来年まで待つ必要がある。

「今度は私が料理長の分を半分奪います！」

キリッとした表情のメイド長。一線を引かれているようで気軽に飛び越えてくるこの距離感は結構気に入っている。のほほんとした気持ちで本日のおやつ、バタークッキーに手を伸ばす。

先ほどからドア付近で控える使用人達が熱烈な視線を送ってくるが、見て見ぬフリをする。彼らは冷遇が終わってから私の世話をしてくれるようになった使用人だ。私が初めからいた三人を気に入っていたことを知ったメイド長が、彼女達と同じ、インコ獣人の使用人を選んでくれたのである。

全員私への嫌悪感や悪意などはない。代わりにゴーニャンの実のケーキに興味津々なのだ。自分達も欲しいと目で訴えてきている。

ちなみに控えている使用人の中には、初めからお世話をしてくれている鳥獣人の三人組も含まれている。ただし彼女達の態度は他の使用人とはまるで違う。ふふんと胸を張っている。すでにゴーニャンの実のケーキを食べた彼女達には余裕がある。

なんでも最近は使用人の間で一目を置かれているのだとか。大したものではないが、半年間頑張ってくれた彼女達に返せるものがあってよかった。

食べられなかった彼女達には申し訳ないが、半端な約束ほど残酷なものはない。メイド長の言葉にもニコリと微笑《ほほえ》むだけであえて明言はしないでおく。視線を窓の外へとずらすと、見慣れた銀色の耳がひょっこりと現れた。加えてサッシを掴む大きな手。シルヴァ王子である。

「ラナ、一緒にお茶をしよう」

「お茶するのはいいですが、窓から入ってくるのはやめてください。心臓に悪いので」

「だがこうするのが一番早い」

「そんなに変わらないと思いますが……」

「ところで今日のおやつはなんだ?」

「バタークッキーです。果実の風味が強いお茶なので、お菓子はシンプルにしてくれたそうです」

話しているうちにシルヴァ王子の分も用意される。お茶の時間になると必ず仕事を一時中断してやってくるのだ。

ちなみにシルヴァ王子が私の部屋にやってくるのはお茶の時間だけではない。仕事以外のほとんどの時間を共に過ごしている。せっかく隣に移動してきたのに、彼が自室で過ごすのは着替える時とお風呂《ふろ》に入る時と寝る時だけ。仕事が早く終われば真っ先に私の部屋に飛び込んでくる。

初めて窓から入ってきた時は心臓が止まりそうなほど驚いたものだ。この世のものではない何かが現れたのではないかとヒヤヒヤした。魔物の襲撃には多少慣れてはいるが、見えたものが魔物の頭部から人の手に変わるだけで一気にホラー要素が増す。

だが使用人達は全く慌てることなく、今と同じように対応してくれた。身体能力が高い獣人からすれば近道をした程度の感覚なのだ。シルヴァ王子が特別おかしいのではない。

日頃の小さな出来事から獣人に関する常識がアップデートされていく毎日だ。これも悪いことではないと前向きに考えてはいるものの、やはり窓からの入室は心臓に悪い。

「そうだ、今日は花を持ってきたんだ。薔薇《ばら》なんてありきたりかもしれないが、実はこの花、食べられるんだ！」

シルヴァ王子は後ろから小さな花束を取り出した。どこにしまっていたのか。花びらは全く潰《つぶ》れておらず、綺麗な状態を保っている。

「ありがとうございます。砂糖漬けにしてもいいですか？」

「もちろん」

食べられる花をプレゼントしてくれるなんて、さすがはシルヴァ王子だ。後でメイドに頼んで、食料庫にあるブランデーと砂糖を少し分けてもらおう。使う砂糖によって甘味や舌触りが変わるのだが、どんな砂糖があるのだろう。想像しただけで気分が弾む。

「お菓子に使うのもいいし、紅茶に入れるのもいいですよね」

「ホットミルクに入れても美味《おい》しいと思う」

「寝る前に飲んだらよく眠れそうですね」

砂糖漬けの花びらが浮かんだホットミルクを想像して頬を緩める。ついシルヴァ王子も一緒に飲む想像をしてしまったが、お風呂に入る前に彼は部屋へと戻ってしまう。一緒に飲めるはずがない。一人で飲む姿を想像し直すと、なんだか物足りないような気がしてしまう。この一週間ですっかりシルヴァ王子との生活に慣れつつあるようだ。

「では俺は仕事に戻る。ラナはこの後、城下町に行くのか？」

「いえ、材料を分けてもらって早速砂糖漬けを作ろうかなと！」

「そうか」

ホッとしたように笑い、シルヴァ王子は仕事へと戻っていった。そんなに砂糖漬けが食べたかったのだろうか。想像すると途端に食べたくなる気持ちはよく分かる。私も早く食べたい。メイドに頼み、砂糖漬けの材料と足りない道具を用意してもらう。

「ラナ様。近くで見ていてもよろしいでしょうか。砂糖漬け作りは見たことがなくて」

「よければ一緒に作ってみます？」

「いいのですか？」

「はい」

といっても洗った花びらにブランデーを纏《まと》わせ、砂糖を絡ませるだけなのだが。

教会の神官の中に、実家で食べられる薔薇の栽培を行っている子がいた。ギィランガ王国で一番人気の花は赤薔薇であり、パーティー会場の花瓶に挿さっているのも大抵赤薔薇である。お菓子やサラダに添えると、食事自体には興味がないギィランガ王国の貴族達も手に取るようになる。

そのため食用薔薇は一年を通して需要があり、パーティーが一度開催されるだけでかなりの量が出るため、野菜を作るよりも儲《もう》かるのだと教えてくれた。また砂糖漬けやジャムにすることで、貴族の令嬢だけではなく平民にも売れるのだとか。

砂糖漬けもジャムもある程度の年の子供なら作れることから、農家の子供達のいい小遣い稼ぎになっているらしい。綺麗にできるとお小遣いの額が上がる方式だったようで、幼少期から手伝っていた彼の作った砂糖漬けは教会の誰よりも綺麗な仕上がりだった。

教会で作ったのは王都でもよく見かけるスミレだったのに、バザーでは飛ぶように売れた。とはいえ今回は売り物にするわけではないので、見た目を気にする必要はない。気楽に作ろう。

持ってきてもらったブランデーをカップに、砂糖を小さめのサラダボウルに入れる。

「まずは薔薇の花びらをもぐところから。もいだらこのボウルに入れてください」

「はい！」

いつの間にか声をかけてきたメイドだけではなく、部屋の使用人が全員集まっている。興味があったらしい。人数が増えても困ることはない。材料もたくさんある。なにより、みんなでやった方が楽しいので気にせず進めていく。

「花びらには埃《ほこり》が付いているのでしっかりと洗います。洗った花びらは布巾《ふきん》で水気をよく拭《ふ》き取《と》ってください。ブランデーは砂糖をくっつける役割があるので気持ち多めに」

説明しながら水気を切った花びらを一枚手に取る。ブランデーに浸し、砂糖をまぶしてからバットに移す。ブランデーをつけた花をいくつか入れておき、皿ごと軽く振ると綺麗に砂糖が付くのでオススメだ。スプーンを使って砂糖をかけたりひっくり返したりしてもいい。

「こんな感じです」

「なるほど」

「こう、ですか?」

「そうですそうです。それをこっちに入れてください」

砂糖の入った皿を差し出す。花びらを中に入れてもらい、まぶすところも体験してもらう。一人に渡せば、交代で他の使用人の手にもボウルが渡っていく。ボウルが一つしかないので常に順番待ちになっている状態だが、時間はたくさんある。のんびりとやればいい。

また今回はブランデーを使用したが、卵白に置き換えても作れる。どちらも使わず、砂糖と水で作ったシロップを上からかけて、乾燥させた後で砂糖をまぶす方法も。

幼い子供達が作る分はシロップを採用していた。卵白と卵黄を分ける際に失敗したらショックが大きい、というなんとも言えない理由で。

私も順番に加わりつつ、みんなで残りの花びらも砂糖漬けにしていく。

「あとは乾かして完成です！」

薔薇の花びらでいっぱいになったバットを窓際に置く。せっかくのいい香りを邪魔しないよう、乾くまでは調合は我慢しよう。

明日は何をして過ごそうか。ジャム用の果物を見に行くのもいいが、薬はまだあまり数ができていないし……。明日の過ごし方について考えながらもう一つのバットを置く場所を確保していると、背後から質問を投げかけられた。

「ふうん。花なんか乾かしてどうするの？」

「後でホットミルクに入れて……」

途中まで答えてから初めて聞く声だと気づく。使用人達の誰とも違う。バッと振り返ると、見知らぬ猫獣人の女性が立っていた。煌《きら》びやかなドレスに身を包む彼女は、お嬢様オーラを醸し出している。

「えっと、どなたでしょうか」

「私の質問が先。乾かした花をホットミルクに入れてどうするの？　飲むの？　使い道はそれだけ？」

私が答えるまでの時間を刻むように彼女の尻尾《しっぽ》が動く。シルヴァ王子の尻尾は大きく左右に揺れるのだが、彼女はどちらかといえば小さく上下に動いている。苛立《いらだ》っているわけではないのは表情から窺《うかが》えるのだが、整った顔立ちと相まって威圧感を生む。

「ホットミルクに入れたら飲みます。その他にも紅茶に入れるのもいいですし、クッキーやパウンドケーキに載せると彩りが加わります」

「ふうん。美味しいの？」

「美味しいことは美味しいですが、味よりも香りと見た目を楽しむお菓子ですね」

「どのくらいでできるの？」

「一晩から三日ほど乾かしたらできます。ここ数日は空気が乾いているので、今回は丸一日乾かせば十分だと思います」

「そう。じゃあ私、明後日のおやつはこれのクッキーにするわ。よろしく」

猫獣人の女性はそれだけ告げるとスタスタと去っていった。誰だったのだろう。結局、私の質問には答えてくれなかった。意地悪されたと思えないのは、アイディアを練っている時のジェシカの行動と似ていたから。本人には悪気が一切なく、相手からの質問よりも自分の頭の中で情報を処理する方を優先してしまう結果だとか。

ジェシカが猫っぽかったこともあり、猫獣人の彼女への嫌な印象はない。むしろこんな気ままなところも猫っぽいな～と思うほど。

ただ、誰かが分からない。メイド達が動く気配はないので、城にいてもおかしくない人なのだろうが……。ビストニア王国の貴族に疎いどころか王家の人達すら全員把握していない私には、どのような立場の人物なのかすら皆目見当もつかない。

そもそもこの辺りにあるのは私とシルヴァ王子の部屋だけという話だったが、彼女の目的は何だったのだろうか。シルヴァ王子の自室に足を運ぶほど仲がいい相手、とか？　でも仲がいいなら今の時間は自室にいないことくらい知っているだろうし……。

　彼女が去ったドアを見ながら悩んでいると、閉まったドアが勢いよく開かれた。

「ギィランガの聖女はいるか」

「まぁ、いるのは知ってるんだけどね。お邪魔するよ～」

　猫獣人の女性と入れ替わるようにやってきたのは狸獣人と狐獣人。丸い耳と三角の耳だけなら同じ特徴を持つ獣人はいる。だが彼らの尻尾は揃《そろ》って太く、丸みがある。そして一番の特徴は髪色だ。少しお腹が出ているがっちりめの男性は薄い茶色と焦げ茶の二色、すらっとした三角耳の男性は黄金色と銀色の二色のツーカラーになっている。

　すぐに狸獣人と狐獣人だと気づいた。だが種族が分かっても彼らは初対面の相手。先ほどの猫獣人も突然の訪問ではあるが同性だった。シルヴァ王子と料理長、私の世話をする使用人以外の男性がこの部屋にやってくるとは思わず、呆《ほう》けてしまう。

　ポカンと口を開いていると、男性達は揃って一気に距離を詰めてくる。かなり背が高い。二人で並ぶと壁のようだ。先ほどの猫獣人の女性とはまた違う雰囲気がある。

「ゴーニャンの実の新しい食べ方を教えたという、ギィランガの聖女は君だな？」

「は、はい」

「まだ獣人を怖がっているかもしれないって聞いたけど、この調子ならいけるいける」

「ああ、よかった。実は君に聞きたいことがある」

「私に？」

「俺達にもさ、変わった食べ物を教えてくれない？　ちゃんとお礼は用意してある。手を出せ」

「もちろんタダでとは言わない。ちゃんとお礼は用意してある。手を出せ」

彼らのペースに乗せられ、言われるがままに手を出す。狸獣人の男性が私の手に載せたのは成人男性の拳《こぶし》サイズの魔石だった。しかも無色透明の、属性が定まっていないものだ。『無の魔石』と呼ばれている、かなり珍しい魔石だ。

無の魔石は他の魔石と合わせることで既存の魔石の効果を高められる他、握りながら魔法を使うことで普段の何倍もの力を発揮できる。主に魔法使いや錬金術師が重宝する。ここまでの大きさともなればかなりの価格になるはずだ。

「初めて会うからな。奮発してみた」

「少し変わった美味しい料理の情報を期待してるよ～」

いつの間にか条件に『美味しい』が加わっている。勧めるからには美味しいものを勧めるべきなのだろうが、急に言われても困ってしまう。それにビストニア王国とギィランガ王国とでは『変わっている』の感覚が異なる。

私が三大聖女として働く中で得た知識が彼らにとっても珍しいものであるとは限らない。その最たるものが私もまだ食べたことがないタァーユゥエンである。ビストニア王国発祥ではないものの、城下町では寒くなると出店されるおやつとして知られていた。

他国を訪問した際に振る舞われたものなら、ビストニア王国の人が訪問した際にも出されている可能性が高いわけで……と考えてハッとした。

「うどんはご存じですか？」

うどんとは、ある聖女がとある場所に派遣された際に振る舞われた麺《めん》料理である。それもその地域に伝わる料理ではなく、遠い異国の料理であるらしい。村長のお孫さんの奥さんがその国の出身で、聖女達に振る舞ってくれたのだとか。

身体《からだ》に染み渡るような優しい汁と疲れていてもツルッと食べられることに感動し、彼女はすっかりうどんの虜になった。その女性にレシピを教えてもらっただけでなく、材料まで分けてもらったほど。

感動を分かち合いたいと、教会に帰ってすぐ私達に振る舞ってくれた。初めは彼女一人で作っていたのだが、大変だろうと手伝いを買って出た。

以降、聖女と神官が交代制でうどん作りを手伝うようになり、今では教会にいる聖女と神官はもれなく出汁《だし》作りまでセットでできるようになった。

ギィランガ王国での知名度はゼロに近かったが、ビストニア王国ではどうだろうか。知っていると言われたらまた別のものを、と考えていたが、目の前の二人の目は輝いていた。

「初めて聞く」

「どんな料理なの？」

「小麦に塩水を加えて練り合わせたものを延ばして細く切った麺料理です。茹《ゆ》でた麺をつゆにつけて食べます」

「なるほど。もっと詳しい情報が欲しい」

「つゆっていうのは？」

想像以上の好感触だ。心の中でグッと拳を固めてガッツポーズをする。

「出汁と醤油《しょうゆ》、みりん、砂糖、塩で作ったものです。出汁に使用する材料はこれと決まったものはないのですが、教会では鰹節《かつおぶし》と昆布で出汁を取ることが多かったです」

「鰹節と昆布……。城にあったか？」

「どちらもなかった気がするなぁ。みりんと醤油も合わせて後で探してみよっか」

「そのままで食べても美味《おい》しいんですが、トッピングをするとさらに美味しくなります。油揚げとかネギが鉄板ですが、天ぷらを入れると一気に豪華になります」

「天ぷらならかき揚げを食べたことがある。あれは美味《うま》かったなぁ」

「かき揚げな、確かに美味かった。だが俺は魚単体の天ぷらの方が好きだ」

狸獣人が頬を緩め、顎《あご》を撫《な》でる。以前食べた天ぷらの味を思い出しているのだろう。魚の天ぷらか。教会で天ぷらといえば季節の野菜か山菜が多かった。だが魚も美味しいはずだ。今度市場に行ったら魚を探してみよう。

どうせ揚げるなら野菜の天ぷらも欲しい。少し多めに作ってもシルヴァ王子や使用人が食べるのを手伝ってくれるはず。事情を話してご飯の量だけ減らしてもらえば問題ないはずだ。

大量の天ぷらを想像し、私の頬も緩んでいく。だがなぜか狐獣人の顔色が変わっていく。苛立ちを滲《にじ》ませ、左の目元がヒクヒクと動いている。

「魚の天ぷらなんていつ食ったんだよ⁉」

「去年一緒に釣りに行った時。お前が大物を求めて走り去った後、近くの釣り人が俺の分の魚も天ぷらにしてくれたんだ」

「なんで今まで黙ってたのさ！」

「お前が勝手にどっか行ったんだろ」

狸獣人の腕を掴《つか》み、怒りを全身で表す狐獣人。だが狸獣人は至って冷静だ。慣れているのかもしれない。

「それとこれとは別だろ！　一人だけ美味しいものを食べてただなんて許せない」

「俺はあの後、お前が残していった荷物を担いで探し回ったんだが……。まぁいい。今日の夕食に作ってもらえばいいだろう。作り方は覚えているから安心しろ」

「いや、明日食べる。魚がいい。釣るの付き合えよ」

「魚ならうちのチビ達も食うだろうから、たくさん釣らないとな」

うどんの話から天ぷら、釣りと話題を移していく。私は完全に蚊帳《かや》の外だ。狐獣人の機嫌はすっかり直っている。「何を釣ろうかな～」と鼻歌を歌いながら部屋から出て行った。狸獣人も彼に続くのかと思いきや、私に視線を戻した。

「たくさん釣れたら君にも持ってくる」

「え、あ、はい。頑張ってください」

「ああ、期待していてくれ」

とりあえず市場での魚購入計画は先延ばしにした方がよさそうだ。ドアのところまで見送って、背中が見えなくなってから名前を聞くタイミングを逃したことに気づいた。まぁ本人から直接聞くことにこだわらなくてもいいか。


「ただいま、ラナ」

「おかえりなさい、シルヴァ王子。砂糖漬けを作ったので見てください」

シルヴァ王子はいつもより早く仕事が終わったらしい。今日もまっすぐ私のもとへ戻ってきてくれた彼に、みんなで作った砂糖漬けを見せる。

「綺麗《きれい》だな。食べられるようになるのが楽しみだ」

「実はこれ、みんなが手伝ってくれたんですよ」

同意を求めるように振り返ると、使用人達は自慢げに胸を張る。出来上がったら彼女達にも分けるつもりだ。手伝ってもらったからにはちゃんとそれなりの対価を渡さなければ。それに薔薇《ばら》の砂糖漬け作りを経て、また少し距離が近づいた気がする。

本当に小さな一歩だが、彼女達から歩み寄ってくれた貴重なもの。嬉《うれ》しさも二倍である。

「そうなのか。俺も一緒にやりたかった……」

「今度は一緒に作りましょう」

「なら別の花を持ってくる」

「ありがとうございます。砂糖漬けといえば、今日は見知らぬ方が部屋に来まして」

「見知らぬ方？」

「猫獣人の女性、狸獣人の男性、狐獣人の男性の三人です。猫獣人さんは明後日砂糖漬けのクッキーを食べると言っていたのですが、どなたか分からなくて……」

誰か分からなければ、使用人に薔薇の砂糖漬けを託すこともできない。実は狸獣人の彼が去った後、使用人達にそれとなく聞いてみたのだが、華麗にスルーされてしまった。

「三人とも俺の親戚《しんせき》だ。ゴーニャンの実の一件でラナに興味を持った者は多いのだが、まだ慣れていないから止《や》めろと伝えてあったのに……すまない。クッキーは諦《あきら》めろと言っておく」

「いえ、お名前さえ分かれば使用人を通じてお渡ししようかと」

「いいのか？」

「もちろんシルヴァ王子が気分がよくないという話でしたら、違う花で作り直しますので！」

あの花はシルヴァ王子からもらったものだ。調理した後とはいえ、勝手に他の人に渡すのは気分のいいことではなかったかもしれない。断られたら明日の朝一番で城下町に繰り出そう。「遠慮なくお伝えください」と付け足せば、彼はふるふると首を振った。

「いや、助かる。俺から料理長に渡しておこう」

「いいんですか？」

「ああ、名前は明かせないからな」

「明かせない？」

「ビストニアでは、地位の高い者の名前を本人の許可なく教えることができないんだ。彼らは気にしないと思うが決まりだからな。悪い、ラナ」

「そんな決まりが……」

だから使用人達は揃って口を噤《つぐ》んだのか。ギィランガ王国を含め、ほとんどの国では身分の高い人の名前を把握していないことは無礼に当たる。そのため、私も社交界デビュー前に主要貴族の顔と名前と家族構成は全て頭に叩《たた》き込《こ》んだものだ。

国が変われば文化も変わるものだが、知らなかったで済むものなのか、身分が高い相手には気軽に近づくなということなのか。ぐるぐると考え込んでいると、シルヴァ王子は朗らかに笑った。

「名前を知らずとも相手が不機嫌になることはない。彼らも食べ物のことで頭がいっぱいなだけで、そのうち自分から名乗るはずだ。気にしないでくれ。それよりも何か変なことを聞かれなかったか？　あの三人ならギィランガの食生活を根掘り葉掘り聞いてくるくらいのことはやりかねない」

「猫獣人さんからは花を乾かしてどうするのか聞かれて、狸獣人さんと狐獣人さんからは少し変わった料理を教えてほしいと言われたくらいです。なのでうどんのお話をしました。その時に狸獣人さんからこれをいただきまして」

話しながら先ほどもらった無の魔石を取り出す。

正直、種族名で呼ぶのもどうかとは思う。私なら『人間さん』と呼ばれるようなものだ。だが名前が分からない以上、これ以外の呼び名がない。シルヴァ王子は呼び名について気にした様子はなく、私の手元にある魔石に視線を注ぐ。

「かなり大きく、純度が高いな。これなら換金することもできる。あいつも考えたな」

「それから明日釣りに行くそうで、たくさん釣れたらお裾分けしてくれるらしいです」

「釣り？　うどんという料理には魚を使うのか？」

「魚を使うのはうどんに載せる天ぷらの方で、うどんは小麦粉を使った麺料理です」

先ほど狸獣人さんと狐獣人さんにした説明をシルヴァ王子にも伝える。あの二人同様、彼も興味を持ったようだ。フンフンと鼻を鳴らしながら頷《うなず》いている。

「ちなみにラナはうどんを作ったことは」

「ありますよ。つゆも麺もどちらも作れます」

「作ってほしい！」

「もちろんです、と言いたいのは山々なのですが、一つ問題がありまして」

「問題？」

「私が使っている携帯魔法コンロはかなり小さいんです。鍋を買ってきてもシルヴァ王子の分を一度に茹でることは難しいかと。大きめの魔法コンロを探してくるので、しばらくお時間をいただけませんか？」

温かい状態で食べてほしいので、つゆを作る鍋と麺を茹でる鍋は別々に欲しい。つゆはスキレットでいけるが麺は無理だ。食べている横でひたすら茹でることになる。

正直、魔法コンロは高い。今使っているのは比較的安価な携帯コンロだが、これも気軽に買える品ではない。新品のコート数着分のお金が軽く飛ぶ。

ちゃんとした魔法コンロとなるとさらに金額が張る。大きさや性能にもよるが、手を付けずにキープしているお金を使えばなんとか……といったところだろう。うどんのために出す額ではない。

だがシルヴァ王子との関係を円滑に進めるために、今後色々作ることを考えると手に入れておいた方がいいような気はする。今から嫁入り道具を諸々揃えていると思えば、これくらいの出費は……。だが高いものは高い。お財布から悲鳴が聞こえること間違いなしだ。自分の中で葛藤《かっとう》を繰り広げる。

「いや、買わなくていい。俺に少し考えがある。時間をくれないか？」

シルヴァ王子は私の迷いをバッサリと切り捨てた。出費に頭を悩ませなくていいのは助かるがどうするつもりなのだろう。

料理長と相談して大きめの鍋と魔法コンロを借りてきてくれるとか？　気にはなるがここはシルヴァ王子に任せよう。


翌日。日暮れ前に狸獣人さんと狐獣人さんがやってきた。宣言通り、魚のお裾分けに来てくれたのである。狐獣人さんは肩から提げたクーラーボックスを下ろし、パカッと蓋《ふた》を開ける。

「聖女ちゃん。見てよ、これ。美味しそうでしょ」

中には魚と氷がビッシリと詰まっている。ざっと見ただけでも五種類はいる。二人揃《そろ》ってご機嫌なのも納得である。

「いっぱい釣れましたね」

「ああ。チビ達にもたくさん土産《みやげ》ができた。約束通り、君にもお裾分けにきた」

「料理長に渡す前に見せておこうと思ってさ。聖女ちゃんは好きな魚ある？」

聖女ちゃん呼びは固定らしい。私が狸獣人さん・狐獣人さんと呼んでいるのと同じようなものかと納得する。そんなことよりも目の前の新鮮な魚の方が大事だ。

「美味しいものは全部好きです！」

胸を張って宣言すると、狸獣人さんはウンウンと強く頷く。

「好き嫌いがないのはいいことだ。なら満遍なく渡しておく。魚の他にも野菜の天ぷらを付けてもらうつもりだ」

「天ぷら、久しぶりなので楽しみです」

「今日の天ぷらもいいけどさ、明日も楽しみにしててよ。明日は他国の山まで川釣りに行くんだ」

「ビストニアの外まで行くから帰りは遅くなるが、唐揚げにすると美味い小魚がいてな。天ぷらでも試してみようという話になった」

狐獣人さんは「このくらいの」と両手の人差し指を立てながらサイズ感を伝えてくれる。説明の際にも彼の口元は緩んでおり、今からすでに美味しさが期待できる。

「どの辺りの山なんですか？」

「城下町からずっと北に進んだところにあるんだ。水が澄んでいて、釣りをするだけのために登るやつも多い」

「川釣りするやつには結構有名なスポットなんだ。といってもなかなか気軽には行けないんだけど」

「国外となるとなかなか難しいですよね」

「距離的には問題ないんだが、今回狙っているスポットは標高が高い位置にあってな、途中から自分の足で登ることになる」

「ほとんどの客は途中で山小屋に泊まるんだけど、日帰りじゃないとチビ達が寂しがるからな〜」

城下町の北側に位置する標高が高い山——情報は少ないが、気になることがある。近くのメイドに紙とペンを持ってきてもらうよう頼む。

「どうかしたのか?」

「お二人に聞きたいことがあるんですが……」

言いながら、メイドから紙とペンを受け取る。そしてサラサラと絵を描いた。サーフラほど上手《うま》くはないが、まぁ通じるだろう。

「その山の山道沿いにこんな花、生えてませんでした?」

描いたのは細い葉っぱのような花弁が十枚ほど付いた花だ。花弁は色とりどりで、色の組み合わせは花ごとに異なる。かなり古い時代から知られていたため、国によって呼び方が異なる。だが『色変え花』と言えば大体通じる。その名の通り、染料として広く使われている花だ。

他国では糸などを染める際に使われているようだが、ギィランガ王国ではお菓子の着色にも使われていた。お茶会の定番お菓子、クッキーのカラーバリエーションを支えている材料でもある。

消費量は多いが国内ではあまり採取できないため、輸入に頼っていた。だが今はその花を手に入れたいから話を振っているわけではない。彼らが登る山の場所を特定したいのだ。

「あるよ。たまにチビ達へのお土産に摘んで帰るからよく覚えてる」

「ままごとに使うらしい」

「じゃあ硬くてシワシワな木の実は？　えっと、こういうやつなんですけど」

先ほど描いた色変え花の隣に違う植物のイラストを描く。こちらは市場で売っている状態の胡桃《くるみ》とよく似ている。色味もかなり近い。だが胡桃とは異なる点がある。この木の実は育つ地域によって形が変わるのだ。正確にはその地にどんな鳥が生息しているかによって木の実の状態が異なる。

比較的小柄な鳥が多い地域ではシワもなく柔らかい。人間の女性の手でも簡単に割れる。一方で大型の鳥やつつく力が強い鳥が多く生息している地域ではシワが多く硬い。人間の手では割れず、専用の器具が必要となる。

「ある。これは中身を油で炒《いた》めると美味《うま》い」

「やっぱり……」

「その二つがどうかした？」

「しばらくその山に登るのを止めるか、宿を取ることをオススメします」

「なんで？」

「今お聞きした二つの植物が生息している地域は、例年よりかなり寒くなっている可能性が高いです。標高が高い山に登るとなると、普段よりも身体《からだ》への負担が大きくなるかと」

いくら獣人は人間よりも丈夫とはいえ、無理をすれば体調を崩す。ただでさえ他の釣り人が泊りがけで行くところを日帰りで済まそうとしているのだ。何かあった時に対応が遅れてしまうかもしれない。そう判断し、余計なおせっかいとは思いつつも助言させてもらった。

「なるほど。聖女ちゃんはそういうのも分かるのか」

「国にいた頃に少し調べまして」

本当は予測なのだが、些細《ささい》な問題だ。ちなみに予測した理由は食べ物関連ではない。商人が羊毛を使った商品を持ち込むタイミングを予測してほしいとシシアに頼まれたのだ。新しく羊毛を使った商品を売り出すため、相手の情報を知っておきたかったようだ。

「なら別の場所にしよっか」

「信じてくれるんですか？」

自分から言い出したことではあるが、こんなにもあっさり信じてもらえるとは思わなかった。二人が私に対して悪い感情を向けてきていないとはいえ、余所者《よそもの》であることには変わりない。

「え、嘘なの？」

狐獣人さんはキョトンとした表情をする。まるで私がおかしなことを言っているみたいだ。慌てて否定する。

「本当です！　嘘じゃないです！」

「責めてないから安心しろ。俺達だって帰れなくなったら困るからな。あの魚の唐揚げと天ぷらはまた次の機会にする」

「チビ達は一度へそを曲げたらしばらく口も聞かなくなるもんな……。本当にお前の小さい時にそっくり」

「お前も似たようなもんだろ」

「まぁな。でもやっぱり川釣りがいいよな。天ぷらもいいけど塩焼きも食べたい。どこがいいかな」

二人は他の釣りスポットの話をしながら去っていった。あまりの切り替えの早さに、今度はこちらがキョトンとする番だった。

だがその驚きも長くは続かなかった。二人が釣ってきてくれた魚と季節の野菜の天ぷら盛り合わせを見れば、食欲が前に踊り出る。そこに料理長が選び抜いた塩をかけていただく。

「美味《おい》しいですね」

「ああ」

シルヴァ王子は短く返事をする。パンパンに膨れた頬が幸せだと叫んでいた。

◇◇◇

「あとはコロンコロンリングとか」

「それはさっき聞いたわ」

今日は朝早くから例の猫獣人女性が来ている。薔薇《ばら》の砂糖漬けがとても気に入ったらしく、あれから度々遊びにくるのだ。毎回突然来るのだが、必ずお茶とお菓子を持ってきてくれる。

お茶は決まってアイスティー。猫舌な彼女は熱いものが苦手らしい。キッチンワゴンには必ず氷がギッチリと入ったアイスバスケットが載っており、いつでも淹《い》れたて紅茶が冷やせるようになっている。お茶をする時のマストアイテムだそうだ。

また彼女は私が何をしていても全く気にしない。今も薬草をすり潰《つぶ》しながらで構わないと言ってくれたため、遠慮なく調合作業を続けている。

瓶詰め作業中は話しかけないでくれるし、外に出かけている時はお菓子だけ置いて帰っていく。次に会った時も普段と変わらず。やはりジェシカと似ている。私が城下町で見つけたお菓子も変に遠慮することなく食べてくれる。

彼女との距離感は教会の仲間達と近いものがあり、かなり気楽な態度で接している。今は彼女の希望で知っているお菓子の名前を並べている最中だ。といっても先ほどから目新しい情報は挙げられていないのだが。

「じゃあブールドネージュはどうです？」

「知っているわ。クランベリーが好きで、週に一度は作らせる」

「私はプレーンが好きです」

「なら明日はクランベリーとプレーンのブールドネージュを持ってくることにするわ」

「ココアも欲しいです」

十数日でもう一声を気軽に言えるくらいの仲にはなった。私が図々しいだけかもしれないが。彼女は気にした様子もなく「ああ」と呟《つぶや》いた。

「確かにココアも捨てがたいわよね。ラナはいいところに気がつくわ」

「私が食べたいだけですけどね」

「私も食べたいからいいの。それで、他にはないのかしら」

「何か見たらまた思い出すかもしれませんが、パッと出るのはこのくらいですかね～」

「意外と新しい食べ物ってないのね」

猫獣人の彼女はため息を吐《つ》き、アイスティーの入ったグラスに手を伸ばす。彼女のものではなく、私のグラスだ。そのまま私側に向かってスッとグラスを寄せた。そういえばずっと話しっぱなしだった。ありがたく受け取り、喉《のど》を潤す。

「ギィランガではお菓子もわりと固定で、私が知っているのはどれも他国で食べたものや知識になっちゃいますからね～」

「ギィランガのお茶会ってどういうお菓子が出るの？」

「クッキーです。お茶会に並ぶクッキーの豊富さでは大陸一かと」

「他には？」

「領地の名産品や招待客の層にもよりますが、スコーンやケーキがたまに出るくらいで、基本はクッキー一択です」

「それで飽きないの？」

「飽きるほどの関心がないですからね～」

目の前の彼女は心底不思議そうにするが、食に興味がないというのはそういうことなのだ。種類が豊富なのも主催者のドレスやアクセサリーとの色味を気にした結果だ。

味は二の次。参加者も気にして食べていない。大量に用意されたバタークッキーを何も考えずに摘《つま》むのである。パッサパサになってしまったクッキーが混ざっていても私以外気にしなかった時は、さすがに自分の口を疑ってしまった。

　だがそれがギィランガ王国のお茶会なのである。代わりに宝石の種類と大きさを見分ける能力は非常に長《た》けている。私が一生ロジータに勝てない点を一つ挙げろと言われたら真っ先にこの能力を挙げる。今さら鍛えたところで、馬車の中から他人のアクセサリーを値踏みできるようになれるとは思わない。それだけの執着もない。

「ビストニアに来たのがラナみたいな、食べ物への関心が強い人間でよかった。私のお菓子もそうだけど、昨日も魚もらってあげたんでしょ？　あいつら、ラナが目を輝かせて喜んでくれたって、私のところまで自慢しに来たんだから」

「いつも新鮮で美味しい魚を持ってきてくれるんですが、昨日のサーモンは本当に大きくて！　ムニエルにしていただきました」

「確かにあのムニエルは美味しかったわね」

「シルヴァ王子と二人で三つずつ食べちゃいましたよ〜」

　彼らは毎日のように魚をお裾分けしてくれるのだが、必ず調理前の魚を見せてくれる。来るのは決まって夕方。夕食に間に合うように帰ってきてくれるため、猫獣人の彼女が居合わせることも多い。彼女は度々釣りに繰り出す二人に呆《あき》れているようだが、魚を楽しみにしているのも事実。私と一緒に思い出して、頬を緩めている。

　特に昨日持ってきてくれたサーモンは一番大きなものだと、私の両手を広げたほどの大きさがあった。あそこまで大きいものを目にする機会はなかなかない。加えて身がプリッと引き締まっており、ムニエルにするかカルパッチョにするかしばらく悩んだものだ。

だが残ったものはスモークサーモンにすると聞き、ムニエルを選んだ。ムニエルはとても美味しく、大満足ではあったものの、狸獣人さんの子供達にも大好評であったが故にスモークサーモン分が残らなかったのは悲しい。

私の口はすでにスモークサーモンを求めているというのに。スモークサーモンのカルパッチョが食べたい。燻製《くんせい》器は狐獣人の彼が持っているそうなので、サーモンを買ってきてスモークサーモンを作ってもらうという手もある。

どうせならサーモンだけと言わず、チーズとナッツの燻製も食べたい。チーズを買うならトマトパスタを食べた店一択。あの店のチーズを燻製にすることを想像しただけで涎《よだれ》が出そうだ。

だが燻製について考える前にやるべきことがある。

「たくさん魚のお裾分けをしてもらっているので、今度お礼に何か渡したいんですけど、狸獣人さんと狐獣人さんの好きなものって何か知りませんか？」

「好きで持ってきているんだからあまり気にすることもないと思うけど」

「そういうわけにはいきません」

「美味しいものなら何でも好きよ」

「なるほど」

ざっくりとしすぎてあまり参考にならない。だが適当に言っているのではなく、本当に言葉通りの意味なのだろう。しばらくビストニア王国で生活していれば分かる。だからこそ難しい。下手《へた》なものを渡したくない。となると、やはりうどんが一番確実だ。

彼らは私が近々うどんを作るという話を聞いたらしく、うどんに合う天ぷらの材料探しを続けているのだとか。うどんへの期待がそのまま魚のお裾分けになっているとも取れる。

だが未だシルヴァ王子の動きに進展はない。先に他のお返しものを考えるべきか。腕を組んで考え込む。猫獣人の彼女はそんな私をニタニタと見つめている。

「どうしました?」

「別に。なんでもないわ。そろそろ帰るわね。アイスティーは置いていくから、ちゃんと水分も取るのよ」

「ありがとうございます。また明日」

見送ってから、また名前が聞けなかったなと落ち込む。彼女が王族関係者であることまでは分かったのだが、未だに名前を教えてもらえていない。

猫獣人の彼女に限らず、狸獣人と狐獣人の二人組やその他にやってくる獣人達の誰一人として名前を知らない。少しずつ顔と種族は覚えてきているのだが、名前だけ知らないというのはなんとも不思議な気分だ。相手は普通に私の名前を呼んでくれるからなおのこと。

だが身分が高い者に対して名前を尋ねることは不敬に当たる。そこはギィランガ王国と変わらない。彼らが王族関係者である以上、名乗ってくれるのを待つしかないのだ。

この調子では彼らの名前よりも先にそれぞれの好物を把握する方が早そうだ。まぁビストニア王国に来た頃はこんなことで悩むとは思わなかったので、いい方向に進んでいるのは確かだが。

薬作りを再開し、完成した塗り薬をケースに詰める。今回の分で十三個。空きのケースが少なくなってきた。回復ポーションもかなりの本数ができたので、そろそろ薬屋に行きたい。

マジックバッグを開き、残っている材料を全て取り出す。マットの上に並べて残量を確認するためだ。数えながらメモを取っていると、窓の方からストンッと軽い音がした。

「ラナ！」

「シルヴァ王子、窓から入ってくるのは止《や》めてほしいと……」

もうそんな時間か。シルヴァ王子には一向に響く気配がない指摘をしながら時計を確認する。けれどまだおやつには早い。昼食後に別れてから一刻と経《た》っていない。

「今日は早いですね。何かあったんですか？」

「部下から食べられる花の話を聞いて、急いで買ってきたんだ」

「ピューヘヨンの花ですね。ありがとうございます」

「今度は一緒に作ろう」

シルヴァ王子が持ってきてくれたピューヘヨンの花は、その美しさはもちろんのこと、薔薇と並ぶ香りのいい花として知られている。薔薇のような強い香りではなく、どちらかといえばほんのりとした優しい香り。だがそれ故に年齢性別問わず幅広い人気を誇っている。

香水の原料としても有名で、教会ではハンドクリーム作りの際に用いていた。状態が綺麗《きれい》な花は砂糖漬けにして、ハンドクリームのおまけに付けていた。こうしてお得意様を優遇することで、教会は定期収入を確保していたのである。

寒季を間近に控えた今の時期が一番のかき入れ時で、ハンドクリームともう一つ、教会の貴重な収入源を担うアイテムがあった。どちらも材料こそ足りていないものの、この部屋でも作れる。

「ラナ？　俺と一緒に砂糖漬けを作るのは嫌か？」

考えごとをしていたせいで不要な心配を抱かせてしまったようだ。すぐさま「いえ」と否定の言葉を吐く。

「すみません。別のことを考えておりまして」

「他のこと？　なんだ？　欲しいものがあるのか？　教えてくれ。なんでも用意する」

シルヴァ王子はキラキラと目を輝かせ、前のめり状態で私の両手を取る。至近距離に彼の顔があるため、尻尾《しっぽ》までは見えない。ただ何かが風を切る音ははっきりと聞こえる。尻尾が大きく揺れているのである。彼は私をすぐに甘やかそうとする節があるのだ。

今までの対応が『冷遇』と呼ばれていただけあって、冷遇を抜けた途端にスキンシップが激しくなった。だが彼が特別というわけではない。獣人達にとって人間は弱い種族、守らなければいけない相手として分類されているのだ。

結婚の経緯はともかく、こうして普通に会話できる関係になれたのだから対等でいたい。そう思うのは私の我《わ》が儘《まま》なのだろうか。

とはいえまだ一年目。私と同様に彼もまだ距離感を掴《つか》みかねているだけかもしれない。誤解も警戒も解けた今、前進あるのみ！　と自分を鼓舞する。

食べ物に関する知識以外でも何かアピールすればいい。守らなければならないような弱い存在から脱することができれば、彼も少しは私を信頼してくれるかもしれない。

私が得意とするのは気候とそれに伴う変化の予測だが、今は天気も気温も安定しており、魔物が変な動きをする様子もない。これといって不測の事態が起こりそうなこともなく、平穏そのものだ。しいていえば今年は早くも空気が乾燥し始めているので、今から保湿を念入りにした方がいい、程度のお役立ち情報しかない。だがその『保湿』にアプローチできるものこそ、ハンドクリームと並んで教会の収入源となっていたアイテムなのである。

「シルヴァ王子の尻尾についてなのですが」

「し、尻尾⁉」

そう切り出した途端、シルヴァ王子は顔を真っ赤に染めてぷるぷると震えた。彼の耳はぺたりと頭にくっついてしまった。未だ獣人の常識を把握しきれていない私は、こうして変なことを口にしてしまうこともある。だが厄介なのは彼自身が嫌がっていないことにある。

だから余計にこれがいいことなのか悪いことなのか判断がつかない。私としてはズレている部分は早く直してこの地に適応したい。とはいえ窓からの入室に関しては折れるつもりはないのだが。

「私、何か変なこと言いましたか？」

「いや、大丈夫だ。うん、夫婦なら変じゃない……続けてくれ」

「嫌だったら言ってくださいね？　シルヴァ王子の嫌がることはしたくないので」

「優しいんだな」

「その言葉、そのままシルヴァ王子にお返しします」

シルヴァ王子が普段言ってくれていることと同じことを言っているだけなのだ。私が特別優しいのではない。彼が私を尊重してくれるからこそ、私も彼に何かしたいと思えるのである。ハイド王子相手だったら絶対しない。気づいたところで彼が私の話を聞いてくれるとも思えない。

同じ政略結婚でもここまで待遇が違うものかと涙が出そうになる。まぁ比較対象が酷すぎるという自覚はあるのだが。そんな酷すぎる元婚約者よりも、今は優しいシルヴァ王子のことだ。日頃の感謝を込めたアイテムを渡すためには、確認しておかなければならないことがある。

「それで聞きたいことがありまして、尻尾のお手入れに使っているアイテムは髪と同じですか？」

「？　ブラシは少し違う」

「どんなものか見せていただいてもよろしいでしょうか」

「構わない。今持ってくる」

シルヴァ王子は席を立ち、隣の自室から愛用しているソープと二本のブラシを持ってきてくれる。

先ほど思いついたのは、ギィランガ王国にいた際にサーフラと共に開発したヘアケアスプレーである。お風呂《ふろ》上がりに水気を軽く拭《ふ》き取った状態で吹きかけてブラッシングすると、乾燥で傷んだ髪を回復させる効果がある。

畑横に大量発生した野草を有効活用できないかと考えたのがきっかけだ。その野草をベースに、何種類か開発したヘアケアアイテムはギィランガ王国の貴族に大人気であった。教会の重要な資金源にもなったほど優秀なアイテムだ。これなら彼の自慢の毛を乾燥から守ることができる。

シルヴァ王子に断って、ボトルから少し中身を取り出す。指の腹を擦《こす》りつけて伸ばし、感触と香りを確認する。自分でも使えば詳しいことが分かるのだが、ひとまず人間が使っているものと同じであることが分かれば十分だ。

人間が使っている洗髪剤とほとんど同じであれば、スプレーの方も問題はないはず。ブラシも「獣人はブラシに強いこだわりを持っている」と聞いたことがあり、露店ではブラシを売っているところを見たことがなかったため、特殊な形をオーダーメイドしていたらどうしようかと少し心配だったのだが、髪用・尻尾用のどちらも人間のヘアブラシと大差ない。

シルヴァ王子は鼻がいいから香料は抑えつつ、薬臭さが残らないようにだけ気をつけよう。

「ありがとうございました」

「もういいのか？」

「はい。ちょっと出かけてきますね」

「どこに行くんだ？」

「城下町まで。いくつか欲しい材料があって。夕方には戻ります」

「そうか……」

シルヴァ王子はすとんと腰を下ろし、肩を落とす。分かりやすいほどに落ち込んでいる。だから安心させるように微笑《ほほえ》みかける。

「美味《おい》しそうなものが見つかったらちゃんと買ってきますから。安心してお仕事に行ってください」

何か言いたげな視線を彷徨《さまよ》わせる彼の背中を押す。ついでに使用人達にも外に出てもらい、お忍び服に着替える。作った薬を整理して、薬屋に卸す分もバッチリ。財布にある程度お金を入れ、隠密ローブを被《かぶ》る。

ゴーニャンの実の一件で、すでに城の人達にも私の外出はバレている。だが知っているのと実際に見るのとでは全く違う。さすがの彼らも自分達の頭上を飛んでいく姿を見れば驚くはずだ。それに城から出てくる姿を外にいる人達に見られたくない。変に目立てば城下町で行動しづらくなってしまう。今まで通りが一番なのだ。

いつも通り、真っ先に向かうのは薬屋。久しぶりのドアをくぐる。店主は商品の整理をしていた。

「嬢ちゃんか。最近来る頻度が下がっていると思ったら、恋人でもできたのか？　獣人の匂いが強くなってる」

「まぁ似たような関係の相手が」

そういうのも分かるのか。驚きを悟られないよう、なんてことないように答える。獣人が香りから得る情報は私が思っている以上に多いのかもしれない。だがなんでもピタリと当てられるわけではないようだ。といっても夫婦ではあるので、店主の言葉もそう間違ってはいないのだが。深く突っ込まれると厄介なので、ささっと話を切り上げて薬を取り出す。

「それで今日の持ち込み分なんですが」

「おお待ってたぞ」

テキパキと並べて、薬の代わりにお金を受け取る。そのお金で薬を入れる瓶とケースを購入していく。

「瓶が四十にケースがそれぞれ二十ずつな。今日は大きいのも買ってくのか」

「はい。それから霧吹きは置いていますか？」

「霧吹き？　植物でも育てるのか？」

「調合した薬品を噴霧して使うんです」

「あー、ならこれはどうだ？　化粧水を作っている薬師がたまに買っていくやつなんだが」

棚下の引き出しから取り出したのはピンク色の小瓶だった。瓶自体に花模様の細工がしてあり、乙女心をくすぐる。まさかこんなに可愛《かわい》らしいものが出てくるとは思わなかったので拍子抜けしてしまう。

だが肝心なのは見た目ではなく霧吹きとして使えるかどうか。一回でどのくらいの量が出てくるのか確認しておきたい。蓋《ふた》を取って、液体の出る穴を見る。教会で使っていたものよりも穴は大きめ。一回のプッシュで出る量が多すぎるかもしれない。

「これ、水を入れて使ってみてもいいですか？　量を確認したくて。よければいくつか買い取りたいです」

「構わんぞ。水を入れてくるから貸してみろ」

「お願いします」

店主に入れてきてもらった水がしっかりと霧状に出るのを確認し、五本買い取ることにした。

「何を作るんだ？」

「ヘアケアスプレーです。ギィランガ王国で人気の商品で」

「嬢ちゃんとこの薬師はそんなのまで作れるのか。それもうちに卸してくれるんだよな？」

「いえ、今回は自分達で使う用です」

「どうにか増やすことはできねぇか？」

「今回は使用者の悩みに合わせて調合するので難しいですね」

作り方自体はさほど難しくはないが、一種類作るのに時間がかかる。使ってもらって合わなければ作り直すつもりだ。自分の分はともかく、プレゼントにするなら彼に合ったものを贈りたい。

薬屋に卸すなら乾燥がひどくなる前。シルヴァ王子と私の分を作り終えた後では間に合いそうもない。

「そうか、ならしょうがねぇな」

「すみません。実はそれと同時進行でハンドクリームの調合を始めるつもりなんですが、ハンドクリームって買い取ってもらえますか？」

「もちろん。他の時期は雑貨屋に売ってる輸入品のハンドクリームを使っているやつでも、乾燥が酷ければ薬屋に駆け込むからな」

「今年は乾燥が酷くなりそうですからね。とりあえず十個ほど持ち込む予定です」

「十と言わず、作った分は全部うちに持ち込んでくれよ。他の容器でもいいから」

「伝えておきます」

薬屋を出て市場を歩きながら、ハンドクリームも一緒にプレゼントするのはどうだろうかと考える。だがすぐにその考えを打ち消す。シルヴァ王子の手は男性の手らしくゴツゴツとしているものの、傷もなければ手荒れもしていなかった。そこはやはり王子様なのだ。

「自分の分だけでいいや。売り物の分と間違えないように別の形のケースに入れたいかも」

今日は風の流れを気にしなくてもいいので、市場に向かう途中にある店もゆっくりと眺めることができる。その中に雑貨屋を見つけた。店のウィンドウには様々な商品が並んでいる。お菓子を入れる瓶やラッピング用のリボンなんかもある。ここならちょうどいいものが見つかるかもしれない。

カランカランと音を鳴らしながら店に入る。こういう店に入るのは初めてだ。

私以外にも客はいるが、一人客は私だけ。入り口近くにいた客は友達同士でプレゼントを渡す相手について話しているのか、キャッキャと楽しそうにしている。この空間で私だけが少し浮いていた。さっさと目当てのものを買って帰ろう。

ぐるりと店内を見回し、空き瓶が置かれていた棚を見つける。他にもハンドメイドに使えそうなアイテムが多い。その辺りを重点的に探す。

目的のものが置かれていたのは隣の棚の一番下。足元の方にひっそりとあった。もっとも薬を入れるケースではなく、陶器のシュガーポットだったが。スプーンも付いている。

密閉率は低いが、ハンドクリームを使うのは乾燥が酷い時だけ。そう長く使うようなものでもない。なにより他を見て回るのも面倒くさい。さっさとレジに持っていき、会計を済ませる。

雑貨屋から出て、西門を目指して歩く。いつも通り、メインの買い物をするのはここだ。調合用の材料を買い込み、食べ物が並ぶ場所へと移動する。シルヴァ王子へのお土産《みやげ》になりそうな珍しいものはないか。しばらく見て回ったものの、収穫はなし。どれも見慣れたものばかりだ。

近くのジューススタンドで買ったレモネードで喉《のど》を潤してから大人しく城に戻ることにした。

風に乗って部屋に戻ったら、早速ヘアケアスプレー作りに取り掛かる。まずは例の野草を煮込むところから始まる。クッタクタになるまで煮詰めている間に、数種類の薬草と木の実をすり潰《つぶ》して水に漬ける。煮詰めたものも水に漬けたものも五日から十日放置する。

液体がしっかりと分離するまで待つ必要があり、使うのはその上の部分。下の部分は小麦粉と卵と一緒に混ぜてから焼くと、なんちゃって木の実のケーキができる。

通常の木の実のケーキよりもボソボソしているが、ラスクにすると取り合いになるくらい美味しい。今回も後でラスクにするつもりだ。ちなみに美味しく食べられるのは一度目のものだけ。二度目以降はえぐみが出てしまうので、花壇の水やりに使っていた。

二種類別々に目の細かい布で何度か濾《こ》して分離させて、濾して分離させてを繰り返す。最後に二種類を混ぜて煮込み、沈殿した固まりを取り除いて冷やせば完成だ。

今回作るのは二種類だけだが、わりと手間と日数がかかる。教会で作っていた時は担当する種類を分けていた。間違って混ぜたら効能が変わってきてしまうので、それぞれうっすらと香りと色も付けていた。懐かしいなぁと思い出しながら、同時並行でハンドクリーム作りも開始する。

ベースとなる薬草をネリネリと練っていると、シルヴァ王子が帰ってきた。

「帰ってきていたんだな。何を作っているんだ？」

「あとのお楽しみです」

「お楽しみ？　どのくらい経《た》てば分かるんだ？」

「本格的に寒くなる前には」

「寒いのは嫌いだが、楽しみがあると思えば悪くないな」

シルヴァ王子は優しく笑いながら私のすぐ横に腰を下ろす。一人で使っていた際は十分な広さがあった布も今では少し狭い。だがこの狭さが、すぐそこまで迫った寒さは私にとって厳しいものではないと教えてくれる。

「なぁ、ラナ」

「どうしました？」

「今日のデザートはチーズケーキだそうだ。……俺の分を半分ラナにやろう」

「え、でもチーズケーキはシルヴァ王子の好物じゃ……」

「今日は俺の好物をラナにいっぱい食べてほしい気分なんだ」

「じゃあ私も一番好きなものをお裾分けしますね」

彼が好物のチーズケーキを分けてくれるなら、私もお気に入りのご飯を半分差し出そう。好きを分かち合えば今よりももっと近づける気がするから。

「夕食を食べ終わったら、ピューヘヨンの砂糖漬け作りを手伝ってもらっていいですか？」

「ああ、材料と道具を用意させる」

シルヴァ王子は尻尾《しっぽ》を左右に大きく振る。本当に小さなことなのに、彼はこんなにも喜んでくれる。猫獣人の彼女はビストニア王国に来たのが私のような人間でよかったと言ってくれたが、私も結婚した相手がシルヴァ王子のような人でよかった。

出身国も身分も種族も関係なく、シルヴァ＝ビストニアという人と対等な夫婦になりたいと、前向きに歩き出せるから。そんな人と巡り会えた奇跡を胸に抱き、ぐるりと鍋をかき混ぜるのだった。

その後、自分用と販売用のハンドクリームが完成したのだが、一つだけ予想外のことが起きた。

「ラナ、お昼の分が欲しい」

「どうぞ」

シルヴァ王子がハンドクリームを気に入ったのである。自分用に作ったハンドクリームを容器ごと差し出すと、ご機嫌で手に塗り込んだ。私と顔を合わせる度に塗っているので、彼の手は以前より艶々《つやつや》だ。どうやらハンドクリームがプレゼントなのだと勘違いしているらしい。

渡そうと思っているヘアケアスプレーは作製に時間がかかる関係でまだ渡せそうもない。せっかく内緒にしたのに打ち明けてしまうのも……と思い、自分用のハンドクリームを追加で作ろうと心に決めた。

「私、これから城下町に行こうと思います。ハンドクリームを売りに行って、追加の材料を買ってきますね」

メイドには今日の予定をすでに伝えてある。荷物もまとめてあり、後は着替えるだけ。準備万端だ。前回は少し寂しそうだったので今回も……と心配しながら話を切り出したのだが、シルヴァ王子はさっぱりとした表情をしている。

「おやつは外で食べてくるのか?」

「はい。美味しそうなものを見つけたら買ってきますね」

「分かった。気をつけてな」

シルヴァ王子が仕事に戻るのを見送ってからお忍び服に着替える。隠密ローブで頭までしっかりと隠し、城下町へと繰り出した。

薬屋ではまず回復ポーションや化膿止《かのうど》めなどの普段売っている薬を売る。ケースと瓶を補充し終えてから、本日の目玉商品であるハンドクリームを取り出した。薬屋の店主は新たなアイテムを前にソワソワとしている。彼はそのうちの一つを手に取って中身を確認する。

「ピューヘヨンの花の香りか」

「はい。香りがいいだけではなく、保湿効果も高いんですよ。私の手、見てください」

スッと手の甲を見せつける。シルヴァ王子ほどではないにしろ、私もこまめに塗るようにはしている。特に指先と爪は入念に塗り込んだ。調合作業をしていると乾燥しやすいのだ。

「嬢ちゃんのところの薬師のアイテムなら疑いようもないが、嬢ちゃんは若いからな〜。そりゃあ肌が艶々していても」

「乾燥を舐《な》めないでください。保湿しなかったらあっという間にガッサガサのガサコちゃんですよ」

「ガサコちゃん……」

確かに若ければその分肌に油分はある。だが若さだけで対抗できるほど乾燥は弱くない。まだ幼い聖女と神官にもしっかり塗り込むように伝えていた。

特に私の読みでは、今年のビストニア王国王都付近の乾燥は例年以上。気づいた時には手や顔、肘《ひじ》やかかとから水分が奪い取られているのである。

ガサコちゃんで済めばいいが、粉吹きばあばやひび割れ夫人になることも……。想像するだけでも恐ろしい。ドライフルーツや乾物は好きだが、自分がカラカラになるのは嫌なのだ。

「それでですね、このハンドクリームのいいところは口に入れても大丈夫なところです。リップとしても使えますし、小さなお子さんがいるお父さん・お母さんにもぴったりなんです！」

「すごく美味《うま》いとかじゃないだろうな？　積極的に食われても困るんだが」

「うっすら甘い程度です。食べて確かめてみます？」

主成分は油・蜜蝋《みつろう》・花。その他に薬草なども数種類混ぜ込んでいるものの、食べられる素材のみを使用している。保存料も入れていないため、一般的なハンドクリームと比べると保存期間は短め。今季で使い切ることを前提として作っている。使用期限はしっかりとケースの裏側に記載させてもらった。

「食べても問題ないとはいえ、積極的に食べるつもりはないぞ」

「そうですか？」

「嬢ちゃんは……食べたんだな」

「他に何か使い道ないかな～って思って食べてみました」

「ビストニアでもそんなことしようと考えるやつはなかなかいないぞ……」

食い意地が張っているかのように言われるのは心外だ。常に食べ物の可能性について考えることも私の仕事のうちなのだから。

今回のハンドクリームだって、有事の際に調理油になるかどうかの確認で食べただけだ。食用として使用可能な量を確認するために使ったハンドクリームでドーナッツを揚げたのは、食材を無駄にしてはならぬという精神故。決して食い意地が張っているための行動ではない。

そう強く主張したいのだが、薬屋の店主に私の正体を明かすわけにはいかない。私の小さな名誉よりも設定を守る方が大切だ。『ハンドクリームを食べてしまうほどの食いしん坊』のレッテルを受け入れて話を進める。

「ハンドクリームといっても、少し甘くて花の香りがする油の固まりでしかないので。身体《からだ》に害があるものは入れていませんし、他の油に混ぜて使っても香りが付くくらいです。食用として使う時は香味油みたいなものだと思っていただければ」

「食用に使うことを推すなよ……。嬢ちゃんにそこまで言われると少し気になってくる」

「あくまで食べても問題ないというアピールをしたいだけで、香味油やハーブオイルを買うか作るかしてもらった方が早いし安いですよ」

「……香味油とハーブオイルなら俺もいくつか常備している。バジルオイルとかなら簡単にできるもんな」

「バゲットに塗ったりパスタにかけたりすると美味《おい》しいですよね」

ハーブオイルはハーブを油に浸けるだけで簡単にできる。油はオリーブオイルが使用されることが多いが、癖がなく新鮮な油なら代用可能だ。油を清潔な瓶に入れ、その中に好みのハーブを入れて十日ほど待つだけ。

入れるハーブは自分の好み次第。有名どころはバジルとローズマリー。数種類のハーブをブレンドするのもいい。トマトソース作りに使用したハーブもこの二つとの相性は抜群だ。他にもニンニクや唐辛子、胡椒《こしょう》などを入れてアレンジするという楽しみ方もある。

作り手によって全く味が異なるのがハーブオイルのいいところである。シンプルな料理も油一つでまるで違う顔を見せてくれる。

「そのままでもいいが、ドレッシングにしても美味い。……いや、今はハンドクリームの話だったな。とりあえず持ち込んでもらった分は全て買い取らせてもらう」

「ありがとうございます」

「十日もすれば売り切れると思うから、その辺りで追加分が欲しい」

「早いですね」

「嬢ちゃんのところの薬は冒険者以外の客からも人気だからな。そういう客は来るタイミングが大体決まってるんだ」

「なるほど。じゃあそのくらいのタイミングでまた来ますね」

早くてもいいけどな、と言ってくれる店主に別れを告げ、店を出る。

そこからすぐ近くの屋台へ向かう。西門エリアに並ぶ屋台は毎日異なるが、中には一定の間隔で店を出しているところもある。風の流ればかりを気にしていた時には気づかなかった。

シルヴァ王子にリストを見せてもらうようになってから見つけた店の一つに、蜂蜜《はちみつ》をメインで取り扱う店があった。十日に一度のペースでクマ獣人の家族が店を出しているのである。今日城下町に来ようと決めたのも、この店が出店していることに気づいたからだ。

以前作ったハンドクリームの材料もこの店で購入した。シルヴァ王子がハンドクリームの香りも気に入ってくれたこともあり、ここでまた蜜蝋を購入しようと決めていた。

「そこにある蜜蝋の固まりください。あとこの蜂蜜も」

「はいは～い。蜜蝋と蜂蜜ね。蜂蜜はどれがいい？」

「トーストに合うのってあります？」

ここに来る前から、今回は食べる方もお試しで買ってみようと決めていた。まずはおやつに食べてみて、美味しかったらお裾分けしよう。トーストなら猫獣人の彼女はもちろん、狸獣人と狐獣人の二人組にも気軽に渡せる。もし彼らが来なかったとしても余ったパンはそのまま夕食に回せばいい。

それに蜂蜜はナッツやチーズとの相性も抜群。ナッツの蜂蜜漬けというのも捨てがたい。おやつタイムがますます色鮮やかなものへと変わっていく。

「ならこれだね。マッカバナの蜂蜜。そこの蜜蝋とセットで取れたんだ」

「じゃあそのセットでお願いします」

「瓶のサイズはどうする？」

「一番大きいので！」

迷わず答えると、奥にいた子供達が取り分ける準備を始めた。

「まいどありぃ」

代金を払い、袋に入った蜜蝋と大瓶の蜂蜜を受け取る。お試しなのに大瓶で頼んだのは、美味しかったらすぐなくなるから。味が好みではなかった場合でもちょっとした風味付けや薬の調合に使える。消費できる見込みはある。

重さのある蜂蜜だけマジックバッグに入れ、そのまま屋台を見て回る。ハンドクリームの香料や薬に使えそうな材料を探しつつ、ハーブも何種類か見繕っていく。ハーブオイルの材料である。こちらもトーストに付けて食べる予定。マリネも作ろうか。

全部をハーブオイルにするのではなく、アクアパッツァに使うのもいい。ガッツリ料理となると料理長の領分になってしまうが、想像するだけなら自由だ。もくもくと想像を広げながらオリーブオイルもバッチリと購入する。

「あ」

羽が生えそうなほど軽い足取りで歩いていると、いつもよりも少し遠くまで来ていたらしい。小道を少し進んだところに小さなジェラート屋を見つけた。

ジェラートの文字を見て思い出すのは、トマトパスタを食べている際に見かけたネズミ獣人達の会話である。『今の時期はまだギリギリジェラートだな』と話していた。その足でジェラート屋に向かう彼らを羨《うらや》ましく思ったものだ。

「私も寒くなる前に食べておこうかな」

彼らが目指した店が私の目の前の店なのか、はたまた違う店なのかを確かめる術《すべ》がない。だが耳に残った彼らの会話と看板に書かれたジェラートのイラストが、肌寒さを感じ始めた私の心を強く刺激するのである。

もちろん城で出されるジェラートは美味しいし、寒季に食べる行為について否定しているのではない。極寒の中のジェラートもいい。寒さと一体になるように震えながら楽しむもよし。なかなか溶けないそれを暖かい場所まで持ち帰って楽しむもよし。寒季の間にしか手に入らない食材を使う場合もある。

だが今はまだ寒季に入る前。今だからこそ楽しめるジェラートもあるはず。意気揚々とショーケースを覗《のぞ》き込《こ》む。十数種類の味がずらりと並んでおり、どれもかなり量が減っている。味に期待ができそうだ。

端から端までじっと見つめてから選んだのはピスタチオ。どれも美味しそうだったのだが、説明カードの上に貼り付けられたポップに書かれた『店主のオススメ』の文字には抗えなかった。

「すみません。ピスタチオを一つ」

「ピスタチオが一つですね。大きさはどうなさいますか?」

「真ん中のサイズをコーンでお願いします。あの、それからこっちのコーンを付けてもらうことってできますか?」

目を付けたのは、注文したコーンの半分ほどの大きさのコーンである。なんとこの店、注文を受けてからワッフルコーンを焼くサービスをしていたのだ。私が注文をした途端、奥にいた尻尾《しっぽ》の長い店員さんが焼き始めた。それを見てしまうと、どうしてもアイスを載せる部分だけでは足りない気がしてしまう。だから小さいコーンをスプーンとして使えないかと考えた。といっても断られたら従う。無理を通す気はさらさらない。

「できますよ。コーン分は追加料金をいただくことになりますが、おいくつ付けますか？」

その手の注文はよくあることらしく、嫌な顔一つせず値段表を見せてくれた。言ってみるものである。

「一つで。アイスの上に刺してもらえますか？」

「かしこまりました」

商品を受け取り、店前のベンチに腰掛ける。付けてもらった小さなコーンを手に取り、ジェラートをすくう。一口食べるとぴゅうっと風が吹いた。色々な匂いが混ざっている。私のもとに辿《たど》り着《つ》くまでにたくさんの美味しい料理の上を通った証拠だ。

腹の虫は美味しい匂いに刺激され、ぐうううっと大きな声で鳴く。けれどそちらに足を運ぼうとは思わなかった。もう夕食も近い。帰って、今日もシルヴァ王子と一緒に夕食を食べよう。コーンまで綺麗《きれい》に食べて立ち上がる。

路地に向かう途中でナッツとチーズも購入し、城に戻る。いつも通りふよふよと飛んでいると、窓からシルヴァ王子の姿が見えた。椅子に腰掛けて本を読んでいる。

背筋はピンと伸びており、足を組む姿も決まっている。まるで一枚の絵画のよう……と言いたいところだが、やはりそこはシルヴァ王子。振り子のように尻尾が揺れている。何かいいことがあったのだろうか。見惚《みと》れるよりもほっこりとしてしまう。ほんの少しだけ風魔法で加速する。

「風が……」

シルヴァ王子は小さな変化に気づいたらしい。耳をピクピクと揺らし、そしてぱああっと花が咲いたような笑みを浮かべた。

「ラナか！」

「ただいま帰りました。ハンドクリームの材料と一緒にハーブオイルとナッツの蜂蜜漬けの材料を買ったので、完成したら一緒に食べましょう」

「それは楽しみだ。蜂蜜というと、もしやハンドクリームの材料に使った蜜蝋を買ったのと同じ店の？」

「はい。大きな瓶に入れてもらったので、ナッツの蜂蜜漬け以外にも使えますよ。ところでシルヴァ王子は何かいいことがあったのですか」

「うどんを作ってもらう準備ができたんだ！　ただ、一つだけ条件があって……父上と母上もうどんを食べたいと。最低でも五人前ずつのうどんは作ってほしい――それがラナ専用の通路と調理場を作る条件だった」

申し訳なさそうに肩を落とすシルヴァ王子。確かに国王陛下と王妃様にうどんを振る舞うのは少し緊張してしまう。だが今まで接してきたビストニア王家の獣人達の傾向から察するに、純粋にうどんが食べたいだけなのだろう。

最低五人前ずつという数字からもその気持ちが窺《うかが》い知《し》れる。多分、いつも通りうどんを作れば喜んでくれる。まぁ私はいつも通りのうどんしか作れないので、満足できなかったら本場の人を連れてきてもらうしかないのだが。それよりも気になるワードがある。

「専用通路と調理場って何のことですか？」

「この部屋を出てすぐのところに調理場に続く通路を作ったんだ。このフロアに調理場を作れたらよかったんだが、衛生面や食料庫との距離、設置する調理器具などのことを考えた際、既存の調理場と近い方がいいだろうと料理長からのアドバイスがあってな。今から一緒に見に行こう」

ご機嫌なシルヴァ王子に手を引かれ、ドアの向こう側へと足を踏み出す。何度も外出はしているものの、このドアをくぐったのは嫁いだ日以来。彼が一緒にいてくれるだけでこんなにあっさりと外側に行けるのか。なんだか不思議な気分だ。

そのまま斜め前の部屋に入るとすぐに階段があった。城内にあるものとしてはかなり簡素で、一段あたりの幅が少し狭め。だが足を踏み外す心配はない。安定感がある。手すりが付けられているのもありがたい。そのまま一階まで下り、ドアを開く。そして声を失った。

「足りない調理器具は今後、料理長と相談しながら増やしていくとして……。どうだ、気に入ってもらえただろうか」

「うどん一つにここまでしますか……」

彼が用意してくれた私の調理場は、想像以上にしっかりとしたキッチンだった。広さも自室より少し狭い程度。私の実家の調理場よりも調理器具が充実している。コンロの数は六つもあるし、大きなオーブンが二台、冷蔵庫と冷凍庫まで用意されている。

料理長が弟子を育成するための部屋を作りました、と言われてもやりすぎだと思うくらいだ。それをポンッと作ってしまうなんて……。

うどんへの期待値が高すぎて、正直荷が重い。今後に期待されているにしても、私が作れるものは大抵自室の料理道具で事足りる。うどんだって大きな鍋と新しい魔法コンロがあればいいだけの話だった。ここまで立派な設備は必要ないのだ。

それに私の仕事は主に統計を元にした予測。食材と料理の知識も人並み以上にあるが、調理となるとまた別の話。

過去には知識を蓄えていく中で新たな料理を開発し、そのレシピを次の世代に伝えていく聖女もいた。だが私は食べて情報を残していく方が得意なのだ。今まで仲間達と料理を作ることはあっても、一人で料理を作る機会なんてほとんどなかった。

だが作ってもらった以上、いらないと告げるのも失礼だ。かといって使わないのも……。ぐるぐると考えていると、シルヴァ王子の尻尾と耳が垂れていく。

「ラナの言いたいことは分かる。俺も考えた。だが料理の度に料理人を全員追い出すのは難しいんだ……。分かってほしい」

まるで譲歩に譲歩を重ねた結果、こうなったとでも言いたげだ。大きめの鍋を借りてきてくれるのかな程度に考えていた私とはやることの規模が違いすぎる。とりあえず一番重要なところだけでも訂正しておこう。

「安心してください。私も料理人達のお邪魔になるようなことは考えていません」

「そうか、ラナが受け入れてくれてよかった。それからうどん作りについてだが、料理長とメイド長がサポート役を務めることになった。もちろん俺も手伝う。力仕事や配膳《はいぜん》なら任せてくれ」

料理長とメイド長は部屋の端で控えていたらしい。シルヴァ王子の言葉に合わせて深々と頭を下げた。サポートが必要なほど大した料理でもないのだが、三階まで行き来するのは大変だ。配膳を手伝ってもらえるのは助かる。

それに私では国王陛下と王妃様に直接うどんをお渡しすることはできない。その辺りは二人の協力が不可欠だ。遠慮なく頼らせてもらおう。

「それで日程はいつ頃にしましょうか」

「早ければ早いほどいい」

シルヴァ王子は私の問いに被《かぶ》るほど食い気味で答えてくれた。よほどうどんが楽しみだったようだ。階段と調理場が完成するまでよく我慢したものだとさえ思う。

「なるほど。えっと食べる人を確認しておきたいのですが、私とシルヴァ王子、国王陛下と王妃様に加えて、猫獣人さん・狸獣人さん・狐獣人さんにも声をかけるとして、メイド長と料理長はどうしますか」

「是非！」

「となるととりあえず二十五人前くらいを」

「いや、それでは足りない。ラナには悪いが、五十は必要だ」

一人前で足りないと言われると困るからと倍で考えているのだが、あの三人はそんなに食べるのだろうか。しばらく考えて、そういえばと思い出した。

「あ、そうでした。狸獣人さんにご家族で来ていただくなら増やした方がいいですよね。狸獣人さんのお子さん達がどのくらい食べるかって分かりますか？」

「かなり食べるが、きっと他の子供達も話を聞きつけて押し寄せるだろう。もちろん大人達も」

「え」

子供はともかく、なぜそこで大人達も押し寄せるのか。一瞬生まれた疑問は「ビストニアだから」の一言で自己解決してしまう。

「今は話だけと我慢していらっしゃる方も多いのですが、自分達が食べたことのない食事があるとなれば話は変わってきます」

「一緒に頑張りましょう」

三人の話から察するに、五十人前用意してもギリギリなのだろう。料理長とメイド長がグッと拳《こぶし》を固める姿を見て、私も心を決める。

「あ、でも鰹節《かつおぶし》と昆布の確保が」

「すでに手配済みです」

料理長はにっこりと笑いながら、鰹節と昆布を調理台の上に並べる。それだけではない。他にも出汁《だし》に使えそうな干しキノコや煮干しなんかも手に入れてくれたようだ。

その並びに瓶に入ったブイヨンまである。料理長秘伝のブイヨンというやつではなかろうか。材料の一つとして気軽に並べるのはやめてほしい。ついうどんの次を考えてしまいそうになる。

「小麦粉はいかがいたしましょう」

「中力粉ってありますか?」

「ございますよ」

「えっと塩は……わぁいっぱいある」

「砂糖も数種類ご用意いたしました。それから醤油《しょうゆ》とみりんも。こちらにないものは遠慮なくお申しつけください」

調味料がずらりと置かれた台を確認する。ちなみに塩と砂糖だけではなく、油も数種類ある。至れり尽くせりだ。寸胴鍋や麺棒《めんぼう》、ボウルなどの道具も一通り揃《そろ》っている。ボウルや鍋は大きさの違うものがいくつか用意されていたが、いずれも人間の私が使いやすいサイズのものだった。シルヴァ王子の宣言通り、私のために用意された道具なのである。

細かいところは次回以降、機会があったら確認するとして、うどんの基本的な材料は揃った。だがうどんとつゆだけというのも味気ない。せっかくだから何か具材が欲しい。

この何かというのが非常に難しい。初めてのうどんなのに、嫌いなものが入っていたという理由で嫌いになってしまったら悲しい。そんな小さなことを……と思うかもしれないが、食の苦手意識は些細《ささい》なところからも始まってしまうものなのだ。

うどんは美味《おい》しい料理だと胸を張って言えるからこそ、苦手意識を持たずに食べてほしい。つゆに混ぜるのではなく、トッピング形式にするのがいいだろう。

「うどんだけだと寂しいので、何種類かトッピングを作りたいです。ネギと油揚げ、すりおろし生《しょう》姜《が》、天ぷら数種類でどうでしょう」

「器は大きめのものをご用意した方がよろしいでしょうか？」

「いえ、器はこのくらいで。トッピングは自分達で入れてもらおうかなと」

大体の大きさを両手を使って表す。自分の顔の輪郭よりも少しだけ幅を広めに。大柄な獣人にも小さすぎず、それでいて小柄な獣人や子供でも使いやすいようなどんぶり皿のイメージだ。それよりも小さい皿しかなければ一度に入れるうどんの量を減らせばいい。

天ぷらは揚げ物バットに入れた状態で近くにトングを置く。その他も皿や小さめのボウルに入れておけば取りやすいはずだ。そう思っての提案だったのだが、料理長とメイド長の表情が硬い。

「自分達で？」

「教会ではうどんとつゆを入れたどんぶりを渡して、その上に好きなトッピングを載せてから自分の席に戻るという流れだったので、今回もこの形を取れればな〜と思っているのですが……ダメ、ですか」

言い終わる前から料理長とメイド長が小刻みに首を横に振っている。信じられない・受け入れられないと身体《からだ》で表している。さすがに王族相手にはマズかったのかもしれない。一方でシルヴァ王子は平然としている。

「俺はいいと思う。うどんを皿に入れるだけ・つゆを注ぐだけなら俺にも手伝える。なにより、ラナの手間は減らせるだけ減らしたい」

「ご用意なら私達が！」

「ラナは経験者だ。ラナが最良だと判断したものに異議を唱えられるほどの知識が我々にはない」

「それは……」

「なにより、主催の意向に従えないのであればうどんを食べる権利はない」

うどんへかける熱意が強い。強すぎる。私用の通路と調理場を作ってしまうだけのことはある。だが私もうどんを食べにくる人達を適当に扱おうというのではない。ちゃんと理由があるのだ。

「この方法は効率的であるというのはもちろんですが、温かい状態で食べてもらえるのと、好きなものだけをトッピングできるという利点があります」

食べるだけではなく、美味しかったと思ってほしい。私のそんな気持ちが二人にも伝わったのだろう。少し悩むような仕草を取りながらも、コクリと頷《うなず》いてくれた。

「美味しく食べてほしいという気持ちの表れということですね」

「かしこまりました」

うどんの配膳はこの方法で決まりだ。あとは参加人数と用意する量を知りたい。食べに来てくれたのに皿やうどんがないという事態を避けるためにも事前に把握しておくことは大切だ。

「ではうどんを作る日、もといううどん会の開催は五日後ということでどうでしょうか」

「少し離れているな……」

「どのくらいの量を作るべきか把握しておきたいので。そこでシルヴァ王子には頼みたいことがあります」

「なんでも言ってくれ」

「あとでうどん券を作るので、それをうどん会に参加する人達に渡してきてほしいんです。一人前につきうどん券を一枚渡していけば、どのくらい作るか把握できるので。できれば参加人数も数えていただけると嬉《うれ》しいです」

「分かった。ラナに好意的な相手を中心に渡していく」

「お願いします」

「ところでうどん券を配れるのは王族だけか？」

「いえ、シルヴァ王子が渡したいと思う相手に積極的に渡してきてください」

ゴーニャンの実のケーキがメイド達と和解するために配ったおやつなら、うどんは城の人達に向けた挨拶《あいさつ》のようなものだ。身分に制限は付けず、なるべく多くの人に食べてほしい。

メイド長に厚めの紙を用意してもらい、うどん券を作る。なんの装飾もない、ただの厚紙に『うどん券　※一人前につき一枚必要』とだけ書いたものだ。うどんのカウントと引き換えに使うだけなので、シンプルな方が分かりやすくていい。

私とシルヴァ王子、国王陛下と王妃様、料理長とメイド長の分の他に百枚作ることにしよう。私の手の甲くらいのサイズに切って、きっちり百枚あるのを確認してからシルヴァ王子に託す。

「なくなったら補充しますので」

「早速行ってくる！」

「お願いします」

ダダダと走り去っていく彼を見送ると、廊下側のドアから鳥獣人のメイド三人組がスススとやってきた。

「ラナ様ラナ様」

「どうかしたの？」

「私達もうどん食べたいです」

「お手伝いするのでうどん券ください」

どうやら彼女達もうどんを求めていたらしい。六本の手がズイッと伸びてくる。そんな彼女達にメイド長は呆《あき》れた視線を向ける。

だが彼女達が調理場に入ってくると同時に、メイド長が自分のうどん券を素早くポケットに隠しているのを私は見逃さなかった。料理長にゴーニャンの実のケーキを取られた経験が生きている。

私の世話係とはいえ、彼女達がこの短時間でうどん券の存在を知ったとなると、他の使用人達も聞きつけてやってくるかもしれない。私も自分で配る分のうどん券を所持していたほうがよさそうだ。余っていた紙でせっせと追加のうどん券を作り、彼女達に一枚ずつ渡した。

部屋に戻ると、一列に並ぶ使用人達は何かを期待するようにとてもいい笑顔を浮かべていた。さすが獣人。耳が早い。彼女達にも一枚ずつ配り、話を聞きつけてやってきた猫獣人の彼女には二枚、狸獣人と狐獣人の二人には十七枚のうどん券を渡した。ご家族の方も是非、と伝えるととても喜んでくれた。


いよいようどん会当日。材料を用意する前に、配ったうどん券の数を確認する。

「手元に残ったのが七枚だから、渡したのは全部で百九十三枚。人数はそんなに多くないけど、そこそこの量を作る必要がありそうですね」

積極的に配ってもらったというのもあるが、数字を見ると初めに考えていた量では全く足りなかったと再確認する。

「一人当たりに渡した枚数が多いですから」

「足りなくなるのを恐れて多めにうどん券をもらった方も多いのでしょう」

ちなみにこのうどん券は数の把握だけではなく、うどんを入れる際に提示してもらうことで途中で足りなくなるのを防ぐ役割もある。おかわりや譲渡も可能。

もちろん多めにうどん券をもらう人や、当日来られなくなってしまう人がいることは見越してある。来る予定がなかった人の手にもうどん券が渡るケースを考え、どんぶりも人数より多めに用意した。

万が一うどんが大量に残ってしまったとしても、虎視眈々《こしたんたん》とうどんの残りを狙っている人達がいるので彼らに回せばいい。天ぷらについても同様だ。天ぷら担当の料理長の前には様々な食材が山になっている。これだけあれば私が天ぷらを食べ損ねるということもなさそうだ。安心してうどん作りに取り掛かれる。

想定よりも量が多いので少し大変だが、うどん作り自体はさほど難しくない。

まずボウルに入れた中力粉の上に食塩水を回し入れる。この時、食塩水を一度に全て入れてはいけない。初めは半分よりも少し多いくらい。手早くかき混ぜて、残りの食塩水を加えて混ぜる。

ボロボロとなったところもまとめてひとかたまりにしたら、生地を袋に入れ、踏んでいく。生地が平たくなったら畳んで、再度踏んで延ばしていく。生地に弾力が出て、表面がツルッとしてきたら生地を丸めて休ませる。大体四半刻から一刻ほど。生地を指で押して、少し戻るくらいになったらオッケーだ。寝かせる時間は気温によって異なるのだが、今回は半刻ほど寝かせる。

寝かせているうちにつゆの準備だ。まず鰹節を削る。削っておいて保管するのもいいが、直前に削ると風味が違う。ボウルいっぱいにふわっとした山を作り、横に置いておく。

次に昆布を浸けた寸胴鍋を冷蔵庫から取り出す。昨日の夜にセットしておいたものだ。これを寸胴鍋ごと火にかける。火は弱火から中火。沸騰したら昆布を取り出し、一煮立ちさせてからアクを取る。火を止めてから先ほどの鰹節を加える。少し待って、鰹節の風味が溶け込んだら漉《こ》し器で漉す。これでベースとなる出汁は完成。

出汁を再び寸胴鍋に戻し、醤油、みりん、砂糖、塩で味を調えたらうどんのつゆができる。ちなみに今回は出汁作りに昆布と鰹節を使用したが、昆布単体や煮干しを使用しても美味しい。

また出汁を取る際に使った昆布にも使い道はある。小さめにカットし、軽くみりんと塩で味付けしてからフライパンでさっと炒《いた》めるとおやつになるのだ。胡麻《ごま》をまぶしてから二つの皿にドンッと盛り付ける。

小さめの皿は後でシルヴァ王子と一緒に食べる用で、大きめの皿は作業を手伝ってくれた人達に渡す用だ。かなりの量ができた。今はメイド長と料理長しかいないが、シルヴァ王子は会場の案内を、私付きの使用人達は彼の手伝いをしてくれている。彼らならペロッと食べてしまうだろう。

「昆布チップスを作ったので、よければ皆さんで分けてください」

「初めて聞く料理ですね。いただきます」

「それでは遠慮なく……。他の子達にも伝えておきます」

お茶飲み休憩を挟んでから、寝かせた生地を調理台に置き、打ち粉をしながら延ばしていく。厚さが大体均等になるように、生地を回しながら延ばしていくのがポイントだ。延ばした生地に打ち粉をし、三つ折りにしてから等間隔にカットしていく。

厚さと幅はお好みで。私も正確な数値は覚えていない。教会にいた頃の経験を参考に、大体こんな感じだったと思う、という厚みと幅になった。何度も作っているのでそこまで大きな差はないはずだ。

すでにトッピング類は次々に運び出されている。天ぷらもすでに揚げ物バット五つ分が会場に向かった。きっとうどん券を持った獣人達も集まり始めている頃だ。

沸騰したお湯の中にうどんの麺《めん》を投入する。三人がかりでうどんを盛り付けることを考え、鍋も三つ用意してもらった。鍋ごと会場に移動させる際に余熱でべっちゃりとなってしまうのを防ぐため、茹《ゆ》で時間は気持ち短めで。

「できました！」

「では運びますね」

「ラナ、会場はこっちだ」

料理長達に鍋の移動を任せ、シルヴァ王子と共に会場に向かう。私のことを考え、調理場からほど近い部屋をうどん会の会場として使用しているらしい。中にはすでにたくさんの獣人がおり、トッピングを興味深そうに眺めていた。

見たことのない人も多いが、シルヴァ王子と共に鍛錬していた獣人もちらほらと見かける。うどんとつゆが運び込まれると、彼らの視線は一気に鍋に向けられる。

「皆様、本日はうどん会にご参加いただきありがとうございます。それではうどん会について簡単にご説明させていただきます。初めにこちらの列に並んでいただき、うどんとつゆが入ったお皿を受け取った後、そちらのトッピングコーナーに移動していただき、ご自分の好きなものをうどんの上にトッピングしてくださいませ。皆様のお手を煩わせる形となりますが、美味《おい》しく食べられる最良の方法ですので、ご理解のほどよろしくお願いいたします」

セルフ形式であることを伝えたが、意外にもすんなりと納得してくれた。シルヴァ王子のアイディアで『美味しく食べられる最良の方法』という言葉を付け足したのがよかったのだろう。ゾロゾロと列に並び始めた。彼らがしっかりと列を作ってくれるおかげで、麺の取り分けとつゆ入れはスムーズに行われていく。

トッピングコーナーには人だかりができてしまったが、同じものを何皿にも分けて用意したため、揉《も》めることはない。楽しそうに選んでいる。天ぷらを初めて見る獣人も多いようだが、狸獣人さんと狐獣人さんが中心となって説明してくれている。

うどんを楽しみにしていた二人だ。子供達の手伝いも行ってくれている。そちらまで手が回らないので助かる。ペコリと頭を下げると、狐獣人の彼がニッと白い歯を見せて笑ってくれた。

全員にうどんが行き渡ったのを確認してから、うどんの作り方を説明する。食べるだけでもいいが、どんなものか気になるのではないかと思ったのだ。

彼らは踏んでこねたというところに衝撃を受けつつも、うどんの美味しさを堪能してくれているようだ。早くもおかわりを求めて立ち上がる人がいる。

「今回はご用意していないのですが、うどんはお肉とも合います。私はタマネギと一緒に甘辛く煮込んだ牛肉を載せたうどんが好きです。また溶き卵と一緒に煮込んだり、つゆを冷やしてすだちと鶏肉をトッピングしたり。他にも様々な食べ方があります。ご自分の好みのうどんを見つけるのもうどんの醍醐味《だいごみ》の一つなのです」

「肉！　肉が食べたい！」

「もっとお魚が食べたいなぁ」

「おれ、てんぷらすきぃ！」

「うどん券二枚分じゃ全然足りなかったな……」

「私はうどん作り自体に興味があるわ」

「パンと似ているところもあるのに、全く違う食べ物になったもんな」

一通り説明が終わり、私も自分の席に着く。うどんの上に天ぷらを載せながら周りの声を聞き、うどん会の成功を喜ぶ。するといつのまにか私の周りに獣人達が集まっていた。

「ねぇ次はいつ作ってくれるの？」

「え？」

「そうだ、次だ！　次！」

「次はもっと食べたいなぁ」

「えっと……」

「お前達、止《や》めないか。ラナが困っている」

すかさずシルヴァ王子が前に出て守ってくれる。けれど彼らが引くことはない。第三王子相手でも関係なく、じっとりとした視線を向ける。

「と言いつつお前だって食べたいんだろう」

「一人だけズルいぞ」

「うーどーんーうーどーんー」

「うどんが食べたい」

あっという間に囲まれてしまった。王族や騎士が多いからか、囲まれただけでプレッシャーを感じる。けれど初日とは違う。彼らの目には敵意がない。あるのは食欲だけ。うどんに満足して、その上で次を求めてくれているのだと分かる。

「ねぇ、いつ？」

狸獣人の子供がキラキラとした目で私を見上げる。毎日のように魚をお裾分けしてくれる彼の子供だろう。気に入ってくれて何よりである。

「また近いうちに」

気づけばそう答えていた。シルヴァ王子は申し訳なさそうに眉《まゆ》を下げつつも、尻尾《しっぽ》は小さく揺れていた。彼自身、もっとうどんが食べたいのはバレバレである。

こうして第二回うどん会の近日開催が決まったのだった。

エピローグ　帰る場所

うどん会は大盛況の末に幕を閉じ、狸獣人さんと狐獣人さんからはお礼のスモークサーモンをもらった。チーズとナッツの燻製《くんせい》も作ってもらい、やってきた寒季を両手を広げて歓迎したのが十二日前のこと。

お財布の心配をしながら購入した冬用のお忍び服とコートも大活躍している。ハンドクリームの売り上げも上々。シルヴァ王子はハンドクリームに続き、ヘアケアスプレーを気に入ってくれた。

完成品との相性もよかったようで、私が見ても分かるほどに尻尾の艶《つや》が増している。ツヤッツヤフッサフサな尻尾を揺らしながら猫獣人の彼女にスプレーを自慢しては脛《すね》を蹴《け》られる、という光景も見慣れてきた。

今は仲良く三人でナッツの蜂蜜《はちみつ》漬けを食べている。これで寒季も越せる……と考えながらアーモンドをかじり、ハッとした。

「まだタァーユゥェン食べてない！」

うどん会が終わったことで安心してしまい、すっかり忘れていた。タァーユゥェンを食べるためにコートを買ったようなものなのに、ハンドクリームを売りに行くだけで満足してしまっていた。

私がこんなミスをする日が来ようとは……。平穏な生活というものは恐ろしいものである。コートは来年も使えるし、タァーユゥェンの店は毎年出店しているらしい。そこまで焦る必要はないのかもしれないが、一年先は遠い。

「タァーユゥェンって、あの発音しにくいおやつ？」

「ああ、俺も食べたことがある。確か家庭円満を願うおやつなんだよな。今日も来ていたはずだぞ」

私がいきなり立ち上がって叫んだのに、二人は平然としている。それだけではない。シルヴァ王子は胸元からリストを取り出して確認してくれる。優しい。

その中に『タンエン』と書かれた文字があった。名前は少し違うし、発音しにくいとは思えないが、おそらく簡単にした名前なのだろう。猫獣人の彼女もリストを覗《のぞ》きながら「それだわ」と頷《うなず》いている。

「そういえばこの店で出している肉饅頭《にくまんじゅう》もかなり変わっているのよね」

「変わっている？」

「ビストニアではあまり流通していないスパイスを使っているからか、味も少し想像と違うんだが、とにかく調理方法が変わっている。ラナも一度、見てくるといい」

「今から行ってきてもいいですか？」

「ええ。私の分の肉饅頭もよろしく。思い出したら食べたくなっちゃった」

「俺の分も頼んでいいか？」

「任せてください。ちょっと着替えて行ってきます」

クローゼットからお忍び服を取り出し、手洗い場で手早く着替える。リストで大まかな場所を確認し、いつも通り窓から飛び出した。

　適当な場所で降り、出店で手早くタンエンと肉饅頭を購入する。変わっているとは聞いていたが、まさか釜《かま》の壁にへばりついているとは思わなかった。注文するとそこから取って、紙袋に入れてくれるのである。

　それに販売している獣人も、今までビストニア王国で見かけた獣人達とは少し違う。耳の色と髪の生え際の色が違うのだ。クマ獣人らしき彼らは白髪に黒い耳を生やしている。毛先も黒い。クマ獣人とはまた違う種族なのだろうか。

　彼らのおっとりとした顔つきとのんびりとした動きを見ていると、どこか気が抜けてしまう。周りのお客さんも私と同じようで、頬が緩んでいる。不思議な魅力を持つ獣人だ。

「肉饅頭五つと～タンエンで～す。中は熱いので、気をつけてくださいねぇ～」

「ありがとうございます」

　ほわほわとした笑みを浮かべる店員さんから商品を受け取る。ちなみに肉饅頭は私が一つで、他の二人が二つずつ。タンエンは私だけ。こちらはカップに入れてくれたのだが、三人分持ち帰るのはもちろん、食べながら飛ぶのは至難の業だ。二人に持ち帰るのは諦《あきら》めて、城下町で食べてから帰ることにした。

　タンエンのメインである団子は小さく、シロップは想像よりずっと多い。これなら飲み物のように楽しめる。周りの人と同様に歩きながら食べることにした。

タンエンはプレーンと胡麻、ピーナッツの三種類。どれも美味しそうだが、今回はピーナッツを頼んだ。意外にも団子自体は甘くない。シロップにはすりおろし生姜《しょうが》と小豆が入っている。身体《からだ》は温まるし、癖になる味だ。

小さめの団子をもぐもぐと食べながら目指すのは、いつもは素通りしていた場所——郵便屋である。今なら正面から対峙《たいじ》できる気がするのだ。肉饅頭が冷めないように早足で歩く。

「想像通り、かな」

大きさこそ違うが、ギィランガ王国の郵便屋と変わらない。少し年季を感じさせる佇まいも含めて想像通り。だがまた一つ、ビストニア王国に馴染《なじ》めたような気がする。

いつか。いつか何の心配もなく利用できる日が来たら、真っ先に仲間達に手紙を出そう。教会を去った聖女や神官が手紙をくれたように、私にも『教会のケーキ』を作る相手ができたのだと伝えたい。それが今の私の一番大きな夢なのだ。

「よし、帰ろう」

タンエンを食べ終え、郵便屋に背を向ける。母国に手紙を出すことはまだ叶《かな》わないけれど、この国でも帰ろうと思える場所と私の帰りを待っていてくれる人がいるから。

私は大丈夫。元気にのんびりと暮らしているよ、と心の中で仲間達に伝えるのだった。

特別編　温かい生活

「雪、すごい積もったなぁ」

昨晩から降り続いていた雪がようやく止んだ。サッシから少し出っ張った部分にもこんもりと雪が積もっている。ゆっくりと窓を開くと、ドサッと雪が落ちていく。

隙間から冷たい空気がぴゅうっと流れ込み、身体がぶるりと震えた。だが心は高鳴っている。ギィランガ王国ではほとんど雪が降らないのである。ビストニア王国でも頻繁に降るわけではないそうだが、毎年必ず数日は積もるそうだ。今朝、シルヴァ王子が教えてくれた。

雪を見る度、必ず思い出す出来事がある。


祖母が亡くなったばかりの頃のこと。父が祖母のお気に入りだった使用人をまとめて解雇したせいで、リントス家は深刻な人手不足に見舞われていた。

小言を言う人がいなくなったことで、母とロジータの我《わ》が儘《まま》と散財にはますます拍車がかかっていった。数少ない使用人は二人にかまけてばかり。屋敷内部の掃除すらおぼつかない状況が続いた。

その年、珍しく大雪が降った。といっても『雪が降らない地域にしては』と頭に付くほどではあるのだが、慣れていないものほど厄介なものはない。ビストニア王国で雷後の魔物対策がなされていなかったのと同じ。

道が塞《ふさ》がらない程度に雪を退《ど》かしたものの、残った雪が翌朝には凍ってしまっていた。見事にカッチコッチである。

教会に行こうと外に出て、凍てつくような寒さと目の前の状況に思わず眉を顰《ひそ》めた。だが困ってばかりもいられない。この状態では馬車が出せない。掃除用具入れから雪掻《ゆきか》き用のスコップを取り出し、外に出た時だった。

雪に浮かれたロジータが屋敷から飛び出した。そして地面に足を着けた瞬間、側転でもするのかという勢いで足が上がり、頭は地面に向かって飛び込んでいった。簡単に言ってしまえば、盛大にすっ転んだのである。

さすがに可哀想に思えてならず、手を差し出した。だがその瞬間、ロジータは決壊したように泣き、なぜか転んだのは私のせいだと騒ぎ出したのである。

それを信じた両親に怒鳴られ、屋敷周辺の雪掻きを押し付けられた。二人は私が逃げ出さないようにと監視を付け、そのせいで教会に行くことは叶わなかった。

今の私なら「監視を付けるくらいならその分、雪掻きに人数を当ててほしい」と言い返すところだが、当時はまだ祖母が亡くなったショックから立ち直れていなかった。ろくに言い返す気力もなく、一人で黙々と雪掻きをこなした。

終わる頃には手が霜焼けになっていた。冷え切った身体を温めるため、風呂《ふろ》に直行する。けれど湯はすでにぬるくなっていた。

結果、見事に風邪を引いた。だが昨日無断で休んでしまっている。身体に鞭《むち》を打ち、教会に向かった。すると仲間達は私の顔を見るやいなや、仮眠室に引っ張った。

『ラナは今日休み』

『霜焼けに効くクリーム多めに作っといてよかったわ』

サーフラは霜焼けに効く薬を私の手に塗り込み、シシアは温かい飲み物を差し出してくれた。

『これ飲んだら寝てなよ』

『え、でも』

『でもじゃない。寝るの！』

『薬ができたら起こすから』

布団に押し込まれ、そのまま眠ってしまった。

昼食に作ってもらったミルク粥《がゆ》を食べながら、ふと窓の外を眺めた。するとベッドから見える位置に可愛《かわい》らしい雪ウサギが飾ってあった。嫌になるくらい見ていたはずの雪が、一瞬にして素敵なものに変わったのである。

だから私は今も雪が嫌いになれずにいる。雪だけではない。凍えるような寒さの後には温かいものが待っていた。殺されるとさえ思っていた冷遇も、ビストニア王国の寒季も。蓋《ふた》を開けてしまえば私はよい環境に収まっている。

運がよかっただけと言ってしまえばそれまで。もちろん今後もいいことばかりが続くなんて思っていない。あの日のロジータみたいにツルッと滑るかもしれない。それでもまぁなんとかなるだろうと思えてしまうのだ。

「変な冷遇生活で考え方もぬるくなってきたのかな」

元より前向きな性格ではあるものの、ここまで楽観的ではなかったはずだ。美味《おい》しい食べ物ばかりを食べ、毎日のように食べ物のことを考えていると、心にも余裕が出てくるのだろう。美味しい生活とは恐ろしいものだ。

窓の隙間から手を伸ばし、雪を取る。左手の上で雪を平らに固めて、右手では楕円《だえん》形を作っていく。耳と目に使うのは調合時に出た残り――本来は捨てる部分である。

私が初めて見た雪ウサギを参考にしている。マジックバッグを漁《あさ》り、赤い木の実と小さな葉っぱを取り出す。あの日以降、捨てられずに取っておいてしまうのだ。

木の実と葉っぱが落ちないようにしっかりと雪に埋め込み、窓の外側に飾る。窓を大きく開けば落ちてしまいそうだが、室内に置いておけばすぐに溶けてしまう。開ける時に気をつければいいか。

「でもこの子だけじゃ寂しいかな」

「何が寂しいんだ？」

「シルヴァ王子、おかえりなさい。今日は早かったですね」

振り返ると、そこにはすっかり見慣れた銀髪の狼獣人が立っていた。

お昼にするにはまだ早い。けれど午前のおやつというには些《いささ》か遅すぎる。こんな中途半端な時間に戻ってくるなんて珍しい。

手についた雪を払っていると、シルヴァ王子はじいっと私の手を見つめていた。

「私の手がどうかしました？」

「何でもない。今日は鍛練ができないから午前中は早めに切り上げて、その分、午後に城中の雪掻きをするんだ」

「鍛練場だけじゃないんですね？」

「使用人では大変だからな。雪掻きは騎士の仕事なんだ」

雪を取る際に鍛練場をチラリと見たが、窓際とは比べ物にならない厚さの雪が積もっていた。跡一つ付いていない真っ白な絨毯《じゆうたん》は綺麗《きれい》だが、片付けるのが大変そうだ。

雪掻きにも風魔法が使えれば楽なのだが、雪は重すぎて持ち上げるのが大変なのだ。量も多いため、魔力の消耗も激しい。スコップ片手に掘る一択だ。

鍛練場だけでもかなりの広さだが、城中の雪掻きとなるとかなりの運動量になること間違いなしだ。私だったら間違いなく筋肉痛になる。

午後はシルヴァ王子に渡す用のポーションを作ろう。筋肉疲労に効く素材は確かまだ残っていたはずだ。それもドシドシ入れて……。頭の中でレシピを組み立てていると、シルヴァ王子の眉《まゆ》がぎゅぎゅっと真ん中に寄っていく。

「それで、何か嫌なことでもあったか？」

「嫌なこと？」

「寂しいと言っていただろう」

「それはこの子――雪ウサギのことです」

「雪ウサギ？」

こてんと首を傾げる彼に手招きをし、窓際まで来てもらう。そして窓を閉めた状態で、生まれたばかりのウサギを紹介する。

「この子、一匹じゃ寂しいだろうからお友達を作ろうかなって考えてました」

「雪ウサギ……ウサギ……友達……」

ウサギの形をしているとはいえ、所詮《しょせん》は雪。数日もせずに溶けて消える運命である。そんなものに友達を作るなんて変だとでも思われたか。だが教会ではいつだって数匹並んでいた。寂しいだろうと思う暇なく、いつの間にか誰かが作ったウサギが増えていく。

私にとって雪ウサギとはそういうものなのだ。だがここで雪ウサギを作るのは私だけ。私が作らなければ増えることはない。窓際は寂しいままなのだ。

とはいえこんな感覚的なものをどう説明したらいいものか。悩んでいる間もシルヴァ王子の神妙な表情は変わらない。

「えっとお友達というのはですね」

「仲良し、ということだろう。ラナの行きつけの薬屋の店主がウサギだから」

「ん？」

友達は確かに仲良しの相手を指すわけだが、なぜここで薬屋の店主が出てくるのだろうか。彼とはいい関係を築けているとは思うが、あくまでも薬屋の店主と薬売り。また彼の髪色は白でも銀でもない。雪に結びつく要素がない。共通点はウサギ部分のみだ。話が見えてこない。

「彼はウサギ獣人だろう？」

「そうですが……。なぜ今、薬屋の店主が出てくるんですか？」

「彼を思って作ったんじゃないのか？」

「いえ、全く」

一瞬たりとも過《よぎ》っていない。バッサリと切り捨てる。シルヴァ王子は目を丸くさせている。だが私だって突然話の中に薬屋の店主が登場して混乱している。今頃温かいお茶でも啜《すす》っているであろう彼本人だって、この場にいたらきっとビックリする。

「ではなぜウサギを……」

「教会にいた頃、風邪を引いた私のために雪ウサギを作ってくれた子がいまして。雪を見るとつい作りたくなっちゃうんです」

我ながらざっくりとした説明だが、シルヴァ王子は納得してくれたようだ。ホッと胸を撫《な》で下《お》ろしている。

「そうか、仲良しの印ではないのか」

「違いますね」

変な勘違いをされたくないので、二度目の否定をする。

「だがウサギだけというのは……狼はないのか？」

「狼ですか？　えっと、見たことないですね」

雪男なら雪ウサギと同じくらい有名なのだが、雪狼は聞いたことがない。私が知らないだけかもしれないが、前の二つよりも作るのが難しそうなのは確かだ。彫刻向きのモチーフなのではないか。どちらにせよ素人《しろうと》の私が作れるようなものではないと思う。

「なら俺達で作ろう！　今、雪を持ってくる」

「え、ちょっと待ってくださ……って行っちゃった……」

そう宣言するやいなや、シルヴァ王子は部屋から飛び出していった。早い。早すぎる。狼獣人なだけあって、狼への愛が強いのだろうか。獣人と獣を同一視してはならないと分かっていながらも、ついそんなことを考えてしまう。

「戻ったぞ」

「すごい量ですね」

戻ってきた彼は両手にバケツを持っていた。どちらにもこんもりと雪の山ができている。バケツに刺さっているシャベルでザックザックとすくってくれたのだろう。想像以上の量に驚きつつもありがたく受け取る。

「作っている間に多少は溶けるだろうから、多い方がいいと思ってな。手袋も持ってきたから使ってくれ」

彼がポケットから取り出したのは緑色の手袋。私の瞳《ひとみ》の色と同じだ。嵌《は》めてみれば指先までピッタリ。今日のために用意してくれていたかのようだ。

まさかそんなことは……ないとも言い切れないのがシルヴァ王子である。なにせうどんを食べたいがために、サプライズで私専用のキッチンまで用意してしまう人だ。そう考えると、先ほど私の手をじっと見ていたのも渡すタイミングを窺《うかが》っていたのではないかと思えてくる。

身体《からだ》を少しだけ横に傾け、彼の尻尾《しっぽ》を確認する。小さく揺れている。まるで私の反応を気にしてソワソワしているよう。

「嫌、だったか？」

「いえ、嬉《うれ》しいです。でもなんで私のサイズが分かったんですか？」

「いつも触れているから分かる」

触れると言っても何かを渡す際に軽く触れる程度。あれだけで分かるものなのだろうか。いや、手袋を渡そうと思って注意していたからこそ分かるのか。私も何かお返しがしたいとヘアケアスプレーを作ったのだが、気づけば様々なものを与えられている。

これは早々に違う贈り物を考えねばなるまい。だが今は雪狼である。作ったことはないが、頑張ろう。手袋を嵌めた両手をグッと固める。

「さぁ作ろう」

「可愛いのができるといいですね～」

「俺は格好いいのがいい」

話しながら椅子を引き、腰掛ける。部屋は広く、バケツは二つもあるのに、なぜか近距離で向かい合う形で座っている。だが気にしたら負けだ。

バケツから雪をすくい、雪狼作りを開始する。雪ウサギと似た形ではつまらない。座っているところをイメージして、ベースの形は三角にすることにした。

「形といえばずっと疑問に思っていたことがあるんだ。……もしもラナが不快に思うのであれば言わなくてもいい。この話題は以降封じる。そのくらい難しい話かもしれないんだが」

「何でしょう」

「なぜ人間は人型を模したクッキーを食べるんだ？　共食い、だよな？」

「共食い……」

その発想はなかった。言葉に詰まると、シルヴァ王子の顔色が真っ青になっていく。

「軽率にこんなこと、聞くべきではなかったよな。すまない……忘れてくれ」

可哀想なくらい尻尾と耳が萎《しお》れてしまっている。私が知る中で過去一番だ。まさかこんな話題でここまで落ち込まれるとは思わなかった。先ほどの勘違いの余波もあるのかもしれない。慌てて
「大丈夫です」とフォローする。そして私の知っている知識を掘り出してくることにした。

「人型のクッキーには色々な理由があるので、とりあえずギィランガ王国のジンジャーマンクッキーに限定したお話をさせてもらうと、あれは元々布で作った人形だったんです。ギィランガ王国、特に平民の間では年の暮れに願いを込めたアイテムをモミの木に飾る習慣があるんです。『作物の実りが豊かでありますように』だったら自分の育てている作物に関係したものを、『商売が繁盛しますように』だったら仕事に使う道具を模したものを、『病気をせずに健康でいられますように』だったら自分の形を模したものを、といった具合に」

「だから人形なのか」

「はい。昔、身体を温める効果のある生姜《しょうが》を人形の中に入れた人がいて、その人は一年間ずっと健康であったことから、人形の中に生姜を入れるのが広まっていったそうです。でも飾り付けの期間が終わったからって、生姜を取り出すために人形を壊すのは可哀想。だけど入れたままにしているのはもったいない。なら初めから食べられるものにしようってことで、クッキーにしたんだとか」

王都教会にも大きなモミの木があり、毎年年の暮れが近づくと多くの人が飾り付けにやってきたものだ。飾り付けとして最も多いのがジンジャーマンクッキー。袋に入れた状態で飾り付け、年が変わる前に引き取りにくるのだ。

昨今は手軽に作れることから、他のアイテムもクッキーで作ることが多くなっている。パサパサになってしまったクッキーをホットミルクと一緒に食べるのがいいのだとか。

教会に勤める聖女と神官は願い事ができないのだが、代わりにやってきた人達から余ったクッキーがもらえる。それを食べながら、寄付金のお返しものを作るのがこの時期の定番であった。懐かしい。

「なるほど。そんな歴史があったのか。我が国でも作るべきか？　だが共食いは……」

「ギィランガ王国でも全員がやっていることではないので、無理にやることはないかと」

私を含め、ジンジャーマンクッキーを食べる際に共食いについて考えている人間はほとんどいないはずだ。純粋にクッキーの美味しさと年終わりの感傷に浸っていた。

今となっては願い事や信仰に関係なく、年の暮れの習慣だからと続けている人も多い。罪悪感と葛藤《かっとう》しながら行うイベントではない。だがシルヴァ王子の心には響くものがあったようだ。しばらく悩み、重々しく言葉を吐き出した。

「人形なら大丈夫だ」

「そこまで興味を持ってもらえて嬉しいです」

ここまで頑張ってした決断に対して「無理はせずに」と伝える勇気はない。私にできることといえば、メイドに頼んで布と綿を用意してもらうくらいだ。

さすがにモミの木を今から手配するとなると難しいだろうから、そこはなんとか妥協してもらうことにしよう。

「ああ。ラナの話はいつも楽しい」

ふわっと笑うシルヴァ王子。彼の手元では着々と雪狼が出来上がっていた。それもあれだけ真面目に悩んでいたというのに、かなり精度の高いものが。

「話は変わるんですが、目の細かいところとか毛並みとかってどうやって作ったんですか？」

「爪でこう、ささっと」

言いながら雪の上で手を動かしてくれるが、気づけば自然な毛の流れが出来上がっている。参考にするにはレベルが高すぎる。習得するのは難しそうだ。

「ささっとでできるレベルじゃないですよ……」

「ラナのは可愛《かわい》いな。尻尾もちゃんと付けてくれて嬉しい」

尻尾も付けて、というが、私は三角に固めた雪に楕円《だえん》の尻尾と二つの耳を付けたくらい。目と鼻のパーツはマジックバッグから取り出す気満々だ。彫刻並みに綺麗な狼を前にすれば子供の工作レベルでしかない。

けれど彼は本気で褒めてくれている。よほど雪狼が欲しかったのだろう。このレベルで喜んでくれるのなら、午後からお友達作りに勤《いそ》しもうではないか。狼ばかりでは可哀想だから、ウサギも増やすが。幸い、雪ならたくさん残っている。

パーツがなくならないかだけが心配だが、その時は私も爪でささっとしてみればいい。シルヴァ王子レベルのものは無理でも簡単な凹凸を付けるくらいならできる。

「できた分はどこに飾りましょうか」

「一旦俺の部屋に置いておこう。窓を開けておけば多少は溶けにくいはずだ。後で氷魔法が使える者に頼んで保存してもらう」

「保存するんですか？」

氷魔法の使い手はかなり珍しいはずだが、そんな贅沢《ぜいたく》な頼みをしていいのか。喉元《のどもと》まで疑問が出かかった。だが氷魔法ほど珍しくはないものの、風魔法を外出や匂い飛ばしに使っている私が言えたことではない。グッと言葉を吞《の》み込《こ》む。

結局のところ大事なのは何に使うかではなく、使用者が納得しているかどうか。そして他人に迷惑をかけないかなのだ。私は断られた時の慰め役に徹しよう。

「ああ。ラナが作ってくれた雪狼だからな。そこのウサギも一緒に保存しておこう」

「この子はこのままでいいです。窓際で仲間を増やして、雪解けと共に旅立っていくのがいいので」

「そういう愛で方もあるのか」

「砂遊びや土遊びとかも最終的にはなくなっちゃいますけど、楽しいですよ？」

「どちらもやったことないな。以前、仲間達と雪玉を投げ合ったことはあるが、雪で何かを作ったのもこれが初めてだ」

「なかなか触る機会ないですもんね」

私も雪遊びをしたのは聖女として教会に所属してからのこと。他の聖女や神官が平然と雪に触っていたため、私もおずおずと手を伸ばした。怒られるかもしれないと怯《おび》えていたことも含めてよく覚えている。

聖女にならなければ自分で雪掻《ゆきか》きをするという発想に至ることもなかっただろう。当時は人手が少ないから残っていただけで、普通は貴族が触れる前に片付けられているものだ。

ロジータが地面が凍っていることに気づかず、屋敷から飛び出したのも、ただ雪に触れてみたかっただけなのだろう。祖母が生きていた頃なら雪が残ることすらなかったから。あの子の好奇心は理解できた。だからこそ複雑な感情を抱いていた『妹』という存在に手を差し伸べたのである。

ロジータはあの一件以降、雪に近寄ることさえしなくなり、姉妹の関係は改善することなく今に至る。といっても嫌いになった経緯こそやや特殊ではあるものの、貴族が好んで雪に触れることはないのだが。

王宮騎士といえばどこの国も貴族が所属している。嫡男以外とはいえ、上級貴族も多い。実際、目の前の彼は第三王子である。そんな彼らが雪掻きを行うのも珍しい。けれどシルヴァ王子は嫌な顔一つしないどころか、いたずらっ子のような笑みを浮かべる。

「昔は禁じられていた。だから俺を含め、雪掻きを楽しみにしている騎士は多いんだ。オマケにいい鍛練にもなる」

鍛練というワードでハッとする。雪狼作りをしながらゆったりと話していたが、シルヴァ王子が部屋に戻ってきてからかなりの時間が経過していた。時計に視線を向ければ昼食の少し前の時刻を指している。

「そういえば時間はまだ大丈夫ですか？」

「大丈夫だ」

「お昼はもう食べました？」

「先に食べてきた」

今から急いで昼食をとるなんてことにならなくてよかった。雪掻きを楽しむ予定とはいえ、かなり体力を奪われるはずだ。しっかり食べていかなければ途中で力が入らなくなる。食べているなら安心してお誘いができる。

「シルヴァ王子さえよければ、これからキッチンに付き合ってもらっていいですか？　あまりお時間は取らせませんので」

「何か作るのか？」

「大したものじゃないんですが、温かい飲み物でもと思いまして。雪ウサギと同じ、私の思い出の飲み物で」

「飲む！」

清々しいまでの即答だ。思わず頬が緩んだ。

マジックバッグから蜂蜜《はちみつ》を取り出す。先日、ハンドクリーム作りで使う蜜蝋《みつろう》とセットで買った蜂蜜だ。こちらも日々愛用しており、今度城下町に繰り出した際には他の種類も試すつもりだ。

瓶を大事に抱え、キッチンへと続く階段に向かう。

「蜂蜜を使うのか。他には何が必要なんだ？　取ってこよう」

「生姜とりんご、牛乳です」

「分かった。ラナはその間に調理道具を用意しておいてくれ」

キッチンに到着し、シルヴァ王子を見送る。その間に包丁とまな板、おろし金、鍋《なべ》を用意する。

作るのは蜂蜜入りジンジャーアップルホットミルクである。材料をそのまま並べただけの名前なので非常に覚えやすい。

作り方も実に簡単だ。牛乳を温めている間に、りんごと生姜をすりおろしてマグカップに入れておく。そこに温めた牛乳を注ぎ、蜂蜜をお好みの量投入。あとは軽く混ぜるだけ。

私が風邪を引いた時にシシアが作ってくれたものだ。寒い日はこれに限る。小腹が空《す》いた時などにもオススメである。

シルヴァ王子のくれた手袋のおかげで、私の手は雪遊びの後とは思えないほどに温かいまま。だが彼はこれから雪掻きに向かうのだ。少しでも身体を温めてほしい。

「持ってきたぞ」

「ありがとうございます。そんなにかからないので、少し待っててくださいね」

声をかけながら、牛乳を入れた鍋をコンロに置く。火を付け、材料を取るために振り返る。すると幸せそうに微笑《ほほえ》むシルヴァ王子と目が合った。

「本当に大したものじゃないですからね？　そこまで期待されると申し訳なさが……」

「ラナが俺のために作ってくれることが嬉《うれ》しいんだ」

「ホットミルクでもですか？」

「思い出の飲み物なんだろう？　ラナのことがまた一つ知れて、ラナの気遣いが伝わって、身体《からだ》も温まる。最高じゃないか」

当時の私と同じ気持ちらしい。自分も誰かに作ってあげる側になれたことが嬉しくて、同時に気恥ずかしい。ポリポリと頬を掻《か》く。

「今度作る時は飲み物だけじゃなくてお菓子も付けますね」

「人型のクッキーは嫌だぞ？」

「他のものにしますから安心してください」

わざとらしい言葉に思わず笑みが溢《あふ》れた。りんごと生姜をすりおろしている間も背中に視線を感じる。けれど悪い気分ではない。温まった牛乳を注ぎ、二つのカップを彼の前に差し出す。

「仕上げの蜂蜜はシルヴァ王子にお願いしてもいいですか？」

「任せてくれ」

胸をドンッと叩《たた》き、蜂蜜を入れてくれる。スプーンでぐるぐるとかき混ぜ、二人で並びながら一服する。

どこにでもある、けれども平穏でかけがえのない時間——それが獣人の国に踏み出して知った温かさだ。これからもこんな時間を大切にしていきたい。

素直にそう思える縁の巡り合わせに感謝しながら、カップに口を付ける。自分で作るよりもウンと甘い。けれど優しい味だ。

きっとこの先、雪が降る度にこの味を思い出すのだろう。一緒に作った雪狼のことも。もらった手袋のことも。雪みたいに降り積もった楽しい思い出が溶けてしまわぬよう、心の中でこっそりと神に祈りを捧《ささ》げるのだった。

あとがき

初めまして。そうでない方はお久しぶりです。斯波《しば》です。

この度は『追放聖女は獣人の国で楽しく暮らしています ～自作の薬と美味しいご飯で人質生活も快適です!?～』をお手に取っていただきありがとうございます。

本作はカクヨム様で開催されていた『「賢いヒロイン」中編コンテスト』用に書き始め、ありがたいことに受賞・書籍として刊行させていただいた作品になります。コンテスト開催告知がされた時から「賢さとは……」と考え始め、色々とネタを考えました。本作はその色々が掛け合わされた内容にご飯要素をドシドシ追加したものとなります。

賢いヒロインコンテストなのだからヒロインであるラナは賢いんでしょう？　と問われるととても悩むもので、ラナは『賢いと言えば賢く、賢くないと言えば賢くないキャラクター』です。随分あやふやな答えで申し訳ないのですが、何度悩んでもどちらかに決めるのは難しかったのです。

ラナについて説明する時、『幼い頃から王子妃教育と三大聖女教育を受け、聖女としての活動と第一王子の婚約者として各地を訪問した経験を活かし、他国でもしたたかに生きる元公爵令嬢』と書くとなんだか凄《すご》く見えますが、ラナは常に最適解を選べるようなタイプではありませんし、ほとんどの人が知らないような特殊な知識を持っているわけでもありません。

夕食前に買い食いしすぎて胃薬を飲み、慌てているせいで知っているはずの情報を見逃すような、ちょっと食い意地が張っている女の子です。それでも『』内に書いたことはラナの中で確実に生きていて、活かすこともできます。

もしもラナが非の打ち所がない才女だったら胸を張って「賢いヒロインです！」と言えるのでしょうが、私は多少抜けているところがある子の方が好きで、主人公一人だけを前に立たせるよりも誰かと一緒にいた方が安心できるので、ラナのような主人公となりました。人質なのに部屋を抜け出して買い食いするような図太さがあるのも、少し抜けているところも、彼女と共に歩いてくれる仲間達が常に側《そば》にいてくれたからこそです。

長々と書いてはみましたが、コンテストの趣旨から若干目を逸らして作者の好みを優先した結果、ヒロインが賢いのか賢くないのか分からなくなってしまったのが本作です。私はそんなラナが気に入っているので、みなさんにもラナを気に入っていただけたら嬉《うれ》しいです。

最後になりますが、この場を借りてお礼を。中編コンテスト受賞作品と言いつつ短編ほどのボリュームしかなかった本作にお声をかけてくださった担当編集様、とても素敵なイラストを描いてくださった狂《きょう》zip先生、ウェブ版から応援してくださった読者様、そして出版に関わってくださった全ての方にお礼申し上げます。本当にありがとうございます。

またどこかでお会いできましたら幸いです。

斯波

お便りはこちらまで

〒102－8177
カドカワBOOKS編集部　気付
斯波（様）宛
狂zip（様）宛

カドカワBOOKS

追放《ついほう》聖女《せいじょ》は獣人《じゅうじん》の国《くに》で楽《たの》しく暮《く》らしています
～自作《じさく》の薬《くすり》と美味《おい》しいご飯《はん》で人質生活《ひとじちせいかつ》も快適《かいてき》です!?～

2024年５月10日　初版発行

著者／斯波《しば》

発行者／山下直久

発行／株式会社KADOKAWA

〒102-8177
東京都千代田区富士見2-13-3
電話／0570-002-301（ナビダイヤル）

編集／カドカワBOOKS編集部

印刷所／暁印刷

製本所／本間製本

※定価（または価格）はカバーに表示してあります。

●お問い合わせ
https://www.kadokawa.co.jp/（「お問い合わせ」へお進みください）
※内容によっては、お答えできない場合があります。
※サポートは日本国内のみとさせていただきます。
※Japanese text only

Printed in Japan
ISBN 978-4-04-075391-1 C0093

新文芸宣言

かつて「知」と「美」は特権階級の所有物でした。

15世紀、グーテンベルクが発明した活版印刷技術は、特権階級から「知」と「美」を解放し、ルネサンスや宗教改革を導きました。市民革命や産業革命も、大衆に「知」と「美」が広まらなければ起こりえませんでした。人間は、本を読むことにより、自由と平等を獲得していったのです。

21世紀、インターネット技術により、第二の「知」と「美」の解放が起こりました。一部の選ばれた才能を持つ者だけが文章や絵、映像を発表できる時代は終わり、誰もがネット上で自己表現を出来る時代がやってきました。

UGC（ユーザージェネレイテッドコンテンツ）の波は、今世界を席巻しています。UGCから生まれた小説は、一般大衆からの批評を取り込みながら内容を充実させて行きます。受け手と送り手の情報の交換によって、UGCは量的な評価を獲得し、爆発的にその数を増やしているのです。

こうしたUGCから生まれた小説群を、私たちは「新文芸」と名付けました。

新文芸は、インターネットによる新しい「知」と「美」の形です。

2015年10月10日
井上伸一郎

最強の食事係兼ポーターとして
異世界グルメ旅、スタート!
シリーズ好評発売中!!!!!
B's-LOG COMICほか
異世界コミックにて
コミカライズ連載開始!
漫画・小神奈々
捨てられ聖女の異世界ごはん旅
隠れスキルでキャンピングカーを召喚しました

聖女じゃなかったので、王宮でのんびりご飯を作ることにしました
seijo ja nakattanode, oukyu de nonbiri gohan wo tsukurukotonishimashita
シリーズ好評発売中!!
FLOS COMICにて
コミカライズ連載中!!
&コミックスも発売即重版!!
カドカワBOOKS

お嬢様と屋敷の没落フラグ、
転生メイドが全力で
叩き折ります！
『楽しくお仕事
in 異世界』
中編コンテスト
受賞作
転生したらポンコツメイドと
呼ばれていました
前世のあれこれを持ち込みお屋敷改革します